# UNA CASA EN EL CAMPO

## LISA STONE

Cualquier forma de reproducción, distribución, comunicación pública o transformación de esta obra solo puede ser realizada con la autorización de sus titulares, salvo excepción prevista por la ley. Diríjase a CEDRO si necesita reproducir algún fragmento de esta obra. www.conlicencia.com - Tels.: 91 702 19 70 / 93 272 04 47

Editado por HarperCollins Ibérica, S. A.
Avenida de Burgos, 8B - Planta 18
28036 Madrid

Una casa en el campo
Título original: The Cottage
© 2021, Lisa Stone
© 2024, para esta edición HarperCollins Ibérica, S. A.
Publicado por HarperCollins Publishers Limited, UK
© De la traducción del inglés, Pablo Martínez Lozada

Todos los derechos están reservados, incluidos los de reproducción total o parcial en cualquier formato o soporte.
Esta edición ha sido publicada con autorización de HarperCollins Publishers Limited, UK.
Esta es una obra de ficción. Nombres, caracteres, lugares y situaciones son producto de la imaginación del autor o son utilizados ficticiamente, y cualquier parecido con personas, vivas o muertas, establecimientos comerciales, hechos o situaciones son pura coincidencia.

Diseño de cubierta: CalderónSTUDIO®

ISBN: 978-84-10021-44-0
Depósito legal: M-33315-2023

*Agradezco a mis lectores
todos sus maravillosos comentarios y reseñas.
Significan mucho para mí.
Gracias también a mis editoras, Kathryn y Holly;
a mi agente, Andrew, y a todo el equipo de HarperCollins.*

*Aunque esta es una obra de ficción, está basada, increíblemente, en una historia verdadera.*

# 1

Había algo fuera.

Jan estaba segura de ello. Igual de segura que la noche anterior.

Las cortinas del salón, cerradas, ocultaban el cielo nocturno, pero al otro lado de la ventana había un pequeño jardín y algo acechaba en él. Jan no lo había visto ni oído, aunque el perro sí. Yesca dormía en su regazo cuando de pronto levantó la cabeza y las orejas. Ahora miraba hacia la cortina y gruñía con las pupilas convertidas en grandes globos negros. Esto inquietó aún más a Jan.

Sabía que los perros tienen mejor olfato y oído que los humanos, así que Yesca podría oler y oír lo que ella no. Había algo fuera y el perro lo sabía: algo vivo, abominable y amenazador.

Todo había comenzado cuatro noches antes. Jan estaba sola con Yesca en la casa de campo, en la linde del bosque de Coleshaw. Estaba viendo la tele sentada en el sofá, con Yesca durmiendo plácidamente sobre su regazo, como casi todas las noches. Le acariciaba el pelaje suave y ondulado. De repente el perro despertó y se puso en guardia, y Jan se sobresaltó asustada. Ahora estaba sucediendo de nuevo.

Con los sentidos alerta y sin apartar la mirada de Yesca, Jan cogió el mando a distancia y silenció el televisor. Escuchó atenta. Nada, ni un ruido dentro o fuera de la casa. No soplaba el viento, era una noche otoñal fría pero tranquila. Yesca seguía en guardia, con la mirada amenazante clavada sobre las cortinas, listo para atacar si fuera necesario.

—Está bien —dijo Jan suavemente, acariciándole el lomo—. No hay nada que temer.

Pensó que decía aquello más para sí misma que para el perro, aunque no por eso se tranquilizó. Siguió acariciándole el pelaje aterciopelado, esperando que volviera a dormirse. No era más que un perro faldero; si lograba calmarse, ella también lo haría, sería un indicio de que el visitante se había marchado y estarían fuera de peligro.

Jan no se consideraba amante de los perros antes de mudarse a Casa Ivy; sin embargo, Yesca, un cruce de *bichón frisé*, venía con la vivienda y le resultó simpático. Parecía un muñeco de peluche con su nariz de botón y su pelo marrón. Formaba parte del contrato de alquiler y resultó ser una bendición, pues de otra manera Jan se habría visto muy sola. Había alquilado la casa durante seis meses a un precio muy bajo a cambio de mantenerla en orden y de cuidar a Yesca mientras la dueña, Camile, trabajaba en el extranjero.

Jan apenas pudo creer la suerte que había tenido cuando recibió la oferta: era justo lo que necesitaba, en el momento exacto. Había perdido su trabajo como jefa de ventas por una reestructuración de la compañía. Su relación con la empresa había comenzado con una beca como aprendiz de vendedora al salir de la universidad, de modo que había supuesto que tendría una carrera larga allí; en cambio, la avisaron de su despido como a los demás empleados. Dos días después, su novio, Danny, con quien había vivido los últimos cinco años, le anunció que no estaba listo para el compromiso y le pidió que se mudara.

—No es culpa tuya. Es solo que necesito mi espacio.

—¿¡Y te das cuenta ahora!? —respondió ella con violencia, tratando de evitar las lágrimas.

Devastada, con la vida hecha añicos, Jan recogió sus cosas y se mudó con sus padres; apiló las cajas con sus pertenencias en el garaje. Al año siguiente cumpliría los treinta, no tenía trabajo y acababan de dejarla: era el peor momento de su existencia. Pero entonces, mientras buscaba empleo y vivienda en internet, dio con el anuncio de Casa Ivy. Parecía cosa del destino, una renta ridícula y un cambio radical de ambiente. Tendría tiempo para recargar energías y pensar lo que quería hacer en los meses siguientes y el resto de su vida. Quizá incluso hallara la inspiración para comenzar a escribir su libro.

—¿Estás segura de que es lo que quieres? —preguntó su madre al enterarse de sus planes—. Parece un lugar muy aislado como para vivir sola.

—Sí, estoy segura. El perro me hará compañía —respondió Jan con una sonrisa tranquila.

Pero en momentos como aquel volvían las dudas y Jan pensaba que quizá su madre tenía razón. Las afueras del bosque de Coleshaw eran muy distintas de la zona residencial. Los extraños ruidos nocturnos se alternaban con un silencio ensordecedor, irreconocible para los habitantes de la ciudad. La casa tenía sus propios crujidos y, en ocasiones, el viento silbaba entre los árboles como si cuchichearan entre ellos.

Sin embargo, ya había tomado la decisión y firmado el contrato, así que no podía echarse atrás. De día el bosque y la campiña eran muy agradables. El aire olía más fresco que en el pueblo y sus paseos con Yesca la rejuvenecían. Tenía todo el tiempo que necesitaba para estar sola, revisar el pasado y considerar el futuro y lo que podría depararle.

Al caer la noche, en cambio, la atmósfera se transformaba de forma radical y Jan habría dado cualquier cosa por tener compañía. Pero ¿quién se desplazaría en invierno para visitarla? Sus padres y amigos trabajaban, y el sitio estaba demasiado lejos para ir y volver en el día, de modo que tendrían que quedarse el fin de semana. Jan entendía que tenían vida propia y compromisos, y no quería ser exigente con ellos. Lástima que su estancia fuera durante los meses de invierno, con sus noches cada vez más largas. A finales de octubre anochecía a las cinco de la tarde, y aún más temprano si estaba nublado. Vivir allí en verano le habría parecido mucho más atractivo.

Jan miró el teléfono. Pasaban las ocho, la misma hora en que había sucedido las noches anteriores. Evidentemente, su visitante se había marchado ya, pues Yesca había perdido todo el interés. Jan lo acarició; el perro cerró los ojos poco a poco y relajó la cabeza hasta posarla de nuevo en su pierna. Yesca le gustaba mucho; había decidido que, cuando dejara la casa de campo, en cinco meses, y hallara un nuevo alojamiento, tendría un perrito o un gato. ¿O eso sería demasiado típico, una soltera con su mascota en un apartamento?

Solo las orejas de Yesca continuaban alerta; las sacudía de vez en cuando como si una parte suya escuchara mientras el resto de su cuerpo se entregaba al sueño. Jan lo había notado en otras ocasiones: cuando el perro dormía, las orejas parecían mantenerse despiertas. ¿Estaría escuchando de verdad o solo sería un residuo instintivo de la evolución? Cuando los perros eran lobos, antes de la domesticación, sus ancestros habían sido predadores salvajes, pero también eran vulnerables a animales más grandes. Debían mantenerse alerta incluso mientras dormían; de lo contrario, podrían devorarlos.

Pronunció con suavidad el nombre del perro mientras le acariciaba el pelaje del cuello.

Pasó un momento; entonces, Yesca despertó otra vez con la cabeza alzada y los ojos bien abiertos, no a causa de la voz de Jan, sino por lo que había en el exterior de la casa. Jan sintió un escalofrío: el intruso había vuelto y al perro se le estaban erizando los pelos. El corazón empezó a latirle deprisa. Yesca miraba fijamente la cortina, listo para atacar. Sin previo aviso, saltó de su regazo al respaldo del sofá y, ladrando con furia, arañó las cortinas para que lo dejara salir.

—¡Abajo! —dijo Jan levantando al perro. Iba a rasgar la tela.

Yesca se revolvió para que lo bajaran y corrió a la puerta trasera de la cocina, donde empezó a arañar el suelo, desesperado por salir, lo mismo que en las ocasiones anteriores.

—¡No! ¡Perro malo! —dijo Jan mientras entraba en la cocina.

La noche anterior Yesca había tardado dos horas en regresar y Jan casi se había muerto de la preocupación, convencida de que se habría perdido y de que tendría que decírselo a Camile. Cuando por fin volvió, tenía pinta de haber aprendido la lección y la saludó con alivio, como si hubiera escapado por los pelos de algo muy malo. Pero ¿de qué? ¿Un zorro? ¿Ratas? ¿Un tejón? Como buena urbanita, Jan no tenía idea.

Yesca arañaba la puerta con desesperación, sin dejar de ladrar. No había otra opción, tendría que dejarlo salir si no quería que la destrozara. En cuanto abrió, el perro salió disparado al jardín. La noche era fría, con una tenue luna creciente en el cielo negro y despejado. Jan podía ver a Yesca en la parte más alejada del jardín; había perseguido algo hasta los setos, algo muy grande que no tardó en desaparecer. El perro lo siguió a los arbustos que separaban el jardín del bosque y se esfumó también.

—¡Mierda! —gritó Jan—. ¡Yesca, vuelve ahora mismo! ¡Yesca!

Pero el perro se había ido.

—¡Yesca!

Silencio. Jan se mantuvo un momento junto a la puerta trasera, escuchando; luego la cerró y echó el cerrojo, esperando que el animal volviera pronto. Había atisbado vagamente una silueta antes de que desapareciera por el seto. Las noches anteriores no había visto nada. Era algo más grande que un zorro o un tejón, y no se parecía a esos animales. Quizá había otros más en el bosque que no le resultaban familiares a alguien de ciudad como ella.

Sin embargo...

Sintió otro escalofrío y se alejó de la puerta. Justo antes de que la figura desapareciera, Jan habría jurado que no corría a cuatro patas, sino a dos, como un humano. Pero eso no era posible.

# 2

Era demasiado pequeño para ser humano, pensó Jan junto al radiador de la cocina. Algo en sus movimientos, en su agilidad, indicaba que se trataba de un animal, aunque no había podido verlo bien. Tenía que controlarse. Por supuesto que habría animales en el bosque de Coleshaw. Qué lástima que no tuviera el arrojo de Yesca para seguirlo. Esperaba que el perro volviera pronto.

Jan comprobó el pestillo de la puerta trasera y se preparó una taza de té. Después, alimentó el medidor de electricidad que había en la alacena bajo la escalera. Era un medidor antiguo al que había que introducir monedas de una libra esterlina para mantener viva la corriente. Camile le había dejado instrucciones sobre este y otros asuntos relacionados con el mantenimiento de la casa, así como algunas monedas para que pudiera tener energía mientras conseguía más, algo muy considerado de su parte. Sin embargo, como no estaba habituada a cuidar del medidor ni era consciente de cuánta energía consumían algunos electrodomésticos, el día siguiente a su mudanza se apagaron todas las luces y la ducha dejó de funcionar mientras la usaba. Desnuda, mojada y molesta, Jan bajó a tientas al pasillo, donde una linterna colgaba de un gancho en la pared. Guiada por su luz, se encaminó a la alacena y depositó una moneda. Ahora lo revisaba a menudo para que no volviera a ocurrirle, esa súbita oscuridad la había asustado de verdad.

Tras confirmar que el medidor tenía dinero suficiente, Jan llevó el té al salón, se sentó en el sofá y, pendiente del regreso de Yesca, abrió el portátil. Gracias al cielo, el wifi y la señal para el teléfono móvil llegaban desde el pueblo vecino. Merryless tenía una historia triste: en algún momento, habían tenido un tiovivo que tuvieron que desmontar tras un trágico accidente en el que un niño perdió la vida. Era un pueblo bonito pero pequeño, con solo un supermercado para hacer la compra, un *pub* y una iglesia. Aunque se encontraba a apenas un kilómetro y medio de la casa de campo, por las noches parecía estar mucho más lejos.

Mientras Jan esperaba con ansiedad a Yesca, decidió aprovechar el tiempo y tratar de identificar esa cosa que visitaba su jardín por las noches y la inquietaba tanto. Si podía nombrarla, dejaría de ser tan amenazadora. Dio un sorbo al té y tecleó en el buscador «Animales grandes en bosques del Reino Unido».

Resultado: renos, tejones, castores, zorros, cerdos salvajes. También gato montés escocés, pero no estaba en Escocia.

Intentó afinar la búsqueda: «¿Qué animales grandes viven en el bosque de Coleshaw?».

En los resultados aparecieron zorros y tejones, seguidos de varios animales mucho más pequeños: ardillas, ratones, topillos. Pero lo que había visto era mucho más grande. Quizá no era un animal originario del lugar, sino que se había escapado de un zoológico o de una colección privada.

Enseguida tecleó: «¿Qué animales pueden caminar a dos patas?». En una página aparecieron fotografías de primates en poses bípedas. También aprendió que los canguros, los osos y algunos lagartos pueden levantarse sobre las patas traseras. Pero claramente no se trataba de un lagarto o un canguro. Quizá un oso pequeño o un simio... ¿O sería eso suponer demasiado? Seguro que no sobrevivirían en ese bosque.

Irritada y sola, Jan era presa fácil para su imaginación. Entonces vio en una página la imagen de un zorro brincando sobre una cerca; le pareció familiar. Justo antes de dar el salto, el animal se levantaba sobre las patas traseras. Sí, claro, esa era la mejor explicación. La sombra oscura era un zorro a punto de saltar. Si al día siguiente se acercaba de nuevo a la casa de campo, se armaría de valor para salir y mirarlo de cerca.

Jan cerró el navegador. Estaba a punto de responder un *email* cuando algo sólido golpeó la ventana. Se incorporó de un salto. ¡Qué demonios! Con el corazón desbocado, se levantó del sofá, lejos del cristal, y miró fijamente las cortinas, petrificada, a la espera de un nuevo sonido. Silencio. Entonces oyó el ladrido de Yesca por la puerta trasera. Gracias al cielo, había vuelto. ¿Había sido él quien había provocado el ruido? Corrió a dejarlo entrar y enseguida cerró la puerta de nuevo y echó el cerrojo.

—Qué buen perrito —dijo arrodillándose para acariciarlo—. Estás a salvo.

Como la noche anterior, al animal le dio mucha alegría verla, aunque esa vez no había tardado tanto en volver. Se frotó contra ella y le lamió las manos.

—¿Qué era? ¿Un zorro?

Yesca solo le devolvió la mirada.

Entonces Jan la vio; parecía una mancha de sangre, junto a su hocico. La cogió y la olió: era carne cocida, quizá de una salchicha. Pero Jan no le había dado carne, Yesca comía pienso seco y nada más. Camile había sido muy específica en sus instrucciones sobre la dieta estricta de su perrito. Le había dejado una docena de bolsas de pienso selladas en la alacena, más que suficientes para seis meses. Un cacito por la mañana y otro a las cinco de la tarde. Nada de premios ni de sobras, pues le hacían daño.

Jan había seguido sus instrucciones al pie de la letra. ¿De dónde había sacado entonces Yesca la carne?

Se irguió y miró a su alrededor. No podía haberla cogido de la cocina, no había más carne que la que Camile había dejado en el congelador. ¿De un cubo de basura? Pero solo había uno fuera de la casa, que vaciaban una vez a la semana, y se supone que era a prueba de animales. Además, Jan tampoco había comido carne: era prácticamente vegetariana, salvo algún plato de pescado de vez en cuando.

Se le ocurrió que Yesca podría haber sacado la carne de otro cubo, pero descartó la idea de inmediato: no había estado ausente el tiempo suficiente para ir al pueblo y volver, y no había más propiedades entre Casa Ivy y Merryless. Además, según Camile, Yesca nunca se aventuraba tan lejos. «Puedes quitarle la correa si salís a pasear —había escrito Camile en sus notas—. No irá lejos». Pero la noche anterior sí había ido lejos.

¿Podría haber conseguido la carne en el bosque? ¿Había alguien acampando? ¿Algún indigente o cadetes del ejército en un ejercicio de entrenamiento? Quizá lo habían alimentado o Yesca había descubierto sus sobras, o lo habían descubierto robándoles la comida y lo habían hecho huir. Eso justificaría el golpe contra la ventana. No se le ocurría otra explicación. Aunque tampoco había visto vestigios de ningún campamento al andar de día por el bosque. Claro que se había limitado a los senderos, y el bosque abarcaba kilómetros a la redonda. Era muy espeso detrás de la casa de campo; tanto como para que alguien pudiera vivir allí.

—Vamos —dijo volviendo al sofá—. No vuelvas a marcharte.

# 3

La matrona Anne Long aparcó su Vauxhall Corsa frente al 57 de Booth Lane, apagó las luces y detuvo el motor. Se quedó sentada un momento con la mirada fija y luego se bajó con un suspiro de resignación. Cogió lo que necesitaba del maletero y lo cerró. El resto de los instrumentos para el parto ya estaba en la casa.

A las cuatro de la madrugada el aire era frío y la calle estaba desierta. Las casas permanecían a oscuras, salvo la de Ian y Emma Jennings. No habían dormido en toda la noche, pues habían estado enviándole mensajes a Anne y registrando las contracciones de Emma, hasta que empezaron a producirse cada cinco minutos y la matrona dijo que iría.

Caminó estoica hacia la puerta, preocupada y desasosegada, y llamó al timbre. Un parto solía ser ocasión de regocijo. Este no lo era.

No respondieron al primer timbrazo, lo que aumentó la inquietud de Anne. Volvió a llamar. Era imposible que estuvieran dormidos. ¿Habría ocurrido ya algo malo? Rezó por que no fuera así. Ian y Emma eran una hermosa pareja con poco menos de treinta años y habían elegido tener el parto en casa tras una experiencia espantosa en el hospital, cuando perdieron a su primer bebé. Emma había accedido a hacerlo —no quería volver a acercarse a un hospital— y Anne había supervisado su embarazo.

Por fin abrieron la puerta. Ian Jennings la miró con aceptación cansada.

—Lo siento, estaba con Emma —dijo con voz grave—. Pasa.

Ian cogió la bombona de óxido nitroso.

—Gracias.

—Emma está en la cama. He puesto el cobertor impermeable sobre el colchón, como pediste.

—Bien. ¿Cómo estáis? —preguntó Anne mientras seguía a Ian escaleras arriba.

Él se encogió de hombros. Era una pregunta estúpida, pensó Anne. Por supuesto que estaban aterrados y solo querían que todo terminara.

—No debería tardar mucho —agregó Anne.

Entró a la habitación principal. A diferencia del salón y el rellano, estaba poco iluminada, con la luz central en su nivel más tenue. Apenas podía ver a Emma en el otro lado de la habitación, encaramada sobre una montaña de almohadas, con el cabello rubio recién cortado.

—¿Cómo estás? —preguntó Anne con delicadeza mientras se acercaba.

—Asustada —respondió.

—Lo sé, cariño. Yo te cuido. —Luego se dirigió a Ian—: Necesito más luz para examinar a Emma. La puedes bajar cuando termine.

Anne entendía que no querrían que la habitación estuviera iluminada durante mucho tiempo, cuanto menos vieran, mejor. Sin embargo, necesitaba luz para hacer su trabajo y recibir al bebé.

—Por favor, Ian, la luz —dijo Anne con más firmeza. El padre estaba paralizado, miraba fijamente a su esposa sin soltar la bombona de gas—. Puedes dejarla ahí, por favor.

Como en trance, Ian colocó el gas junto a la cama y aumentó un poco la luz.

—A todo lo que da, Ian, por favor —pidió Anne.

Ahora podía ver con más claridad el rostro de Emma: cansado, demacrado, ansioso. Llegó otra contracción que la hizo formar una mueca de dolor.

—¿Quieres un poco de anestésico? —preguntó Anne.

Emma asintió.

Anne retiró la mascarilla del envoltorio sellado y la conectó a la bombona; luego, la puso en la mano de Emma y esperó a que inhalara unas cuantas veces. Ian permaneció en silencio detrás de ella.

—Puedo ponerte una inyección de petidina, si quieres. Hará efecto en unos veinte minutos.

—Sí, por favor —respondió Emma trabajosamente y con voz débil.

Anne abrió el maletín, preparó la jeringuilla y se la inyectó a Emma en el muslo. No solía ofrecer el analgésico tan cerca del parto, salvo cuando la madre no podía con el dolor. La petidina podía hacerle perder la capacidad de responder y afectar a la respiración del bebé y su primera alimentación; pero eso no venía al caso ahora. Emma podía tomar lo que quisiera solo para pasar el trance.

Emma estaba un poco más cómoda. La matrona le tomó el pulso, la presión arterial y la temperatura: todo normal para sus circunstancias. Ian no se movía, no sabía qué hacer.

—Dale la mano a tu esposa mientras la examino —le indicó Anne.

Veinte años como matrona le habían enseñado que los hombres a menudo necesitaban más ayuda que las mujeres que daban a luz, aun cuando el parto salía conforme a lo planeado y sin complicaciones. Este no era el caso.

Anne cogió un par de guantes estériles de su maletín, se dirigió a los pies de la cama y levantó la sábana. Examinó a Emma y volvió a cubrirla.

—Serán otras dos horas, si no más —dijo mientras se quitaba los guantes.

Ian suspiró y se frotó con angustia la frente. No le estaba haciendo ningún favor a Emma, pensó Anne. Su ansiedad era contagiosa.

—¿Y si me preparas una taza de café? —le propuso—. No me ha dado tiempo de tomarlo en casa.

Ian atravesó la habitación y bajó las luces antes de salir.

—Es mejor que esté ocupado —le dijo Anne a Emma, y se sentó junto a la cama.

La mujer recibió otra contracción con una mueca. La matrona le dirigió la mano hacia la mascarilla y Emma aspiró el gas.

—Vas bien —dijo Anne para alentar a su paciente mientras le frotaba el brazo—. La petidina hará efecto pronto.

—Solo quiero que se acabe —sollozó Emma con una lágrima recorriéndole la mejilla—. No volveremos a intentarlo.

—Lo sé, cariño. Conserva la calma y respira hondo. Estoy aquí contigo.

—No te irás, ¿verdad? —preguntó Emma con ansiedad.

—No hasta que termine.

Ian volvió con el café y se mantuvo cerca de ellas, sin saber qué hacer.

—¿Tenemos todo lo necesario? —le preguntó Anne.

—Sí —respondió y miró alrededor.

Anne ya lo sabía. Bajo la luz intensa había visto el montón de toallas, la frazada, el moisés, las compresas, las bolsas de basura y el baño de plástico. En comparación con el equipo que había utilizado en algunos partos caseros, era el mínimo indispensable. Nada de velas, música suave, estimuladores musculares, piscina de partos ni montañas de ropa para el bebé y la mamá. Solo lo que necesitaban para que la criatura saliera.

—Todavía falta —repitió Anne con la vista fija en Ian—. Puedes salir si tienes que hacer algo. Te llamo cuando sea la hora.

—Me quedo —respondió Ian, luego se sentó en la silla que había en el lado opuesto de la cama. Cogió la mano de su esposa y la llevó a la mejilla.

Anne lo sentía por ellos. No se merecían aquello. Emma gesticuló durante la siguiente contracción. Ian le ayudó a sostener la mascarilla frente al rostro para que inhalara más gas.

Poco a poco, la petidina hizo efecto y el dolor se volvió más manejable. Ahora solo podían esperar a que la naturaleza siguiera su curso.

Sentada en la penumbra, Anne vio cómo Ian ayudaba a su esposa a inhalar el gas cada vez que lo necesitaba. Ya no se quejaba mucho, la petidina ayudaba. Pasaron los minutos, las contracciones aumentaron y Anne se incorporó para comprobar los signos vitales de Emma una vez más. Todo en orden.

Unos minutos después, Emma soltó un grito penetrante.

—Sube la luz, por favor —le pidió Emma a Ian poniéndose de pie—. Necesito examinarla.

Se puso los guantes deprisa y levantó la sábana. El bebé llegaba antes de lo esperado. El cérvix estaba completamente dilatado. Emma volvió a gritar.

—Una toalla, rápido. Ya viene.

Ian salió disparado, regresó con una toalla y vio cómo Anne la colocaba bajo Emma. Justo a tiempo, ya se veía la cabecita del bebé. Emma volvió a gritar, con un alarido intenso que parecía surgir de lo más profundo de su ser, como si la estuvieran partiendo en dos.

—Empuja, cariño —dijo Anne—. Respira hondo y puja.

Emma cogió una bocanada de aire, empujó fuerte y largo, y con un grito expulsó al bebé.

—Bien hecho. No mires, Ian.

Pero era demasiado tarde. Ian seguía a su lado y ahora miraba fijamente al bebé con una mezcla de asombro y horror.

—Ian, atiende a tu esposa —ordenó Anne.

Él no se movió.

—Ahora, Ian —dijo con más firmeza—. Emma te necesita.

Azorado, volvió a sentarse junto a su mujer. La abrazó y lloraron juntos.

Anne limpió el rostro del bebé, ató y cortó el cordón umbilical, y lo llevó a donde estaban las toallas. Le frotó el cuerpo, lo envolvió en una toalla limpia y lo colocó en el moisés, fuera de la vista de ellos.

—¿Está vivo? —preguntó Ian.

—No.

—¿Niño o niña? —agregó Emma entre sollozos.

—Niño. Pero no queréis verlo.

Emma lloró con más fuerza.

Anne volvió al lado de su paciente y se concentró en recibir la placenta mientras Ian y Emma se daban consuelo. Confirmó que había extraído todos los restos de placenta y los retiró en una bolsa de basura que ató con firmeza. Volvió a comprobar los signos de Emma, todo en orden. Ninguno de los dos miraba hacia el moisés, en el otro extremo de la habitación, donde el bebé reposaba en total quietud. Anne recogió su equipo y lo guardó en el maletín.

—Luego volveré a por ellos —le dijo a Ian, apartando la bombona de gas y el maletín—. Supongo que Emma querrá algo de comer y beber.

Ian asintió sin hablar.

—Procuraré no tardar.

Anne dejó a la pareja con su dolor y cruzó la habitación hacia donde estaba el moisés. Tapó al bebé con una mantita y lo levantó. Miró cómo Ian y Emma se abrazaban fuerte, consumidos por el dolor. Se le encogió el corazón, pero ya no podía hacer nada allí y debía irse. No se atrevía a dejarlo más tiempo con ellos. Se dirigió a la puerta.

—Anne —la llamó Emma entre lágrimas.

Anne se detuvo. «No me digas que quieres verlo —pensó—. Deja que me vaya».

—¿Sí? —preguntó vacilando, sin volverse hacia la pareja.

—Le hemos puesto David —dijo Emma—. Significa «amado».

—Lo recordaré —respondió Anne, y enseguida salió de la habitación y bajó las escaleras con cuidado, con el moisés en la mano.

Salió por la puerta principal sin hacer ruido. Eran casi las ocho y las familias del vecindario estaban en movimiento: paseaban perros o salían a trabajar. Subió la mantita para que cubriera el rostro del bebé y caminó deprisa hasta el coche.

Abrió la puerta trasera, colocó el moisés con cautela en el asiento, descubrió un poco el rostro del bebé y lo aseguró con los cinturones de seguridad. No era lo ideal, pero no tenía otra opción.

Cerró la puerta trasera y subió al asiento del conductor; luego encendió el motor. Entonces vio a una mujer junto a la ventana del piso superior de la casa contigua. Anne se quedó fría. ¿La había visto salir con el moisés? Podría ser, aunque no habría podido ver lo que llevaba en él. Cuando regresó más tarde con Ian y Emma, se aseguró de que estuvieran de acuerdo en los detalles de la historia. Un desliz, una pequeña inconsistencia bastaría para acabar con ellos.

# 4

¡¿Qué demonios?!

Jan abrió los ojos de repente, presa del pánico. Miró hacia el otro extremo de la habitación. ¿Dónde estaba? Un filo de luz penetraba por la rendija que formaban las cortinas. Esa no era su habitación. Se incorporó de golpe y miró alrededor.

Entonces lo recordó. Por supuesto que no era su cuarto. Estaba en la casa de campo que alquilaba. Pronto la inundó el alivio.

Volvió a recostarse sobre las almohadas y esperó a que se le apaciguaran los latidos. La luz le indicó que ya era de día. Pero ¿qué hora era? Buscó el teléfono: las nueve y diez, más tarde de cuando solía levantarse, pero se había acostado muy avanzada la noche. Además, había tenido pesadillas en las que alguien o algo la perseguía por el bosque de Coleshaw. Incluso despierta podía recordar el pánico que había sentido al huir corriendo del horror ineludible. No le sorprendió su mal sueño, teniendo en cuenta lo que había ocurrido durante la semana. Yesca estaba en la planta baja, en la cocina, esperando su desayuno. Camile no le permitía subir a la cama, pero Jan habría hallado consuelo en su compañía.

Un golpe fuerte en la puerta principal la sobresaltó. ¿Un visitante a aquella hora? Quizá había sido un aldabonazo lo que la había despertado.

Jan se levantó de la cama y se puso las zapatillas; el suelo de la casa de campo era de láminas de madera, por lo que andar descalza era incómodo y frío. Se vistió con la bata y se dirigió a la ventana abatible que daba a la entrada principal. Corrió las cortinas y miró hacia fuera. Con la luz diurna se sentía más valiente.

El sol de otoño titilaba entre los árboles. Jan podía ver su coche aparcado a la derecha de la casa, aunque no alcanzaba a distinguir quién llamaba. Abrió un poco la ventana y gritó:

—¡Hola! ¿Quién es?

El visitante dio un paso atrás para hacerse visible.

—¡Chris! Me has asustado. Estaba dormida.

—Lo siento. Pensé que ya estarías despierta en un día tan estupendo.

—Debería, pero he pasado mala noche —admitió Jan.

—Lo siento. Te he traído unos huevos —respondió él y le mostró el cartón. Chris vivía en Merryless y criaba gallinas—. ¿Te los dejo en la puerta?

—Si puedes esperar a que me vista, te preparo un café —ofreció Jan. Chris solía tomar café cuando la visitaba.

—Me parece bien, gracias.

Jan cerró la ventana y comenzó a vestirse. Se había encontrado con Christopher —le gustaba que lo llamaran Chris— en un par de ocasiones desde que se mudó. Era amigo de Camile y visitaba a Jan de vez en cuando para comprobar que tuviera todo lo que necesitaba. Al menos eso decía: Jan imaginaba que también quería asegurarse de que cuidara bien de la casa y de Yesca, y no le parecía mal. Al fin y al cabo, Camile había confiado su hogar y su perro a una perfecta desconocida.

Jan se cepilló rápido el pelo y se miró al espejo. No podía arreglarse mejor. Chris le gustaba, aunque Jan sospechaba que su relación con Camile no era solo de amistad. Él nunca lo había admitido, pero su voz se tornaba más cálida cuando hablaba de ella. A Jan le agradaba su compañía y la agradecía, sobre todo tras las preocupaciones de las últimas noches.

Bajó las estrechas escaleras de la casa pensando en preguntarle sobre los animales del bosque. Chris había vivido en el pueblo casi toda su vida, de modo que conocía bien la región. Era electricista de oficio.

—Entra —invitó Jan sonriente tras abrir la puerta principal. La luz del sol inundó el vestíbulo—. En efecto, hace un día precioso. ¿No trabajas hoy?

—Es sábado —le recordó Chris.

—Ah, claro —dijo con una risa—. Ya no sé en qué día vivo.

—Camile dice que le pasa lo mismo cuando se queda en casa más de una semana —respondió Chris siguiéndola al salón—. Suele ir al pueblo cada día para comprar el periódico. Es parte de su rutina.

—Yo recibo alertas de noticias en el teléfono —comentó Jan mientras abría las cortinas de la estancia.

—Pero no recibes los cotilleos locales —apuntó Chris con una sonrisa.

—Cierto.

Chris abrió la puerta de la cocina y Yesca corrió a recibirlo moviendo la cola.

—Quiere desayunar —explicó Jan entrando en la pequeña cocina.

Cogió el tazón de Yesca y le sirvió un cuenco de pienso para perros. Chris puso el cartón de huevos en la nevera. Se movía como en casa, sabía dónde estaba casi todo después de tantos años de amistad con Camille. Jan le sirvió agua a Yesca y preparó la cafetera. Chris, Camile y ella compartían el gusto por un café decente.

—¿Todo bien por aquí? —preguntó Chris, como hacía siempre que la visitaba.

—Sí, bien, gracias.

—¿Tienes monedas para el medidor?

Ya le había contado el susto que había pasado cuando se mudó.

—Sí, no me pasará más. Tengo suficientes.

—Puedes llamarme si te surge algún problema. Camile te dejó mi número de móvil.

—Sí, gracias.

Camile había incluido los datos de contacto de Chris en sus instrucciones escritas y le había asegurado que podía llamarlo si precisaba ayuda con cualquier cosa relacionada con la casa.

Mientras Jan esperaba a que estuviera listo el café, Chris entró en el salón, se metió las manos en los bolsillos del pantalón y miró con atención por las ventanas que daban al jardín.

—Habrá que cortar el césped una vez más antes del invierno. Puedo hacerlo, si quieres.

—Qué amable. Pero Camile me dejó las instrucciones de la segadora. Voy a intentarlo. El ejercicio me hará bien.

—Bien. Llámame si no arranca. Puede ser caprichosa cuando hay humedad.

—Sí, gracias.

Jan sirvió los cafés y agregó leche —solo una nube para Chris, como le gustaba—, luego llevó las tazas al salón. La casa de campo era pequeña y pintoresca, y las tazas de marca Royal Doulton de Camile iban perfectas con la decoración.

—Gracias —dijo Chris cuando le acercó el café.

Se retiró de la ventana y se sentó en su sillón habitual; Jan eligió el sofá. El salón, como el resto de la vivienda, tenía el estilo de una casa de campo típica, con muebles de roble, pintura blanca en las paredes y tapicería de flores, lo que le daba un toque rústico y sencillo, de buen gusto, acorde con su antigüedad.

Pasaron unos momentos bebiendo el café en silencio, luego hablaron ambos al mismo tiempo.

—Tú primero —rio Jan.

—Iba a decirte que Camile te manda saludos y espera que hayas podido escribir algo.

—Dile que estoy bien —contestó Jan ligeramente apenada.

Le había confiado a Camile por *email* que esperaba escribir una novela durante su estancia en la casa, pero ahora querría no haberlo hecho. Era como un cliché; además, solo había recopilado unas cuantas notas escritas a mano. Chris solía transmitirle recados de Camile, aunque sabía que ellas tenían sus respectivos números y direcciones electrónicas. Jan se preguntaba si serían solo una excusa para sus visitas.

Yesca terminó la mitad de su desayuno y ladró para que lo dejaran salir. Era su rutina: comer un poco, salir a correr y regresar a terminar el pienso. Jan fue hacia la puerta trasera para dejarlo salir.

—Iré al pueblo más tarde —le dijo a Chris al volver—. Mientras haga buen tiempo. Necesito más leche.

—No olvides que la tienda cierra a las seis en invierno —le recordó Chris.

—No lo haré. Siempre me aseguro de volver antes de que oscurezca.

Chris sonrió con benevolencia.

—No hay problema. He caminado por Wood Lane en la oscuridad muchas veces.

—Lo sé, pero yo siempre uso el coche si hay la menor posibilidad de que oscurezca antes de que vuelva.

El hombre volvió a sonreír.

—El café está bueno.

—Es el mismo que compra Camile en el pueblo.

Jan hizo una pausa y continuó:

—Chris, ¿qué animales hay en el bosque, detrás de la cabaña? ¿Sabes?

Dejó de beber el café y bajó la taza.

—Los normales. ¿Por qué?

—Nunca he vivido en el campo, así que no sé cuáles son los normales.

La miró con atención.

—Ardillas grises, ratas, ratones, topillos, pájaros.

—No, animales más grandes.

—¿Por qué? ¿Has visto algo?

—No exactamente. Pero Yesca oye algo.

Sin darse cuenta, Jan había cogido la taza con ambas manos, como si quisiera calentarse, aunque la casa tenía calefacción central.

—¿Como qué? —preguntó Chris.

—No sé, pero algo ha estado acercándose a esta ventana por las noches. Cuando ya está oscuro y las cortinas están cerradas. Yesca lo oye, se pone nervioso e insiste en que lo deje salir. Anoche vi que algo desaparecía por el seto del jardín y se adentraba en el bosque. No sé qué era, pero parecía bastante grande.

Se detuvo. Había decidido no mencionar que pensó que el animal podía caminar a dos patas, pues había descartado la idea tras mirar la fotografía del zorro saltando. Tampoco le diría que Yesca había vuelto con carne cocida en el pelaje. Sentada junto a Chris a pleno día, todo el asunto le sonaba extraño, como si pasar la noche sola en la casa de campo la hubiera vuelto paranoica.

—Quizá fue un zorro o un tejón —sugirió Chris tras dar otro sorbo a su café—. O tal vez un perro o un gato del pueblo. A veces se pierden y llegan hasta aquí, aunque no es muy frecuente.

—¿Te ha mencionado algo Camile? —preguntó Jan.

—Pues puede ser, pero no me acuerdo —respondió Chris—. No hay de qué preocuparse. En esta época del año los animales tienen hambre, se vuelven más osados y se acercan a las casas en busca de comida, aunque normalmente no suelan hacerlo. Zorros, sobre todo. Tengo que encerrar las gallinas por culpa suya.

Jan asintió.

—Sí. En la ciudad también hay zorros. Ya no le tienen miedo a la gente y los puedes ver de día hurgando en la basura. Algunos entran en las casas.

—Pero ¿entonces no viste qué era? —preguntó Chris.

—No. Qué pena que no funcione el sensor de movimiento; habría iluminado el jardín. —Jan hizo un gesto hacia la ventana que tenía detrás.

—Se estropeó hace tiempo —dijo Chris—. No creo que Camile lo usara, o me habría pedido que lo revisara.

Chris terminó su café.

—¿Quieres más? —ofreció Jan.

—No, he de irme. Tengo algunos encargos.

Se puso de pie y llevó, como siempre, la taza hasta el fregadero en la cocina.

—Quizá escriba a Camile para preguntarle si puedo reparar el sensor —dijo Jan mientras caminaba con Chris hasta la puerta—. Si ella está de acuerdo, ¿puedes hacerlo?

—Sí, pero pregúntale primero. Como te dije, no parece haber tenido intención de hacerlo antes.

—De acuerdo.

Vio cómo se marchaba y cerró la puerta.

Mientras volvía al salón, a Jan le pareció algo extraño que Camile no quisiera que el sensor funcionara. Como mínimo, serviría para encontrar el cubo de basura en la oscuridad. Jan se había tropezado con él en un par de ocasiones, de modo que ahora esperaba a que hubiera luz para sacar la basura. No estaba segura de si debía contactar con Camile para ese asunto. Chris no había sido de mucha ayuda. De todas formas, sería bueno que el sensor funcionara.

Tal vez podría repararlo ella, pensó mientras entraba a la cocina a por más café. No tendría nada de malo y no le costaría nada a Camile. Jan sabía lo básico: cómo cambiar una bombilla o un fusible, o identificar un cable suelto. Su padre le había enseñado. Un cable suelto podía fundir un fusible. Le había pasado con una lámpara en su apartamento y había conseguido repararlo sola. Sí, antes de contactar con Camile intentaría averiguar qué ocurría con la luz y el sensor.

Jan dejó la taza en la cocina, se cambió las zapatillas de casa por los zapatos y abrió la puerta trasera. Yesca se quedó tumbado en su alfombra. Jan salió y sintió el aire fresco. Aun de día era consciente de lo aislada y rústica que era la casa de campo. Había arbustos y árboles en dos direcciones, además de un bosque espeso en la parte más baja. El ambiente era silencioso, salvo el ocasional piar de un pájaro o el ruido de las hojas secas. Según Camile, la casa se había construido hacia 1830. Había sido originalmente una casa de labranza de alquiler y conservaba muchos de sus rasgos originales, aunque se había reemplazado el techo de paja por tejas.

Jan bajó al camino de piedra y miró el sensor de movimiento. El foco estaba instalado en la pared, justo encima de la ventana del salón. Ya lo había visto antes, pero no le había prestado atención. Ahora podía ver que era bastante nuevo. ¿Por qué instalarían una luz nueva que no usaban? Era extraño. Camile debía de haber pensado que la necesitaba y Chris le habría ofrecido sin duda revisar qué le pasaba, pero entonces Camile no lo había aceptado. No tenía sentido.

No podía ver ningún cable que saliera de la instalación, lo cual lógicamente significaba que iba por la pared, como ocurría con el sensor de movimiento de casa de sus padres.

Volvió dentro, se quitó los zapatos y subió las escaleras. La casa tenía dos habitaciones. La principal, en la parte delantera, era de Camile; la había vaciado para que Jan pudiera usarla. La segunda, más pequeña, se encontraba en la parte trasera de la casa; Camile la usaba para almacenar cosas. Jan le había echado un vistazo el día de la mudanza, pero no había vuelto a entrar desde entonces.

Entró. Además de una cama individual, un pequeño armario y una cómoda de cajones, la habitación estaba llena de pertenencias de Camile; algunas habían estado en la habitación principal y ahora se encontraban allí para darle espacio a Jan. Las prendas que no necesitaba se hallaban en bolsas de plástico selladas sobre la cama y las cajas que había en el suelo parecían contener libros, álbumes de fotografías, viejos CD y DVD, figuritas de porcelana y demás chismes.

Se movió con cuidado entre las cajas hasta llegar a la ventana. El foco del sensor de movimiento estaba justo debajo, al otro lado de la pared. Sin embargo, la cama estaba pegada a la pared, de modo que no podía ver por dónde entraba el cable. Separó la cama y vio la conexión. Enseguida consiguió meterse en el hueco entre la cama y la pared. Necesitaría un destornillador para acceder al fusible. Pero entonces, al mirar con detenimiento, descubrió que el interruptor estaba apagado. ¿Así de sencillo? Lo encendió. ¿Podría haberse apagado por error al empujar la cama para hacer sitio a las cajas? Pero ¿no lo habría revisado Camile?

Bajó las escaleras. La explicación más probable era que el sensor se hubiera estropeado y Camile lo hubiera apagado por eso. Sin molestarse en quitarse las zapatillas, Jan salió y miró hacia el foco. Con asombró, notó que la pequeña luz infrarroja parpadeaba, lo que parecía indicar que el dispositivo funcionaba. Haría la prueba esa noche. Lo intentaría en cuanto empezara a oscurecer; ahora, sin embargo, tenía que ir al pueblo a comprar leche.

# 5

La detective Beth Mayes estaba sentada ante su escritorio en el despacho de la comisaría de Coleshaw, que estaba abierta. Era sábado, así que trabajaba horas extras con algunos colegas. Como no había ninguna investigación importante en curso, la mayoría estaban en casa con sus familias. Beth, mientras tanto, se ponía al día en su trabajo administrativo, papeleo y redacción de informes, actividades que ahora se hacían mayormente en línea y se almacenaban en formato digital.

La puerta se abrió y se cerró a sus espaldas, entonces el sargento detective Bert Scrivener apareció a su lado.

—Acaba de llamar una señora, Angela Slater —dijo el sargento colocando un informe frente a ella—. ¿Puedes ocuparte, por favor? Probablemente sea un malentendido, pero hay que revisarlo cuanto antes: se trata de un bebé. La señora Slater dice que sus vecinos, los Jennings, han tenido un bebé, pero que ha desaparecido y no ha visto a la madre desde hace tiempo.

—Quizá estén con algunos parientes —sugirió Beth con la sensación de que decía una obviedad.

—Exacto. La búsqueda en las bases de datos no ha proporcionado el nombre de ninguno de ellos, así que no tienen antecedentes. No hay niños registrados en su domicilio ni asuntos de protección infantil relacionados con ellos. Lo dejo en tus manos.

Cuando el sargento se retiró, Beth guardó el archivo en el que trabajaba y levantó el auricular del teléfono. Cogió el informe y tecleó el número de la señora Slater. Contestaron después de un par de tonos.

—¿La señora Angela Slater?

—Sí, dígame.

—Soy la detective Beth Mayes. Ha llamado hoy a la comisaría de Coleshaw.

—Sí. Vivo en Booth Lane número 55. Está pasando algo muy sospechoso en la casa de al lado. Ahí viven Emma e Ian Jennings, que siempre me han parecido una pareja muy agradable. No hacen ruido y siempre han sido muy amables cuando hemos hablado. Ella estaba embarazada y creo que ya ha tenido al bebé, pero este ha desaparecido.

Por la emoción creciente en la voz de la señora Slater, Beth pudo notar que le gustaba el drama.

—¿Sabe a ciencia cierta que su vecina ha dado a luz? —preguntó Beth mientras Angela tomaba un respiro.

—Bueno, eso creo. Me dijo que iba a tener un parto casero, ya que habían tenido una mala experiencia en el hospital con su bebé anterior. Se murió. Antes solía hablar conmigo, pero hace tres meses dejó de hacerlo. Su marido solía charlar con el mío, pero también él ha estado evitándonos. No se me ocurre nada que yo haya dicho que pudiera molestarlos. A veces la he visto tendiendo la ropa, pero por lo demás parece no salir de casa.

—¿Para cuándo estaba programado el parto? ¿Lo sabe? —preguntó Beth mientras tomaba notas.

—Faltaban un par de meses, creo. Debe de haberse adelantado. El martes por la mañana vi por la ventana de mi habitación cómo salía una mujer que llevaba un moisés. Eran cerca de las ocho.

—¿Pudo ver al bebé? —preguntó Beth.

—No, el moisés iba tapado con una mantita. Me pareció raro. Me pregunté si podría respirar. Por como llevaba el moisés, con mucho cuidado, estoy segura de que había un bebé. Luego pasó unos segundos asegurando el moisés en el asiento trasero. Si hubiera estado vacío no se habría molestado, ¿no cree? Más tarde, unas dos horas después, la vi volver sin el bebé ni el moisés. Estuvo en su casa una hora. Creo que es enfermera o matrona.

—¿Por qué lo dice? —preguntó Beth.

—Cuando se fue por segunda vez, llevaba un maletín negro, como el de las matronas, y una bombona de oxígeno.

—Quizá Ian o Emma tengan algún problema respiratorio —apuntó Beth.

—Pues no lo tenían cuando aún nos hablábamos. Estaban los dos muy sanos. Recuerdo que Emma me decía que no entendía por qué había tenido tantos problemas con su primer bebé si ella estaba en forma y lo había hecho todo bien: tomaba hierro y no bebía. Le dije que a veces estas cosas pasan, que no era culpa suya.

—No, claro que no. ¿Cuándo los vio por última vez?

—No la he visto a ella esta semana, pero él ha entrado y salido un par de veces con bolsas de compra.

—¿Puede describir a la mujer a la que vio salir con el moisés? —preguntó Beth.

—Tendría unos cincuenta años. Como un metro setenta, pelo oscuro hasta el mentón, algo regordeta. Creo que podría bajar unos kilos.

—¿Y el coche? —preguntó Beth, siempre anotando—. ¿Puede describirlo?

—Un Vauxhall Corsa gris. Lo sé porque mi hermana tiene uno igual. No vi la matrícula, pero si lo vuelvo a ver la anotaré y la llamaré.

—Gracias, eso nos ayudará mucho.

—De nada —respondió la señora Slater—. Se entera una de tantas cosas extrañas... Me pregunté si habrían vendido al bebé o si sería un vientre de alquiler. Pero parecía querer a ese bebé. Incluso le habían puesto nombre, David.

—Supongo que podría estar enfermo, en el hospital —propuso Beth.

—También me lo pregunté, pero, entonces, ¿no estarían ellos con su bebé? Estoy segura de que Emma está en casa, y él entra y sale. Los padres normalmente se quedan con su hijo si está hospitalizado. Yo me quedé con la mía. Nunca me alejé de ella.

Beth supuso que Angela tenía razón.

—Estamos con ello, gracias. Ha sido de mucha ayuda.

—¿Les hará una visita? —preguntó la señora Slater.

—Sí.

—¿A qué hora? Procuraré estar en casa por si me necesita.

—No hace falta, pero se lo agradezco. Tengo su número. La llamaré si necesito algo más.

Beth terminó la conversación y la señora Slater se despidió a regañadientes.

La detective investigaría la desaparición del bebé, por supuesto, pero no compartía con Angela la idea de que se tratara de un misterio con implicaciones siniestras. La explicación más probable era que la madre y el bebé estuvieran en el hospital tras complicaciones con el parto en casa. Visitaría a los Jennings, aunque primero debía revisar el registro de nacimientos en línea.

Beth trabajó ante el teclado y minutos más tarde tenía la información que buscaba. No había registro del nacimiento de David Jennings, pero los padres tenían un plazo de cuarenta y dos días para registrar un nacimiento, de modo que aún contaban con tiempo de sobra.

Veinte minutos más tarde Beth detuvo su vehículo, un coche de policía sin identificar, frente a Booth Lane 57. Había otro automóvil en el acceso a la casa de los Jennings y una ventana abierta en el segundo piso, lo cual indicaba que podría haber alguien. Todas las viviendas de la calle eran del mismo estilo: adosados de los años ochenta, con un acceso apenas suficiente para que cupiera un coche. Al bajar de su vehículo, Beth miró al número 55, donde vivía la señora Slater. No parecía estar, pero Beth se percató de que desde la ventana de su habitación tenía una buena vista de la entrada de los Jennings y de la calle frente a ella. No pasaba lo mismo con la del número 59, un árbol obstruía la vista.

Beth subió los escalones de la entrada del 57, llamó al timbre y esperó. No respondió nadie, de modo que volvió a intentarlo, esperó un poco más, entonces la puerta se abrió.

—¿El señor Ian Jennings? —dijo y mostró su identificación. Él asintió—. Agente Beth Mayes, Investigaciones Criminales, policía de Coleshaw.

—¿Sí? —preguntó él, sombrío.

—¿Puedo entrar?

—¿Por qué? ¿Pasa algo?

—Mejor hablemos dentro.

Ian Jennings se hizo a un lado para dejarla pasar y cerró la puerta. Era un hombre de estatura y musculatura medias; vestía vaqueros azules y una sudadera azul marino. Lo único que lo distinguía era su cabello rubio. Beth lo siguió al salón, que se encontraba en la parte delantera de la casa y tenía pocos muebles: un sofá alargado, un televisor y una librería. Beth notó que no había muebles ni accesorios para bebé por ningún lado.

—¿Se encuentra en casa su mujer, Emma? —preguntó Beth.

—Está arriba, descansando. No se encuentra bien.

—Cuánto lo lamento. ¿Qué le pasa?

Ian dudó.

—No quiero ser maleducado, pero ¿por qué está aquí?

—Recibimos una llamada. ¿Su esposa estaba embarazada?

Ian parecía sorprendido.

—Sí, pero no entiendo qué tiene que ver eso con nadie.

Era obvio que se esforzaba por contener sus emociones; Beth creyó notar una mezcla de ira y malestar.

—¿Ya ha tenido al bebé? —preguntó Beth.

—Sí, pero eso es asunto privado, ¿no?

—¿Y dónde está el bebé?

—Nació muerto —respondió secamente, y sus ojos se llenaron de lágrimas.

—Lo lamento mucho —dijo Beth—. Por favor, acepte mis condolencias.

Ian asintió con rigidez.

—¿Habrá un funeral? —preguntó Beth. Si el bebé había llegado a término, era lo más probable.

—No sé. ¿Por qué? La matrona se lo llevó. Estábamos demasiado consternados para encargarnos. Todavía lo estamos.
—Se limpió las lágrimas con la mano.

—Lo lamento —repitió Beth—. Pero tiene que entender que debemos dar seguimiento a este tipo de denuncias.

—¿De qué tipo? —preguntó Ian. No había invitado a Beth a sentarse y seguía mirándola desde el otro lado del salón.

—Si hay un bebé desaparecido.

—No está desaparecido. Está muerto —dijo Ian entre lágrimas.

—Entiendo. Si puedo subir a ver a su mujer, me iré enseguida.

—¿Por qué quiere ver a Emma?

—Para poder escribir en mi informe que la he visto, y para darle el pésame.

—¿Informe? —preguntó Ian.

—Es el protocolo. Concluiré mi informe diciendo que los he visto a ambos y cerraré el expediente.

—Muy bien. Por aquí —dijo—. Lamento haber sido descortés; hemos tenido una semana horrible, ya se imaginará.

—Me hago cargo.

Beth siguió a Ian fuera del salón, escaleras arriba, hasta llegar a la habitación de la parte delantera de la casa. Las cortinas se hallaban medio abiertas y Emma Jennings estaba vestida y acostada en la cama.

—Es la policía —dijo Ian, el primero en entrar.

Enseguida, Emma se mostró preocupada y se incorporó sobre las almohadas mientras su marido se colocaba a su lado en actitud protectora. La pobre mujer tenía un aspecto terrible, pensó Beth: pálida como un cadáver y con bolsas oscuras bajo los ojos. Beth se sorprendió de lo mucho que se parecía a su esposo. Había leído que las parejas terminan por parecerse con el paso del tiempo, y ellos eran un ejemplo perfecto.

—Mi más sentido pésame —dijo Beth. Se acercó a Emma y le mostró su identificación.

—Perdí a mi bebé —respondió la mujer con voz tenue—. ¿Qué hace aquí?

—Recibimos una llamada de alguien que pensó que había desaparecido un bebé de esta casa.

—Es cierto —dijo Emma, aún más alterada y entre lágrimas—. Se fue. No lo volveremos a ver.

—Lo lamento —repitió Beth—. ¿Entiende por qué tenía que venir a confirmarlo?

—Sí.

—Los dejo entonces. ¿Tienen todo lo que necesitan?

Emma asintió.

—Cuídense mucho. Ya salgo yo.

Beth dejó a Ian con su esposa desconsolada, bajó las escaleras y salió de la casa.

Sentía mucha pena por la pareja, su dolor era tremendo. Pero el misterio de la desaparición del bebé estaba resuelto: nadie había actuado mal, el bebé había nacido muerto. Una tragedia. La matrona había cubierto el cuerpo en el moisés y lo había asegurado en el asiento trasero para llevarlo al servicio forense. Todo era muy triste, pero no se había cometido ningún delito. Y Beth se alegraba por ello.

# 6

Jan no se contuvo.

—¡¿Por qué es tan difícil arrancar un maldito cortacésped?!

Volvió a coger el cordón de arranque, hizo acopio de todas sus fuerzas y tiró. El motor giró una vez, el cordón volvió de golpe a su sitio..., luego nada.

—¡Joder!

Le dolía el brazo derecho de tanto tirar del cordón y, para colmo, ahora el jardín olía a gasolina. Seguramente había emborrachado el motor en su intento de ponerlo en marcha. Un cortacésped eléctrico, como el de sus padres, habría sido mucho más fácil de manejar. Solo había que enchufarlo y listo. Chris había dicho que el de Camile podía ser caprichoso cuando había humedad, pero el ambiente estaba seco. Seguía haciendo un día hermoso, por lo que Jan había decidido que cortaría el césped tras regresar de sus compras en el pueblo.

Volvió a tirar del cordón y el olor a gasolina se intensificó. Si había emborrachado el motor, la única solución era dejar que se secara. Y si después seguía sin arrancar, tendría que llamar a Chris, lo cual no sería mala idea.

Decidió aprovechar la espera. Cogió el rastrillo del cobertizo y comenzó a barrer algunas hojas caídas. Yesca estaba en casa, ya que el cortacésped le daba miedo. Una vez que hubo reunido un buen montón de hojas, las levantó y las depositó en la pila de compostaje, que se hallaba en la parte trasera del jardín, a la izquierda del cobertizo. El jardín tenía una zona de césped en el centro, con arbustos a ambos lados, de modo que no había mucho que hacer en aquella época del año. En sus notas, Camile había apuntado que sería genial si Jan pudiera cortar el césped y retirar las hojas. No pensaba que la dueña de la casa fuera a mostrarse muy impresionada por sus esfuerzos con el césped, aunque lo cierto es que Jan nunca lo había tenido que hacer antes.

Continuó barriendo las hojas, primero de un lado y luego por todo el fondo del jardín. Qué distinto era todo bajo la luz del sol: pacífico, idílico. Jan se sentía unida a la naturaleza. A medida que retiraba las hojas del seto por el cual había desaparecido la sombra de la noche anterior, observó el hueco por donde había pasado y el rastro en el barro. Había muchas huellas que convergían en el mismo sitio; podrían pertenecer a cualquier animal, pero parecían ser de distintos tipos e indicaban que las visitas habían sido más frecuentes, incluso desde antes de las cuatro noches en que Yesca se había asustado. Eran demasiado grandes para ser de un zorro, aunque Jan podría equivocarse. Se le ocurrió que tal vez Camile podría haberlos alimentado, pero en ese caso lo habría incluido en sus apuntes tan detallados: «Alimento a una familia de zorros, así que quizá podrías...».

Jan barrió las últimas hojas, las tiró a la compostera, guardó el rastrillo y se dirigió de vuelta hacia el cortacésped. Ya debería haberse evaporado cualquier resto de gasolina. Lo intentaría una vez más y enseguida se daría por vencida y llamaría a Chris, pese a que ya era tarde para que se acercara. Pronto se pondría el sol, así que ya estaría oscuro cuando llegara, y eso asumiendo que estuviera libre.

Cogió el cordón de arranque, se concentró, respiró hondo y dio un tirón fuerte, su mejor y último esfuerzo. El cordón volvió a su sitio y el motor, como por sorpresa, cobró vida. ¡Había funcionado! El cortacésped había arrancado, pero no llevaba un ritmo constante, parecía que iba a detenerse en cualquier momento. Jan movió la palanca del mango y aumentó las revoluciones hasta que el motor trabajó de manera más uniforme; luego, soltó el freno de mano y la máquina se puso en marcha. No hacía falta empujarla, pues el rodillo se hallaba conectado al motor. Avanzó por un lado y otro del césped hasta que su aspecto la dejó satisfecha. Ahora entendía por qué Camile prefería un cortacésped como aquel, una vez que lograbas arrancarlo, trabajaba solo. Nada de empujar ni de tener cuidado con el cable de la corriente. Lo único que tenía que hacer era dirigirlo en uno y otro sentido, y cuidar que avanzara en línea recta.

Le pareció que el resultado estaba empezando a parecerse a un trabajo profesional. Se alegró de haber insistido en arrancar el motor ella sola, sin la ayuda de Chris. Era otro pequeño triunfo que le proporcionó el estímulo de autoconfianza que necesitaba. Sí, era algo tonto sentirse orgullosa de cortar el césped, pero perder su trabajo y a su pareja al mismo tiempo había dejado su autoestima por los suelos. Ahora la iba recuperando poco a poco, a medida que acumulaba éxitos. Sin embargo, tenía que admitir que el cortacésped era muy ruidoso, bloqueaba cualquier otro sonido. Con razón Yesca prefería quedarse en casa.

Solo cuando se detuvo para vaciar la hierba del depósito pudo oírlo.

Era un ruido, un crujido desde el seto que tenía a sus espaldas. Se volvió, pero no pudo ver nada en aquella parte del jardín. Se quedó donde estaba, escuchando y mirando. Quizá uno de los zorros había ido a investigar. Pero ¿a plena luz del día? Chris le había dicho que en aquella época del año estaban hambrientos y, contra su costumbre, se acercaban a las casas en busca de comida. O tal vez el ruido del cortacésped los había perturbado. Aunque, en tal caso, ¿no habrían huido, como Yesca?

Algo inquieta, retiró el depósito de la parte trasera de la máquina y lo vació en la compostera. Mientras lo sacudía para retirar los últimos restos, lo oyó otra vez. El cobertizo bloqueaba la vista. Se movió en silencio y apareció del otro lado: el jardín estaba vacío. Fue hasta allí y miró el hueco en el seto donde había encontrado los rastros. ¿Había nuevas huellas? No estaba segura. El aire permaneció quieto y silencioso.

Pronto se pondría el sol. Debía terminar de cortar el césped. Para calmar su inquietud, regresó hasta el cortacésped y lo encendió de nuevo. El motor arrancó sin problemas, pues ya había entrado en calor. Siguió cortando, de un lado a otro del jardín, creando franjas iguales. Sin embargo, mientras trabajaba, tuvo la sensación de que la observaban. Era algo extraño, perturbador y completamente irracional, pensó. Aunque, la sensación aumentó hasta tal punto que tuvo que dejar de concentrarse en el césped para volverse a mirar detrás de ella.

Se reprochó haberse comportado como una tonta, pero la sensación llegó a ser tan fuerte que detuvo el cortacésped y fue a mirar el seto desde cerca. Se inclinó y retiró algunas ramas para ver mejor. El seto de arbustos separaba el bosque del jardín de Camile. Miró el agujero por el que habían salido Yesca y la sombra.

—¿Hola? ¿Hay alguien? —llamó, luego se dio cuenta de su estupidez.

¿Esperaba que le contestara un animal? A menos que no fuera un animal... Podrían ser niños exploradores que acamparan en el bosque o un indigente que viviera ahí; ya lo había pensado la noche anterior. Ahora que había retirado las hojas y separado los arbustos, podía ver que el hueco era suficiente para que pasara o un niño, o incluso un adulto si se arrastraba. ¿Quién había dejado esas huellas? ¿Una persona?

Retiró algunas otras ramas y descubrió otro conjunto de huellas. Como las anteriores, podrían pertenecer a cualquier clase de animal. Si había habido algo ahí, ya se había ido, y se había llevado consigo la sensación de que la observaban. Podía haber sido también su imaginación. Tenía que terminar con el césped antes de que anocheciera. Estaba oscureciendo rápido y, si no acababa su tarea ahora, al día siguiente tendría que sufrir una vez más el arranque del cortacésped en frío.

Jan lo encendió sin problemas y terminó de cortar la hierba. Vació el depósito de nuevo y llevó la máquina a su sitio en el cobertizo. Cuando regresaba por el césped recién cortado a la puerta trasera de la casa, oyó el ruido de nuevo. Se dio la vuelta, no se veía nada. Lo que estuviera por ahí se ocultaba perfectamente del otro lado del seto.

Con un escalofrío se dirigió rápidamente a la casa. Si el sensor de movimiento funcionaba, le mostraría quién era el visitante nocturno y con suerte acallaría sus temores.

Yesca llegó desde el salón, listo para cenar. Jan le dio de comer y revisó el teléfono. Había una llamada perdida de su madre; se pondría en contacto con ella con ella después de haberse preparado un té. La temperatura había descendido mientras cortaba el césped y tenía los dedos fríos. Cogió la taza caliente con ambas manos y miró hacia el jardín desde la ventana del salón. El sol siguió su puesta y a las seis y media Jan consideró que estaba lo bastante oscuro para probar el sensor.

Abrió la puerta trasera y salió. Para su decepción, no se activó de inmediato. Pero cuando hubo dado dos pasos más, la luz inundó el área del jardín, justo frente a las ventanas del salón.

Contenta con el resultado, Jan regresó al interior de la casa mientras Yesca salía a correr. Cerró la puerta trasera, cogió el teléfono y envió un mensaje a Chris: «¡Hola! ¡Ha funcionado! ¡Pude arrancar el cortacésped y conectar el sensor! Estaba apagado. Ahora espero ver quiénes son mis visitantes nocturnos. Jan».

Tomarse a la ligera la visita la ayudaba a calmar la inquietud.

Cinco minutos después respondió Chris, pero no la felicitó, como ella esperaba, sino que mostró algo de preocupación: «Quizá Camile lo apagó por algo. Mejor déjalo apagado».

Ella le respondió para justificarse: «Pensé que se habría apagado por accidente».

La respuesta de Chris: «Creo que tienes que preguntar a Camile antes de cambiar cualquier cosa en su casa».

Notó la desaprobación en su mensaje y lo lamentó. Chris tenía razón, por supuesto que debería haberle consultado antes a Camile.

# 7

—¿Crees que esa agente sospecha de algo? —preguntó Emma a Ian con inquietud.

—No —respondió él, un poco cansado, levantando la mirada del portátil—. No tiene por qué.

—¿Y si busca a Anne?

—No sabe quién es nuestra matrona. De todos modos, Anne sabrá qué decirle.

—Mejor advierte a Anne de que ha venido la policía —insistió Emma—. No quisiera que se metiera en problemas. Nos ha ayudado mucho con todo, aunque no tenía por qué hacerlo.

—Ya hablé con ella —respondió Ian.

—¿Qué dijo?

—Que lo que le dijimos a la oficial era correcto. Pero que, si vuelve, es mejor fingir que no estamos para no tener que responder más preguntas.

—¡Si vuelve! —exclamó Emma alarmada—. ¿No dijiste que se había ido satisfecha? ¿Por qué iba a volver?

Ian suspiró.

—No creo que lo haga. Solo te estoy diciendo lo que me dijo Anne. Tú me has preguntado.

Emma jugueteó nerviosa con la manga de su jersey; Ian dirigió la atención de vuelta a la pantalla. Ya era de noche y estaban en el salón, pero ella no podía concentrarse en el libro que supuestamente leía. Se sentía más miserable que antes, la preocupación por la visita de la policía se sumaba ahora al trauma de perder al bebé. Había pasado todo el día en la cama, pero Ian preparó la cena y la convenció para que bajara a comer. Ahora estaba arrepentida de haberlo hecho.

El sueño había sido un pequeño remanso ante todo el horror, aunque cuando estaba despierta este regresaba con todas sus fuerzas. Simplemente se sentaba y recordaba: desde el principio, cuando se enteró de que había vuelto a quedarse embarazada y que el bebé tenía los mismos problemas que el primero. Día tras día, semana tras semana, hasta el horror inimaginable de dar a luz. Gracias al cielo no había llegado a término, y gracias también por Anne, pensó Emma. No lo habría logrado sin ella. Recordó sombríamente cómo había salido disparado, como si estuviera tan contento de liberarse de ella como ella de él. Su estómago se encogió de solo recordarlo.

David. Así habían decidido llamarlo. Significaba «amado». Y, en efecto, habría sido muy amado si la naturaleza no les hubiera gastado otra broma cruel. El término clínico era «bebé no viable», pero solo lo habían confirmado cuando era demasiado tarde para interrumpir el embarazo. Ian parecía llevarlo mejor que ella y podía concentrarse en su trabajo. Pero él no había estado embarazado, no había llevado a David en su interior todos esos meses, esperando lo mejor y temiendo lo peor. Era más fácil para él.

—Creo que voy a acostarme —dijo Emma cerrando su libro.

—No, por favor —imploró Ian, y se dirigió hacia ella—. No vuelvas a encerrarte. Tenemos que hablar de lo que pasó y de lo que vamos a hacer ahora.

—No pienso volver a quedarme embarazada, si eso es lo que estás pensando —dijo Emma en un tono cortante, con lágrimas en los ojos—. Dijiste que un rayo no caía dos veces en el mismo sitio, pero mira lo que ha pasado. Y esta vez ha sido peor.

Se le arrugó el rostro y se deshizo en lágrimas. Ian la abrazó mientras lloraba.

—Nunca te haría pasar por eso otra vez —dijo con delicadeza, acariciándole el cabello—. Nunca. Es demasiado. A mí también me duele. Te amo. Pero antes de renunciar al sueño de comenzar una familia, quiero hablarte de algo.

—¿De qué? —respondió Emma mirándolo entre lágrimas.

Ian cogió un pañuelo de la caja y le secó los ojos con cuidado.

—No quisiera que lo intentáramos de nuevo a menos que pudiéramos estar seguros de que no ocurriría por tercera vez.

—¡Pero no podemos estar seguros! —gritó Emma—. Ese es el problema. No lo sabemos hasta que es demasiado tarde. Anne dijo que no deberíamos volver a intentarlo, que probablemente pasaría lo mismo.

—Ya lo sé. Pero escúchame, por favor. He estado investigando en internet.

—A ver, dime.

—¿Recuerdas el momento en que nos dijeron lo que ocurriría con David, después de la ecografía?

—Sí. Perfectamente. Fue terrible, no podía dejar de llorar.

—Lo sé. Repetías una y otra vez que algo debía de andar mal contigo. Y yo te contestaba que no era cierto.

—Lo recuerdo. ¿Me estás diciendo que has averiguado que en realidad sí fue culpa mía?

—No. Escucha, por favor. No es más culpa tuya que mía. Pero ¿y sí el problema está en nuestros genes? Hay muchas condiciones que pueden heredarse sin que nadie lo sepa, y aparecen de pronto.

—Pero esto no había pasado nunca en mi familia —dijo Emma.

—Ni en la mía. Pero ¿y si ocurrió algo hace mucho tiempo y no lo sabíamos?

—¿Como qué? —preguntó Emma—. Me estás asustando.

—No quiero que te asustes, amor. Pero, si pudiéramos hallar una razón para lo que pasa, podríamos estar más seguros, y quizá incluso haya alguna oportunidad de corregirlo. Los científicos están haciendo ahora cosas maravillosas, manipulan el ADN para que los bebés puedan nacer sanos, sin males hereditarios.

—Era algo más que «una anomalía» —dijo Emma con un gesto—. Pero ¿cómo podemos saberlo?

—He estado investigando. Tendríamos que comenzar con nuestros árboles genealógicos. Ahora es fácil conseguirlos en línea. Luego podemos pedir certificados de defunción para saber de qué murieron nuestros ancestros. Ya he empezado a hacerlo con mi familia. Mira.

Ian fue a por el portátil y se sentó junto a Emma, en el sofá. Hacía tiempo que ella no lo veía tan entusiasmado con algo.

—¿Cómo se te ha ocurrido esto? —preguntó Emma.

—Vi un programa en la televisión hace unas noches. Hablaban de cómo se transmite la información genética, algo fascinante. Decían que los matrimonios entre primos son mala idea porque la endogamia puede producir alteraciones médicas y mutaciones. Pensé en nosotros. Ya sé que no somos primos, pero puede que haya algo en nuestras familias que haya permanecido latente durante generaciones y que se hubiera mantenido así hasta que se produjo el primer embarazo. Muchos males congénitos solo se transmiten si ambos padres son portadores: la fibrosis quística, por ejemplo. ¿Entiendes por dónde voy?

—Creo que sí. Pero, si encuentras algo, ¿crees que los médicos podrán tratarlo para que no vuelva a suceder?

—Me parece que tenemos una posibilidad. Depende de cuánto se haya investigado al respecto. Y aunque no pudiera hacerse nada, lo sabríamos con certeza y entonces podríamos buscar otras opciones, como la adopción o la acogida.

—Tienes razón —accedió Emma.

Pero cuando Ian comenzó a mostrarle lo que había averiguado de su árbol genealógico, sintió miedo de repente. Había, de hecho, algo en la familia de Emma, un secreto que nunca le había confiado a su esposo. No sabía si tendría relación con lo que él trataba de averiguar, pero no podía decirle nada sin hablar antes con su madre.

# 8

Jan se preguntó si debía apagar el sensor de movimiento, como había sugerido Chris en su mensaje; en efecto, Camile podría haberlo desactivado a propósito. Tal vez el cableado no era seguro y podía provocar un incendio. Aunque, si fuera peligroso, Camile se lo habría advertido en sus notas: «No uses la luz del jardín. No funciona correctamente», o algo así. La instalación no olía a quemado y el foco y el sensor parecían estar bien.

Jan pensó en escribir a Chris para disculparse, pero luego desistió; cuanto menos lo mencionara, antes lo olvidarían. En su lugar, hizo lo que tendría que haber hecho desde un principio y escribió a Camile: «He encendido el sensor de movimiento en el jardín. ¿Te parece bien?».

Camile respondió casi media hora después: «Consume mucha electricidad, mejor apágalo».

Por eso estaba apagado el sensor. Tenía sentido. Así que lo apagaría de nuevo una vez que cumpliera su función de iluminar al visitante del jardín.

Jan había llenado de monedas el medidor y ahora esperaba a que dieran las ocho, la hora de visita de las cuatro noches anteriores. Había leído en internet que los animales eran criaturas de costumbres. Una vez supiera de qué se trataba y confirmara que no podía hacerles daño ni a ella ni a Yesca, podría relajarse. El perro era valiente pero pequeño, y no sería capaz de protegerse de un ataque.

Fuera estaba totalmente oscuro. Jan había terminado de cenar y lavar los platos, ahora estaba sentada en el sofá, con el móvil y el mando de la tele a la mano. Aunque se encontraba a varios kilómetros de su familia y sus amigas, se mantenían en contacto por teléfono y por mensajes de texto. Algunas le decían que les daba envidia por haberse tomado una temporada para sí misma. Un «sabático forzoso», lo llamó una de ellas. Dicho así, sonaba como si hubiera tomado una decisión informada y voluntaria, en lugar de que la hubieran despedido y de que su novio la hubiera abandonado.

Cuando habló con su madre unas horas antes, le había preguntado delicadamente si había pensado en su futuro. Jan murmuró algo sobre un posible cambio de carrera, quizá estudiar para ser maestra o trabajadora social; lo estaba pensando. Con eso bastaba para satisfacer a mamá, aunque Jan estaba segura de que no tenía lo necesario para dedicarse a la docencia o al trabajo social. No tenía claro cuáles eran sus mejores aptitudes ni lo que quería hacer en el futuro.

Yesca le saltó a el regazo y pasó algunos momentos dando vueltas en su sitio hasta que se acomodó. Jan le acarició la cabeza sin perder de vista la brecha entre las cortinas. En cuanto la luz del sensor se encendiera, correría la cortina y, con suerte, conseguiría echar un buen vistazo al intruso. Ya eran las siete y media, treinta minutos más. El pulso se le aceleró un poco.

Cogió el mando y encendió la televisión, más para distraerse que para ver algo en especial. Con el volumen bajo, recorrió los canales. Yesca cerró los ojos y comenzó a adormilarse.

Ponían una vieja película; Jan alternaba la mirada entre la pantalla y el reloj del teléfono. Pronto serían las ocho. Unos minutos antes de la hora, apagó el televisor y escuchó con atención. Yesca seguía dormido. Lo miró con cautela. Probablemente él lo oiría primero. De momento estaba dormido.

Llegaron las ocho en punto y pasaron. La expectación y la sensación premonitoria crecieron en Jan. ¿Dónde estaban? Levantó con cuidado a Yesca de su regazo y lo puso en otra parte del sofá. Él miró con curiosidad cómo Jan hincaba la rodilla sobre el asiento y escudriñaba entre las cortinas hacia la oscuridad exterior. No se veía nada más que la silueta fantasmal de los árboles del bosque.

Jan se quedó en su sitio con la respiración entrecortada. Sin soltar el borde de la cortina, observó a Yesca en busca de una indicación de que hubiera escuchado algo. Pasaron cinco minutos y el perrito comenzó a adormecerse otra vez. Quizá no fueran a ir esa noche. Tal vez no volvieran nunca. Los animales podían cambiar de guaridas y madrigueras. Le daría quince minutos más, luego apagaría el sensor.

A la espera, mientras miraba entre las cortinas, pensó que había empezado a obsesionarse con el visitante del jardín. Chris no se había preocupado al respecto, pero ella sabía que no podría dormir tranquila hasta no ver lo que había fuera. No podía pasar por alto la sensación de que habían estado observándola mientras cortaba el césped. Había sido intensa, no creía que fuera solo su imaginación.

Pasaron unos minutos más. Entonces, Yesca alzó la cabeza lentamente. Irguió las orejas y abrió los ojos mientras comenzaba a soltar un gruñido bajo y gutural. Había oído algo, pero la luz del sensor de movimiento no se había encendido. Quizá el visitante acababa de entrar en el jardín y ahora se acercaba por el césped hacia la casa. Jan se aferró al borde de la cortina, lista para abrirla. Yesca seguía gruñendo.

De pronto la sobresaltó un ruido en la puerta trasera. Yesca saltó del sofá y corrió a la puerta ladrando. Sin embargo, la luz continuaba apagada, de modo que el intruso debía de haber esquivado el sensor para aproximarse a la puerta trasera.

Jan siguió a Yesca; arañaba la puerta, desesperado por salir. Ella abrió con cuidado, consciente de que cualquier ruido podría hacer huir al visitante. El frío del aire nocturno entró de golpe, pero no podía ver nada. Mientras Jan oteaba hacia la oscuridad, lista para cerrar, Yesca corrió hacia el fondo del jardín, ladrando furioso, después desapareció por el seto. ¡Demonios! Los ladridos cesaron y luego se oyó un aullido de dolor desde el bosque. Todo indicaba que un animal —quizá un perro— se había hecho daño.

—¿Yesca? —llamó Jan rezando por que volviera.

Nada.

—¡Yesca!

Un búho ululó en la distancia.

¡Maldita sea! Tenía que encontrarlo, y rápido. Sin darse tiempo para pensar, corrió por el césped hasta el sitio por el que había desaparecido.

—¡Yesca! —gritó en la quietud de la noche—. ¡Yesca!

Podía estar herido.

De pronto oyó un ruido a sus espaldas que le heló la sangre. Se dio la vuelta, justo a tiempo para ver a una figura sombría corriendo por un lado de la casa.

—¡Alto! —gritó, y salió tras ella.

Era demasiado tarde. La vio desaparecer por encima de la cerca. Temblando, Jan regresó a la puerta trasera.

—¡Yesca! —llamó una vez más antes de entrar.

Nada. Ni un sonido.

# 9

Jan estaba sentada en el sofá, envuelta en el edredón de su cama, dando sorbos a su *hot toddy*, una mezcla caliente de *whisky*, agua, zumo de limón y miel. La calefacción estaba encendida, pero no era capaz de entrar en calor. Ni siquiera la bebida la ayudaba.

Yesca había desaparecido otra vez y a ella le costaba entender lo que había visto. ¿Había más de un visitante? Yesca salió a través del seto a perseguir algo y entonces otro ser surgió detrás de ella, cerca de la casa. ¿Había intentado entrar? Tuvo un escalofrío. Sí, era posible. Seguro que se había ocultado en los arbustos, mirándola mientras corría por el jardín detrás de Yesca. ¿Se habría escondido antes ahí?

Jan dio otro sorbo a su bebida e intentó calmar los nervios. ¿Eran dos visitantes que actuaban juntos? ¿Qué o quiénes eran? Su manera de evitar el sensor de movimiento podría denotar suerte o inteligencia. Las ardillas eran famosas por su comportamiento inteligente cuando se trataba de hallar comida, y podían irrumpir en comederos para pájaros con complicados sistemas de protección. Lo sabía porque sus padres tenían problemas con las ardillas en su jardín. Pero esto no era una ardilla. Para nada. Era mucho más grande y tenía un aspecto totalmente distinto. La primera vez que lo vio pensó que podía ser un zorro sobre las patas traseras, pero ahora había abandonado por completo la idea.

La figura sombría parecía más humana, un poco infantil; le vino a la mente la palabra primate. ¿Podría ser un animal huido de un zoológico que ahora viviera en el bosque? Había un zoológico a unos sesenta kilómetros; lo había visto en

Google Maps. ¿Sería capaz un simio de hacer un viaje como ese y luego sobrevivir en estado salvaje con el clima del Reino Unido? No lo sabía. Algunas especies no nativas, como los periquitos o el armiño americano, habían colonizado ciertas áreas rurales, según lo que había averiguado en sus búsquedas. Pero, si algo similar hubiera ocurrido allí, Chris se lo habría dicho en su conversación. Por el contrario, había permanecido impasible, le había respondido con vaguedades y había dicho que no podía recordar si Camile había hecho algún comentario acerca de visitas de animales a la casa de campo. Tal vez Camile no le había contado nada o no había sucedido nada durante su estancia. Aunque, a juzgar por los rastros, podrían llevar cierto tiempo ya visitando el jardín.

O quizá, pensó Jan mientras soltaba un suspiro, estaba exagerando. ¡Niños o primates en el bosque! ¡Qué más! No obstante, tenía la certeza de haber visto algo saltar la cerca. Se volvió a arropar con el edredón y encendió el televisor. No podía acostarse hasta que Yesca no estuviera a salvo del bosque, y necesitaba pensar en otra cosa.

Quince minutos después se había terminado el *hot toddy* y se levantó a prepararse otro. El efecto del *whisky* la había hecho entrar en calor y le había infundido valor. Mientras esperaba a que la tetera hirviera, descorrió el cerrojo de la puerta trasera. Abrió apenas una rendija para que su voz saliera y lo llamó:

—¡Yesca! ¡Yesca! ¡Ven, amigo!

Se detuvo a escuchar, lo llamó de nuevo, luego cerró la puerta y echó el cerrojo. Lo intentaría de nuevo más tarde.

Jan se llevó el cóctel al sofá y miró hacia el televisor sin ponerle mucha atención. Dejó el volumen bajo para poder oír cualquier ruido de fuera. De vez en cuando consultaba la hora en el teléfono: nueve y media, diez, diez y media, once en punto. Hacía ya tres horas que Yesca había salido, más tiempo que nunca antes. ¿Había sido él quien había soltado ese aullido de dolor? No estaba segura. ¿Estaría herido y no podría regresar?

Jan volvió a la puerta trasera y lo llamó una y otra vez, pero no había rastro del perro. No se atrevía a salir al bosque por la noche. Si no regresaba, saldría a buscarlo con la primera luz del día. Lo llamó por última vez y regresó al sofá a ver la televisión sin ponerle atención. Pasó más tiempo, las once treinta, medianoche. Comenzó a llover. Yesca odiaba la lluvia. Ahora sí volvería si pudiera, ¿no?

—¡Yesca! —gritó desde la puerta trasera, pero no oyó más que el golpeteo de la lluvia—. ¡¡Yesca!!

Cerró la puerta. Seguro que algo había ocurrido para que siguiera sin volver con esa lluvia. Era muy probable que hubiera sido él quien había aullado; ahora estaría herido en el bosque, agonizando o incluso muerto. Nunca se perdonaría que algo le ocurriera. Camile le había encomendado que se hiciera cargo de su adorado perro y Jan lo había cuidado como si fuera suyo. Aun así, era demasiado cobarde para salir a buscarlo al bosque.

De pronto se sobresaltó, habían llamado a la puerta. Se quedó helada y se le erizaron los pelos de la nuca. El reloj de su teléfono marcaba las cero con quince minutos. ¿Quién demonios estaba allí? No podía ser una visita a esa hora. El corazón se le aceleró mientras le cruzaban la mente toda clase de posibilidades. ¿Debería llamar a la policía? ¿O tal vez el viento había movido el aldabón? Alterada como estaba, probablemente había oído solo eso.

Se quedó quieta y sin hacer ruido, atenta a cualquier sonido que delatara la presencia de alguien. ¿Querrían entrar en la casa? Se le encogió el estómago. Su coche estaba fuera, pero eso no significaba gran cosa. La única luz encendida era la del salón, que no podía verse desde la entrada principal. ¿Pensaban que la casa estaba vacía? El miedo se apoderó de Jan.

Llamaron otra vez, ahora con más insistencia, y luego sonó el timbre. Un ladrón no tocaría el timbre, ¿o sí? Podría ser un ardid para entrar con violencia cuando abriera la puerta. Cogió su teléfono para llamar a la policía. Pero ¿qué les diría? ¿Que había alguien frente a la casa? Le pedirían que averiguara quién era, y, de todos modos, para cuando llegaran los agentes sería demasiado tarde: se habrían marchado o habrían entrado. Pudo verse atada mientras los ladrones saqueaban la casa. La soledad de la vivienda, que tan atractiva le había parecido al principio, se había vuelto ahora una pesadilla.

Un mensaje de texto hizo vibrar su teléfono. Miró la pantalla con las manos temblorosas. Era Chris: «Estoy fuera. ¿Estás ahí? Tengo a Yesca».

Qué alivio. Yesca estaba con Chris. Iba a llorar de emoción. Corrió a la puerta, la abrió de golpe y estuvo a nada de besarlos a ambos.

—Aquí tienes —dijo Chris depositando al perro en sus brazos.

—¡Muchísimas gracias! Estaba muerta de la preocupación. ¿Dónde lo encontraste? Pero pasa, no te mojes.

Jan lo dejó pasar y abrazó y acarició a Yesca.

—Estaba fuera de la tienda en Merryless, como si esperara a que le abrieran la puerta —dijo Chris—. Por fortuna, lo vi cuando volvía a casa. Quién sabe qué estaría haciendo allí.

—¡Gracias! —repitió mientras frotaba la cabeza del perro—. No sabes cuánto te lo agradezco.

Chris sonrió.

—No tienes por qué. Te habría llamado para decir que me lo quedaba por la noche, pero ya sabes cómo se pone si no está aquí, en casa.

—Sí —dijo Jan haciendo cosquillas bajo la quijada del animal—. Es un sentimental, ¿verdad?

Camile había procurado que el inquilino de la casa de campo fuera alguien capaz de cuidar a Yesca, pues nunca se había sentido a gusto en hoteles caninos o casas ajenas, ni siquiera aunque conociera a los dueños.

—¿Quieres tomar algo? —le ofreció Jan. Seguían en el vestíbulo.

—Si no es demasiado tarde... —respondió Chris despojándose de abrigo mojado—. He venido caminando.

—¿Has venido andando desde el pueblo a oscuras y bajo la lluvia? —exclamó Jan—. ¡¿Por Wood Lane?!

—Sí —rio Chris, y la siguió a la sala—. No hay nada en el bosque que te pueda lastimar. La gente es la que puede hacerte daño.

—¿Hay gente en el bosque? —preguntó Jan.

—No. Quiero decir que quien puede hacerte daño es la gente, no la oscuridad. ¿Estás bien? Te veo nerviosa.

—Estoy bien. Estaba muy preocupada por Yesca.

Ahora que Chris estaba allí, sus miedos y elucubraciones se esfumaron y ya se sentía segura otra vez.

—¿Qué quieres tomar? —le preguntó dejando a Yesca en su cama.

—Lo que estés bebiendo tú —respondió él con la mirada puesta en la botella de *whisky*.

—*Whisky*, entonces. ¿Solo?

—Con un poco de agua, por favor.

Chris se sentó en su sillón de costumbre y Jan sirvió dos vasos generosos.

—¿Hielo? —preguntó ella desde la cocina.

—No, gracias.

Agregó el agua, llevó los vasos a la sala, le dio uno a Chris y se sentó en el sofá. Yesca saltó de inmediato a su regazo para que lo acariciara.

—Parece que estás muy a gusto aquí —apuntó Chris dando un sorbo al *whisky*.

—Sí, supongo —dijo ella pensando en lo distinta que percibía la casa cuando tenía compañía—. ¿Has salido tarde?

—Venía de ver a una amiga.

—Perdón, no he querido entrometerme.

—Está bien. Somos amigos de la escuela. Nos vemos cada mes o dos y tomamos unas cervezas. Varias, de hecho; por eso no he venido en coche.

—Me encanta que hayas encontrado a Yesca —dijo Jan—. Ahora sé dónde buscarlo la próxima vez.

—Nunca había ido tan lejos; supongo que habrá perseguido a un animal en el bosque y luego se habrá perdido.

—Sí, así ha sido; ¿cómo lo has sabido? —preguntó Jan.

—Ya me habías dicho que otra vez había hecho lo mismo.

Jan asintió y dio otro sorbo a su bebida.

—Lo que fuera, hoy nos visitó de nuevo. Y creo que venía con compañía.

—¿Por dónde entran?

—Hay un agujero en el seto, al fondo del jardín. Pero esta vez...

Jan se detuvo. Le parecía ridículo describir lo que había visto escabullirse sobre la cerca. Chris era un tipo sensato, con los pies bien puestos en la tierra, capaz de dar un paseo nocturno por Wood Lane sin miedo alguno.

—¿Sí? —la animó Chris mirándola con detenimiento.

—Me preocupa que puedan entrar —dijo Jan—. Uno se acercó mucho a la puerta hoy.

—¿Y no sabes qué eran?

Ella negó con la cabeza.

—¿Quieres que tape el agujero del seto? —se ofreció Chris—. Estoy libre mañana por la mañana. Seguro que hay madera en el cobertizo. Si no, es posible que tenga algo en la cochera.

Jan se sintió un poco tonta. La solución obvia, por supuesto, era tapar el hoyo.

—¿Y Camile? —preguntó Jan.

—No creo que le moleste —dijo Chris—. Sobre todo si te está ocasionando problemas.

Evidentemente, Chris había olvidado su mensaje anterior en el que le recomendaba que le pidiera permiso a Camile antes de cambiar cualquier cosa en la casa. Jan no se lo recordó.

—Seguro que puedo hacerlo yo —dijo Jan—. Hay mucha madera en el cobertizo.

—Muy bien. Si necesitas ayuda, llámame.
—Sí, gracias.
Chris se terminó el *whisky*.
—¿Quieres otro? —le ofreció Jan.
—No. Me voy ya.
Se puso en pie y se dirigió a la puerta junto a Jan; cogió el abrigo del perchero y se cubrió con él.
—Gracias de nuevo por traer a Yesca. ¿Quieres usar mi coche?
—Mejor no. Primero las cervezas, luego el *whisky*... Con la mala suerte que tengo, me detiene la policía.
—¿Hay policía en el pueblo? Creía que la vieja comisaría estaba vacía.
Jan había visto el edificio durante sus paseos de exploración por el pueblo.
—Sí, está vacía, pero de vez en cuando viene una patrulla de Coleshaw. Nunca se sabe.
Jan se sintió aliviada por la noticia.
—Buenas noches —se despidió Chris mientras abría la puerta—. Gracias por la copa. Llámame si necesitas ayuda mañana.
—Sí. Gracias de nuevo.
Miró cómo Chris se alejaba por el jardín y tomaba el camino que conducía al pueblo. Él se volvió para decir adiós con un ademán antes de perderse de vista. «Caminar a solas por la noche; mejor él y no yo», pensó Jan, luego cerró la puerta y corrió el cerrojo.

# 10

Emma entró a casa de sus padres y llamó:
—¡Soy yo, mamá!
Le preocupaba saber si estaba haciendo lo correcto. Su padre estaría trabajando, por eso escogió visitar a su madre entre semana.
Mary salió de la cocina y sonrió con cariño a su hija.
—Hola, mi amor, ¿cómo estás? Qué alegría verte ya fuera de casa. —La besó y abrazó—. ¿Té, café?
—No, gracias.
—Ven, siéntate. ¿Ian te está cuidando bien?
—Sí, mamá, muy bien. No te preocupes. Hoy ha vuelto al trabajo. Y yo tengo que hacer el esfuerzo de volver pronto también.
Se acomodaron en el sofá del salón. Casi no había cambiado desde que Emma había dejado la casa cinco años antes para casarse con Ian. Le encantaba volver, era un espacio de paz y tranquilidad.
—Tienes mucho mejor aspecto que la última vez, al día siguiente de... —Mary se detuvo, con lágrimas en los ojos—. Lo siento, cariño. Aún me cuesta creer que haya pasado de nuevo.
—Lo sé, mamá.
—¿Harán una autopsia para saber qué ha pasado? —preguntó Mary tras una pausa.
—No.
—Pero ¿no es lo que hacen cuando ocurre algo así?
—Depende. Ian y yo no quisimos. Tampoco habrá funeral.
—¿De verdad? Ya sé que es muy distinto que con un aborto

espontáneo temprano. Pero seguro ya era un bebé bien formado.

—No del todo —respondió Emma con una mueca.

—Ay, amor, lo siento. No he debido decir eso. Pero sabes a qué me refería.

Emma lo sabía y le dolía.

—Ian y yo no podríamos afrontar un funeral —respondió.

—A veces puede ayudar a pasar página. Aunque sea un servicio pequeño, solo para la familia —insistió Mary.

—¡Mamá, por favor, basta! —exclamó Emma—. Ya es lo bastante difícil. Quiero olvidarme de esto y seguir adelante.

—Lo siento, mi amor. Quería ayudar. No volveré a mencionarlo, te lo prometo. Pero sabes que puedes hablar conmigo siempre.

Emma asintió con la cabeza.

—Bueno. ¿Qué es lo que no me podías decir por teléfono?

Emma respiró y eligió las palabras con cuidado. Temía que su madre no entendiera la importancia de lo que iba a decir, que se molestara o se enfadara. No necesitaba más tensión en su vida en ese momento.

—Mamá, Ian está investigando en internet sobre nuestros ancestros.

—Sí.

—Quiere averiguar si lo que nos pasó ha ocurrido antes en nuestras familias. Está solicitando copias de certificados de defunción. Piensa que, si se trató de algo hereditario, genético, podría haber algún tratamiento.

—Bueno, ojalá tenga suerte —respondió Mary—. Pero ¿por qué estás tan ansiosa?

—Porque no sabe que papá no es mi padre biológico.

—Y no debe saberlo. Nunca. Nadie lo sabe excepto nosotros tres y la gente de la clínica. Cuando te lo conté, acordamos que guardaríamos el secreto. Tu padre es un hombre orgulloso y le mortificaba no poder tener hijos. Ha sido el mejor padre para ti. Siempre te ha querido con todo su corazón.

—Lo sé, mamá. Esa no es la cuestión.

—¿Cuál, entonces? —preguntó Mary con ansiedad—. No se lo has contado a nadie, ¿verdad?

—No, pero creo que debo contárselo a Ian.

—¿Por qué? ¿Para qué? —exclamó Mary con el rostro pálido.

—Porque obviamente no tiene sentido que investigue a la familia de papá si no tengo sus genes —respondió Emma frustrada.

—Sí, lo entiendo. Pero no le digas nada a Ian, por favor. Si tu padre se enterara, lo destrozaría. Es tu padre, siempre lo ha sido. El otro hombre no hizo más que aportar su semen. Deja que Ian investigue lo que quiera, pero, por favor no le digas nada.

—Pero ¿y si hay algo en los genes de mi padre biológico que haya provocado el problema? No lo sabremos, y tampoco sabremos si se puede corregir. Ian y yo decidimos que no intentaremos tener otro hijo a menos que nos cercioremos de que no ocurrirá de nuevo. Pensé que podría buscar quién fue el donante y luego decírselo a Ian.

—Es imposible que hubiera nada malo con sus genes —dijo Mary—. Todos los donantes pasan filtros muy estrictos. Nos lo explicaron en la clínica. Los someten a varias pruebas médicas y analizan su ADN. Recuerdo que el doctor dijo que solo seleccionaban a los candidatos más sanos, así que no puede haber sido él.

Emma miró a su madre con algo de lástima. Estaba tan concentrada en proteger a su padre que no podía entender sus argumentos. Pero el asunto era demasiado importante, así que insistió:

—Ian se pregunta si puede haber algo latente en nuestros genes que solo se manifieste si dos personas con el mismo gen defectuoso tienen un hijo.

—No puede ser. La clínica también hace pruebas para eso. Hacen pruebas para todo, cariño, créeme. Si hay algún problema, seguro que no tiene que ver con el donante. Supongo que podría ser yo, pero nunca había pasado nada como esto en mi familia. Sospecho que Ian va a encontrar algo en la suya si es que hay algo que encontrar. A veces la naturaleza se equivoca y no es culpa de nadie.

—Ian ya ha investigado a tu familia —dijo Emma—. ¿Qué detalles te dieron sobre el donante?

—Todo salvo su nombre y dirección. Mantienen su identidad en secreto para proteger a todas las partes.

—Pero las leyes han cambiado. Ahora podría rastrearlo.

—¡Ay, Emma, no! Destrozaría a tu padre. Y no es justo para el donante tampoco. Él lo hizo para ayudar a familias sin hijos como la nuestra, no para tener la suya propia.

—¡No quiero ser su hija! —exclamó Emma enfadada—. No quiero conocerlo. Papá es mi padre. Siempre lo será. Solo quiero contactar con la clínica y pedir detalles de su historia genética.

—No, mi amor, déjalo. No busques problemas. Ian y tú os tenéis el uno al otro. No todas las parejas pueden tener hijos.

Emma pensó en la ironía de oír esas palabras en boca de su madre, que se había esforzado tanto por concebirla.

—Lo pensaré un poco más —dijo Emma. Era lo único que podía prometerle.

# 11

La detective Beth Mayes conducía su vehículo policial de regreso a la comisaría de Coleshaw. Su colega, el agente Matt Davis, iba de copiloto. Volvían de interrogar a Charlie Bates, integrante de una familia local de criminales experimentados. Había salido de prisión el día anterior y ya era sospechoso de un robo a mano armada.

El teléfono del coche sonó y Matt contestó.

—¿Habéis terminado con Bates? —preguntó el sargento Bert Scrivener.

—Por ahora —respondió Matt—. Vamos de vuelta.

—¿Podéis hacer una parada en Booth Lane 55 y visitar a Angela Slater? Beth sabe de qué se trata.

—La llamé ayer, señor —contestó Beth—. Le dije lo que había pasado en mi visita a los Jennings y que el bebé había nacido muerto.

—No está convencida —dijo Scrivener—. Ha llamado dos veces hoy. Dice que tiene una prueba nueva, pero que no puede comentarla por teléfono. Quiere hablar con alguien «familiarizado con el caso», así lo dijo. Así que te toca, Beth.

—Pero no hay caso, señor —apuntó Beth. Matt la miró extrañado—. El bebé nació muerto. Es todo. Se lo dije a la señora Slater.

—Díselo otra vez, por favor. Y luego volvéis.

—Entendido, señor —respondió Beth, y Matt cortó la llamada.

—¿De qué iba eso? —preguntó él mientras Beth cogía a la derecha para desviarse a Booth Lane.

—La señora Slater nos informó de que sus vecinos, Ian y

Emma Jennings, habían tenido un bebé, pero que este desapareció. Entrevisté a la pareja y escribí mi informe. Fue un parto casero, pero por desgracia el bebé nació muerto. No me imagino a qué puede referirse con esa «nueva prueba».

—Quizá esté acusándolos de asesinato —propuso Matt.

—Imposible. Había una matrona presente y se llevó al bebé. No hay nada sospechoso. Los Jennings son una pareja normal y corriente que está teniendo un duelo difícil. Es probable que ya hayan tenido roces con esa vecina entrometida.

—¿Un conflicto vecinal, entonces? —preguntó Matt.

—Puede ser.

Unos minutos después Beth detuvo el coche frente a la casa de Angela. El acceso a la casa vecina estaba libre, era probable que los Jennings hubieran salido, tal vez a trabajar, intentando rehacer sus vidas.

—¿Quieres esperar en el coche? No creo que tarde mucho —preguntó Beth. No hacía falta que hablaran los dos con la señora Slater, como sí hacían cuando se trataba de los Bates.

—No, voy contigo. Me intriga el caso —respondió Matt, y abrió la puerta—. No quiero que se te escape alguna pieza clave.

—Ja, ja —dijo Beth sonriendo. Ya había trabajado antes con Matt; les gustaba bromear.

Beth llamó al timbre del número 55. La puerta se abrió enseguida.

—¿Señora Slater? Beth Mayes y Matt Davis, detectives —dijo Beth mientras le mostraban sus identificaciones—. Hablamos por teléfono.

Beth calculó que Angela tendría unos sesenta años. Vestía bien.

—Qué bien que hayan venido. No quería repetírselo todo a alguien que no conociera el caso. —Los hizo pasar a un salón muy ordenada, en la parte delantera de la casa—. ¿Quieren algo de beber?

—No, gracias —respondió Beth—. Tenemos que volver a la comisaría en cuanto terminemos con usted.

—Siéntense, entonces. Me llevará unos minutos explicarles lo que he averiguado.

Beth y Matt se sentaron en el sofá, y Angela Slater ocupó un sillón un poco más alto, desde el que los miraba como si se dirigiera a un público nutrido. Frente a una de las paredes había un mueble con vitrina que exhibía adornos, fotografías familiares y un decantador vacío con seis vasos a juego. Matt sacó su libreta.

—Estoy convencida de que mis vecinos, Ian y Emma, esconden algo —comenzó Angela Slater con tono de intriga—. No creo que su bebé haya muerto. No han organizado un funeral ni han registrado la defunción.

—¿Cómo lo sabe? —preguntó Beth sorprendida.

Matt sostenía una pluma a unos centímetros de la libreta.

—Vi a Ian cuando salía hacia su trabajo. Le pregunté cuándo sería el funeral, para poder asistir o al menos enviar flores. Me dijo que no habría funeral, lo que me pareció raro.

—Tal vez sea un acto familiar —sugirió Beth.

—Eso pensé, y sospeché que quizá no había querido ser grosero conmigo. Así que llamé a mi amiga Nora. Trabaja en Lovells, la funeraria. Es una buena amiga y solemos charlar y reírnos sobre los tejemanejes del mundo funerario. ¡No creerían algunas de las cosas que me ha contado!

«Viva la confidencialidad», pensó Beth.

—Mi amiga Nora me dijo que en Lovells no habían recibido ninguna llamada para organizar el funeral de David Jennings —concluyó Angela satisfecha.

Beth sugirió lo obvio:

—Tal vez lo estén gestionando con otra funeraria.

—Eso pensé también —dijo Angela en tono de conspiración—. Pero hablé con todas las funerarias en treinta kilómetros a la redonda y ninguna de ellas ha recibido el encargo.

—Eso es dedicación —comentó Matt secamente.

Beth le dirigió una mirada de advertencia. Tenían buen trato, pero Matt no era famoso por su sutileza.

—Eso no es todo —continuó Angela inclinándose ligeramente—. No hay certificado de defunción. Le pedí a Nora que revisara el registro de fallecimientos. El bebé no aparece ahí, y debería. Las muertes de los bebés deben registrarse como las de los adultos.

Beth se quedó muda unos instantes, no le sorprendió tanto lo que escuchó, sino hasta dónde había llegado la señora Slater.

—Si un bebé nace muerto debe registrarse el hecho, pero hay un plazo de cuarenta y dos días.

—Lo sé —dijo la señora Slater con impaciencia—. Pero si un bebé nace vivo y luego muere, hay que registrar el deceso en cinco días o menos, como con cualquier otro fallecimiento. Aunque solo haya vivido una hora.

Beth sostuvo la mirada de Angela mientras Matt tomaba nota.

—Nació muerto —dijo.

—No. No nació muerto. Estaba vivo. Lo oí llorar.

—No me contó eso cuando hablamos —dijo Beth—. Solo afirmó que no había podido verle la cara porque el moisés tenía un cobertor encima.

—No pude verlo, pero sí oírlo.

—¿Y por qué no me lo dijo antes? —preguntó Beth.

—No creí que fuera necesario. Pensé que usted asumiría que estaba vivo. Hasta que usted no me contó que los Jennings le habían dicho que había nacido muerto no entendí la importancia del dato.

Beth hizo una pausa para pensar.

—¿Exactamente cuándo lo oyó llorar? —preguntó.

—Cuando la matrona introdujo el moisés en el vehículo. Estaba arriba, mirando desde la ventana de mi habitación. La ventana abatible estaba abierta. Lo oí llorar, un sonidito parecido a un maullido.

—¿Y no pudo ser un gato? —preguntó Matt.

Beth pensó que era una pregunta razonable.

—¡No sea ridículo! —respondió Angela mirando fijamente a Matt—. Sé distinguir un llanto de un maullido.

—En la distancia se parecen —propuso Beth.

—Les estoy diciendo que oí a un bebé —dijo Angela con vehemencia—. Su hijo estaba vivo cuando lo sacaron de la casa.

—¿Qué piensa que le ocurrió, entonces? —preguntó Matt.

—No tengo idea. Eso tienen que averiguarlo ustedes. Ya les he dicho todo lo que sé.

—¿Es todo, entonces? —preguntó Beth.

—Sí.

—Gracias —respondió Beth mientras Matt guardaba su pluma y su libreta.

—¿Van a interrogar a los vecinos? —preguntó la señora Slater poniéndose en pie—. Emma está en casa.

—Voy a hablar del asunto con mi colega —dijo Beth diplomáticamente.

Angela los acompañó a la puerta.

—¿Qué opinas? —preguntó Matt mientras se alejaban de la casa.

Angela cerró la puerta tras ellos.

—Que se equivoca, no oyó ningún llanto y el bebé nació muerto.

—O quizá sí lo oyó y el bebé murió poco después —sugirió Matt.

—Es posible, pero entonces habría un certificado de defunción. La señora Slater tiene razón, la muerte de un bebé debe registrarse de la misma manera que la de un adulto, aunque solo haya vivido unas horas. Será mejor que hablemos con la señora Jennings.

Dejaron el acceso de la casa de Angela y se dirigieron al número 57. Beth llamó al timbre. Esperaron unos momentos. La detective volvió a llamar. Momentos después la puerta se abrió. Estaba asegurada con una cadena que apenas permitía a Emma mirar hacia fuera.

—Hola, señora Jennings. Agente Beth Mayes —dijo mostrándole su identificación—. Ya he venido a verla, junto con su esposo. Este es mi colega, el agente Matt Davis.

—¿Sí? ¿Qué quieren?

—¿Podemos pasar? —preguntó Beth.

—¿Por qué? Ian no está, se ha ido a trabajar.

—No necesitamos hablar con él. Estoy segura de que usted puede ayudarnos. No tardaremos.

Emma dudó y luego retiró la cadena para dejarlos pasar.

—Mi más sentido pésame, señora —dijo Matt al entrar.

—Gracias —respondió Emma.

Beth pensó que Emma tenía mucho mejor aspecto que la última vez, cuando estaba en cama bajo el cuidado de su marido. Pero aún no se había repuesto del todo y parecía frágil.

—¿Nos sentamos? —preguntó Beth.

Emma los guio al salón.

—No le robaremos mucho tiempo —dijo Beth—. Ha contactado con nosotros un vecino preocupado.

—Me imagino —dijo Emma con gesto arisco—. Cometimos el error de ser amables con la señora Slater cuando nos mudamos. No nos deja en paz.

Beth asintió y continuó:

—Sé que esto puede resultar indiscreto, pero necesito hacerle una pregunta difícil sobre su bebé.

—¿Qué? —preguntó Emma alterada.

No había manera fácil de plantearlo.

—¿Su bebé nació vivo y luego murió, o nació muerto? —dijo Beth.

—¿Por qué quiere saber eso? —respondió Emma con consternación.

—Parece que aún no hay registro de la defunción.

—No sé nada de eso. No tiene que ver conmigo. La matrona iba a encargarse de todo.

—El problema es que solo tiene cinco días para registrar un fallecimiento —dijo Beth—, y se ha consumido el plazo.

—Emma la miró confundida—. Si nació muerto, el plazo es mayor: cuarenta y dos días. Pero, aun así, hay que registrarlo.

—Supongo que nació muerto, entonces —dijo Emma con lágrimas en los ojos.

—Lo lamento —dijo Beth, y continuó con delicadeza—: ¿No lo sabe?

—No. Me sentía muy mal, no me atreví a mirarlo. Se adelantó mucho, no estaba bien. No hemos hablado de ello desde entonces.

—¿Así que no vio ni cogió en brazos a su bebé antes de que la matrona se lo llevara? —continuó Beth con amabilidad. Sabía que los padres podían pasar un tiempo con su bebé muerto si así lo querían. Pero la reacción de Emma la cogió por sorpresa.

—¡No! Claro que no. Qué idea tan espantosa. Solo quería que se lo llevaran. No estaba bien. Ian tampoco lo miró ni lo tocó. La matrona se lo llevó y luego volvió a atenderme.

—Ya veo. Gracias —dijo Beth mientras Matt tomaba nota—. ¿Celebrarán un funeral?

—No. Mi madre preguntó lo mismo. Pero no entiendo por qué quiere saberlo usted. Es un asunto privado.

—Lo siento —respondió Beth—. Solo intento establecer cómo ocurrieron los hechos. Puede haber indicios de que el bebé haya estado vivo cuando se lo llevaron.

—¡Es ridículo! Claro que no. ¿Pueden irse, por favor?

—Sí. Siento haberla alterado. No la molestaremos más. Su matrona podrá contarme los detalles. ¿Cómo se llama?

—No sé —respondió Emma agitada.

—Tendrá su nombre en el registro de maternidad —sugirió Beth, pero Emma no contestó—. Ya hemos acabado —dijo Beth poniéndose en pie—. Puedo obtener la información de su servicio médico.

—Anne Long —dijo Emma de pronto—. Ahora quiero que se vayan. No me encuentro bien. Necesito acostarme.

—Lo siento. ¿Puede llamar a alguien para que la acompañe? ¿Su esposo?

—No. Márchense ya.

Emma permaneció en el salón mientras Beth y Matt salían de la casa.

—¿Qué opinas? —preguntó Matt ya en el vehículo.

—No estoy segura. Hay que hablar con la matrona.

# 12

Beth y Matt volvieron a su oficina en la comisaría de Coleshaw. Encontraron a su jefe, el sargento Scrivener, mirando el reloj de pared.

—La visita con la señora Slater ha durado más de lo que esperábamos, señor —dijo Beth frente al escritorio del sargento.

—Tuvimos que entrevistar también a su vecina, la señora Jennings, la que perdió el bebé —agregó Matt.

—¿Por qué? —preguntó Scrivener.

—Porque la «nueva prueba» de la señora Slater es que el bebé estaba vivo cuando se lo llevaron de la casa —explicó Beth—. Afirma que lo oyó llorar. Si tiene razón, entonces su defunción tendría que estar registrada, pero no lo está. Hablamos con la madre, Emma Jennings, pero no está segura de lo que pasó. Se hallaba demasiado alterada cuando sucedió. Voy a llamar a la matrona para aclararlo todo.

—De acuerdo —respondió el sargento—. Luego quiero que volváis a casa del señor Bates y lo arrestéis. Ya tenemos la prueba que necesitábamos.

—Sí, señor —dijo Matt.

Los detectives volvieron a sus escritorios. Se sentaban frente a frente, con los monitores casi tocándose entre sí.

—Mejor reviso los registros primero —dijo Beth mientras introducía su contraseña en el sistema—. Solo por si Nora, la amiga de la señora Slater, está equivocada y sí se haya registrado la defunción.

—Buena idea —respondió Matt dirigiendo la atención al caso en el que trabajaba.

Beth revisó primero los nacimientos, a continuación las defunciones y por último los casos de bebés nacidos muertos. Quince minutos después confirmó que Nora tenía razón, aún no había registro de que David Jennings hubiera nacido o fallecido. Luego tardó unos minutos en localizar los datos de contacto de la matrona, Anne Long. Su nombre apareció entre el personal del centro de salud de Coleshaw. Beth marcó el número.

—Centro de salud de Coleshaw —contestó una voz amable.

—Buenas tardes. Habla la detective Beth Mayes, de Investigaciones Criminales, policía de Coleshaw. Quiero hablar con una de sus matronas, por favor: Anne Long.

—Le paso con el área de obstetricia.

—Gracias.

Tras una espera sonó una voz cantarina:

—Obstetricia, dígame.

—Buenas tardes. Soy la detective Beth Mayes, Investigaciones Criminales, policía de Coleshaw. Quiero hablar con una de sus matronas, Anne Long.

—Está en una visita. Puedo pedirle que le devuelva la llamada cuando regrese.

—¿Tiene un móvil de trabajo? —preguntó Beth.

—Sí, pero no podrá atenderlo si está con una paciente.

—Lo entiendo. Si no me contesta, le dejaré un mensaje.

—Claro que sí. Un momento, por favor.

Segundos después volvió y Beth tomo nota del número de Anne Long.

—¿Hace mucho que Anne trabaja ahí? —preguntó Beth.

—Oh, sí. Es una de nuestras matronas con más experiencia. La respetan mucho. Varias mamás la solicitan.

—Seguro que es excelente —dijo Beth—. Lo que necesito saber no tiene que ver con sus capacidades. Estoy haciendo un seguimiento de rutina sobre la muerte de un bebé. David Jennings. Fue un parto casero.

—Ay, sí. Fue muy triste. Anne estaba muy alterada. Todas lo estábamos. Pero Anne es la mejor para dar apoyo a los padres.

—¿Atiende muchos partos caseros? —preguntó Beth.

—Sí, es su especialidad. Le encantan.

—Gracias por su ayuda. Voy a ponerme en contacto con ella.

—¿Sabe? A veces, aunque tengan el mejor de los cuidados, los bebés no sobreviven. Es terrible para todos, pero no es culpa de nadie.

—Sí, lo entiendo —dijo Beth—. Gracias de nuevo por su ayuda.

Beth bebió de su botella de agua y tecleó el número del móvil de Anne Long. Matt tecleaba concentrado.

Anne contestó después de dos timbrazos:

—Hola, soy Anne Long.

—Buenas tardes. Mi nombre es Beth Mayes, soy detective de Investigaciones Criminales, de la policía de Coleshaw. ¿La pillo en buen momento?

—Sí, tengo unos minutos. ¿Por qué? ¿Qué ocurre?

—Tengo entendido que usted fue la matrona de Emma e Ian Jennings. ¿Es correcto?

—Sí. Me acaba de llamar Emma. La ha alterado mucho su visita.

—No era mi intención —dijo Beth alzando la vista para cruzarla con la de Matt, quien separó los ojos de la pantalla—. Espero que pueda contestar mis preguntas.

—Lo intentaré.

—¿Emma tuvo un parto casero?

—Sí.

—¿Y el bebé no sobrevivió?

—Es correcto.

—¿Había llegado a término? —preguntó Beth.

—No, fue un gran prematuro.

—¿Así que nació muerto?

—En realidad fue un aborto espontáneo tardío.

—Oh, ya veo. ¿Cuántas semanas de gestación tuvo? ¿Se dice así?

—Sí. Pero lo siento, es información muy personal. Tengo que saber por qué lo pregunta antes de compartirla con usted.

—Claro. Estoy haciendo seguimiento a la llamada de un ciudadano que cree que el bebé estaba vivo y ahora está desaparecido.

—Se equivoca. Tenía veintitrés semanas, era un feto más que un bebé. En esa etapa se considera un aborto espontáneo tardío, no un bebé nacido muerto. Eso solo ocurre tras la semana veinticuatro.

—¿Hay que registrar los abortos tardíos? —preguntó Beth.

—No de momento, aunque hay quien opina que debería haber un registro para abortos espontáneos tardíos. Ayudaría a los padres a cerrar el ciclo.

—¿Así que no estaba vivo cuando se lo llevó de la casa? —continuó Beth tomando nota.

Matt seguía mirándola y escuchando su parte de la conversación.

—No. Algunos fetos pueden sobrevivir en esa etapa, pero no muchos. El bebé de los Jennings no lo habría logrado ni aunque hubiera nacido en un hospital. No estaba bien formado. Está todo en mi informe.

—Ya veo. ¿Así que no pudo haber llorado?

—No. Pudo haber hecho algún sonido, pero no llorar como lo haría un bebé viable con una gestación completa. Nadie habría intentado resucitarlo, ni siquiera en el hospital.

—Entiendo. ¿Usted se encargó del cuerpo?

—Sí, a petición de los padres. Lo incineraron en el hospital. ¿Es todo? —preguntó Anne—. Voy a atender un parto.

—Sí, gracias.

—¿Ya no volverá a visitar a los Jennings? Tengo entendido que ya los ha visto dos veces y están muy alterados. Tienen bastante con lo que lidiar.

—No será necesario visitarlos otra vez —confirmó Beth y se despidió. Luego le dijo a Matt—: Fue un aborto espontáneo tardío. Eso explica por qué no está registrado. No hay obligación de registrarlos antes de la semana veinticuatro. Era un feto que no se había formado del todo.

—También explica por qué los padres no quisieron verlo ni cogerlo en brazos —dijo Matt con una mueca—. Yo no habría querido, ¿y tú?

—Probablemente no. Pues termino el informe, lo envío y podremos salir a arrestar a Bates.

# 13

El martes por la noche, tras la cena, Jan se acomodó en el sofá con el portátil y una taza de té. Estaba animada y decidida a escribir la primera página de su novela, *Un romance difícil*. ¡Al menos tenía ya el título! No había excusa posible: las visitas nocturnas habían cesado y Yesca dormía plácidamente en el otro extremo del sofá, con los ojos cerrados y las orejas relajadas.

Jan había pasado buena parte de la tarde del domingo en el jardín, tapando el hueco del seto con los materiales que encontró en el cobertizo de Camile: maderas, malla de alambre y un rollo de cordel. Sin duda se trataba de una reparación chapucera para los estándares de Chris, pero resistió la prueba. Ajustó los tablones de madera a lo largo del agujero, los cubrió con la malla y aseguró todo el conjunto al seto con el cordel. Lo que fuera que la había visitado ya no podría entrar en el jardín. Las noches del domingo y el lunes habían sido totalmente tranquilas para ella y para Yesca, así que se sentía aún más confiada que antes.

Esa mañana apagó el interruptor del sensor de movimiento en la habitación. Ya no lo necesitaba y, como había dicho Camile en su mensaje de texto, gastaba mucha electricidad. No solo cuando se encendía la luz; el sensor también necesitaba energía, de modo que representaba un gasto constante. Escribió a Chris para decirle que había logrado cubrir el agujero y que todo estaba en orden. Él respondió con el emoji del pulgar levantado. También escribió a Camile: «He usado parte de la madera y la malla del cobertizo para tapar un hoyo en el seto que hay al fondo del jardín. Espero que no te importe».

Recibió su respuesta de inmediato: «Sí, no hay problema. Lamento que haya entrado algo en el jardín».

Jan se sorprendió un poco, porque no le había dicho nada a Camile acerca de las visitas. «Se lo habrá dicho Chris», pensó.

Dio otro sorbo a su té y dejó la taza sobre la mesa. Sus dedos esperaban ansiosos sobre el teclado, listos para comenzar. Miró la página, vacía salvo por el título y las palabras «Capítulo uno». Empezar era muy difícil y Jan sabía que un buen comienzo era crucial para toda novela. Los compradores tomaban decisiones a partir del texto de contracubierta y de la primera página de la narración. Los consejos para escritores noveles que halló en la red decían: «No te preocupes por escribir un comienzo perfecto, solo anota lo que tengas en mente. Cuando hayas terminado, podrás editar y reescribir. Solo empieza».

Era fácil decirlo.

Obligó a sus dedos a teclear lo que tenía en la cabeza: «Era una fría noche de invierno. La escarcha empezaba a cubrir el césped». Se detuvo a leer lo que acababa de escribir. Sonaba bien, así que continuó: «A las once de la noche, Melissa era la única persona que seguía despierta en aquella casa». Volvió a detenerse. Creyó haber oído un ruido fuera. Puso atención, pero no se repitió. Yesca seguía profundamente dormido, así que no había de qué preocuparse. El perro estaba acostumbrado, mucho más que ella, a los ruidos habituales dentro y fuera de la casa, sobre todo por las noches. Era el barómetro de Jan.

Le echó un vistazo a lo escrito y lo borró. Sería mejor situar la escena en verano, dado que se trataba de una historia romántica. Volvió a empezar: «Era una cálida noche de verano. A las dos de la mañana, la temperatura apenas había bajado un poco. Melissa estaba desnuda, bajo una sola sábana, con la ventana de su habitación abierta de par en par». Sí, sonaba mucho mejor. Jan estaba contenta. Sus dedos aguardaban sobre el teclado mientras llegaba la inspiración para continuar.

Entonces lo volvió a oír, un ruido al otro lado de la ventana que daba al jardín. Miró las cortinas cerradas y sintió frío.

Yesca había despertado y se encontraba en guardia, gruñendo con el lomo erizado y la vista fija en las cortinas.

—¿Qué pasa? —preguntó ella con la voz baja y temblorosa.

¿Había vuelto tras dos noches? ¿Habría entrado al jardín? ¿O se trataba de algo más? Se dijo que podría ser cualquier cosa: un erizo, ratas, ratones. El sensor de movimiento estaba apagado. Si subía a encenderlo de nuevo, lo que estuviera fuera seguramente se habría marchado para cuando Jan regresara al salón.

Dejó de lado el ordenador y se arrodilló despacio sobre el sofá, con el rostro vuelto hacia la ventana. Yesca la miraba sin dejar de gruñir. Cogió con cuidado el borde de la cortina y la abrió de repente. Unos ojos la miraron. Jan gritó y soltó la cortina. Yesca se lanzó contra la ventana, pero el visitante se había ido. Corrió a la puerta trasera, ladrando para que lo dejaran salir. Pero, al contrario que en las noches anteriores, Jan decidió no hacerlo. No era seguro.

Con las manos temblorosas, cogió el teléfono y llamó a Chris.

—Gracias al cielo que estás ahí —dijo agitadamente en cuanto él respondió—. Había alguien en el jardín trasero. Ha llegado hasta la ventana y me ha mirado.

—¿Estás segura? —preguntó Chris.

—¡Sí! ¿No oyes ladrar a Yesca? Quiere perseguirlo.

—Voy para allá. Cierra bien las puertas y no lo dejes salir.

—¿Llamo a la policía? —preguntó Jan.

—No, espera a que llegue y lo decidimos juntos. No tardo.

Temblando, Jan fue a comprobar el cerrojo de la puerta trasera. Luego, sin soltar el teléfono, caminó por el vestíbulo para esperar junto a la entrada principal. Se sentía más segura en la parte delantera de la casa, lejos del jardín de detrás y la ventana del salón. Yesca dejó de ladrar y corrió hacia ella.

¿Qué había visto? No lo sabía. Solo había sido capaz de distinguir dos ojos y una sombra antes de que la figura huyera. Era demasiado pequeña para ser adulta. ¿Un niño? Claro que no. Pero los ojos tenían expresión humana. Parecían intrigados. Si hubiera dejado encendido el sensor...

Con el corazón acelerado y pensando en lo que había visto, Jan se apoyó en la puerta principal y esperó deseando que Chris se diera prisa. Aunque Yesca había dejado de ladrar, continuaba agitado. De vez en cuando soltaba un gruñido gutural y miraba hacia la parte trasera de la casa. ¿Lo había oído volver? ¿O acaso nunca se había ido del jardín? Jan tembló. ¿Era uno o eran varios? Solo había visto un par de ojos.

Unos minutos después oyó el ruido de un vehículo que se detenía frente a la casa. Gracias al cielo. Esperó a que sonara el timbre.

—¿Eres tú, Chris?
—Sí.

Abrió la puerta principal y casi se derrumbó en sus brazos.
—Me he asustado tanto —dijo ella—. Gracias por venir.
—Nada. Vamos, siéntate. —La cogió del brazo y la condujo hacia el sofá del salón—. ¿Quieres algo de beber?
—No, estoy bien. Ha sido el susto. Esa cosa se acercó a la ventana y miró hacia dentro. Gracias por venir tan pronto.
—Iré a por la linterna y revisaré el jardín —dijo Chris.
—¿Crees que es seguro?

El hombre le mostró una sonrisa, le dijo que no había nada que temer, que su reacción era exagerada. Luego cogió la linterna del vestíbulo. Yesca lo siguió.

—No lo dejes salir, no queremos que desaparezca —dijo Chris de vuelta al salón. Levantó a Yesca y lo puso en el regazo de Jan; enseguida fue a la cocina y abrió la puerta trasera.
—Ten cuidado —dijo ella.
—No te preocupes.

De nuevo, su tono insinuaba que no había nada que temer.

Jan abrazó a Yesca para reconfortarse mientras Chris salía por la puerta trasera y la cerraba al salir. Yesca trató de seguirlo, pero Jan lo sostuvo firmemente sobre su regazo, acariciándole el lomo para tranquilizarlo. Pensó que quizá debería haber acompañado a Chris, pero, aun con su compañía, no se atrevía a salir al jardín. ¿Cómo podía estar tan seguro de que el intruso se había marchado y no le haría daño?

Minutos después se abrió la puerta y Chris regresó.

—Todo en orden —afirmó.

Jan dejó a Yesca correr hacia la cocina.

—Buen perro —dijo Chris acariciándolo—. Está bien, no hay nada fuera.

Se quitó los zapatos manchados de barro y entró en el salón.

—Pero han destrozado tu reparación. Hay madera por todo el césped. Vendré a arreglarla el fin de semana.

—¿Han? —preguntó Jan.

—Supongo que ha sido más de uno. Los zorros pueden vivir en manadas, aunque suelen cazar solos.

—¿Crees que ha sido un zorro?

—Es lo más probable. Han estado merodeando mis gallineros otra vez.

—No me pareció un zorro —dijo Jan—. Y la madera estaba bien puesta hoy por la tarde. Tiene que haber ocurrido después del anochecer, cuando yo estaba en el salón. —Sintió un escalofrío al decir eso—. Creo que alguien entró en el jardín y que deberíamos llamar a la policía.

Jan cogió su teléfono.

—¿Les puedes dar una buena descripción? —preguntó Chris desde su sillón.

Jan se detuvo un instante a pensar en lo que había visto.

—No, no puedo. Estaba demasiado oscuro. Apagué el sensor para ahorrar electricidad. Solo vi esos ojos en la ventana. Pero la silueta era similar a la de la vez anterior.

Chris la miró.

—¿Ya habías visto a alguien en el jardín? No me lo habías dicho.

—Fue la noche en que trajiste a Yesca; y no he dicho que fuera una persona. No te lo conté entonces porque no tenía claro qué era lo que había visto. Aún no lo tengo claro, y menos ahora. Pero...

—Pero ¿qué? —preguntó Chris con seriedad, sosteniendo su mirada.

Ahora parecía ridículo.

—Lo que vi la vez anterior era muy ágil y huyó por encima de la cerca. Pensé que podía ser un niño, pero ya no estoy segura. Lo siento, sé que parece una locura. No sé lo que vi —terminó.

Por fortuna, Chris no se rio de ella y pareció que se tomaba en serio lo que la preocupaba.

—Está claro que tuviste un sobresalto y viste algo que te asustó. Pero en ambas ocasiones estaba oscuro, y los ojos suelen engañarnos en la oscuridad. —Miró el ordenador abierto—. Sé que quieres paz y tranquilidad para escribir tu novela, pero ¿no crees que exageras un poco? Aquí estás muy aislada, has pasado mucho tiempo sola con tu imaginación.

Lo expresó de manera tan delicada que Jan no pudo sentirse ofendida. No, no era culpa de su imaginación, pero no se sentía de humor para discutirlo en ese momento. Chris relajó las facciones, abandonó la expresión de seriedad y dijo:

—¿Puedo invitarte a cenar una noche para que no estés tan sola?

—Oh. Mira, no lo sé —dijo Jan sorprendida—. Es muy amable por tu parte.

—¿Entonces? —Estaba esperando una respuesta.

—¿No me estaré metiendo en medio? —preguntó Jan—. Asumí que Camile y tú...

Pero Chris negó enseguida con la cabeza.

—Sí, tuvimos una relación hace unos años. Pero no funcionó por varias razones. Seguimos siendo buenos amigos. Eso es todo, amigos. Así que no, no estarás invadiendo el territorio de Camile si vienes a cenar conmigo.

Jan sonrió.

—Entonces sí, claro, me gusta la idea.

—Bien. ¿Mañana?

Jan asintió.

—Vendré a recogerte a las siete, así podré ducharme y cambiarme de ropa.

—Perfecto.

—En cuanto a tu visitante, el fin de semana repararé el agujero del seto. También me daré una vuelta por el bosque a ver qué veo. Así podrás estar tranquila.

—Gracias.

# 14

Jan permitió que Yesca durmiera con ella esa noche. Se sentía más segura con él. Aun así, tardó mucho en quedarse dormida. Cada ruido parecía indicar que el visitante había vuelto. Yesca también estaba inquieto y se despertaba a cada poco, se movía sobre la cama y levantaba las orejas en señal de alerta, como si hubiera oído algo. Los nervios de Jan no lo agradecieron y terminó por dormirse de madrugada. La última vez que miró la hora en su teléfono eran las dos y cuarto; ahora pasaban las ocho y ya había salido el sol. Lanzó un suspiro de alivio.

Salió de la cama, se puso la bata y las zapatillas, y abrió las cortinas de la habitación. Yesca movía la cola junto a ella, listo para desayunar y salir a correr.

—Vamos, pues —dijo Jan, y bajó las escaleras.

La vida parecía mucho mejor durante el día, y además cenaría con Chris esa noche. Ansiaba el momento más de lo que quería admitir. Chris le había gustado desde el primer día y le gustaba más ahora que sabía que no tenía una relación con Camile. Eran «buenos amigos». ¿Significaba que eran amigos con derecho a roce? Luego se obligó a frenar sus pensamientos: Chris la había invitado a cenar «para que no estuviera tan aislada», nada más. Su amistad con Camile no tenía nada que ver con ella. En cualquier caso, tampoco estaba aún lista para una relación de verdad, con Chris o con quien fuera.

En la planta baja, Jan abrió las ventanas del salón. Qué diferente lucía el jardín de día: perfectamente visible, tranquilo, nada amenazador. Entró en la cocina, dio de comer a Yesca, preparó la cafetera e introdujo dos rebanadas de pan en la tostadora. Como de costumbre, el perro se comió la mitad de su desayuno y luego trotó hasta la puerta trasera para que lo dejara salir. Al abrirla, Jan vio desperdigados por el césped los tablones que había usado para tapar el hoyo del seto, tal como había afirmado Chris. Había sido muy amable al ofrecerse a reparar los daños el fin de semana; sin embargo, Jan no podía esperar tres o cuatro noches con un agujero que invitara a su visitante a volver. Decidió que intentaría reparar la barrera, fortificarla. Había resistido dos noches, de modo que, si podía apuntalarla, con suerte se mantendría en su sitio.

Yesca terminó su recorrido por el jardín olfateando los maderos y luego regresó a la casa a terminar su desayuno. Jan untó mantequilla a su pan, se sirvió café y se llevó el desayuno al piso de arriba para comerlo mientras se bañaba y se vestía. «Trae ropa de abrigo para el bosque», le había advertido Camile en sus instrucciones por *email*. Así lo hizo, ahora llevaba vaqueros y un jersey grueso de lana.

Jan volvió a la planta baja, descolgó su chaqueta acolchada del perchero de la entrada y pasó a la cocina. Yesca la miró expectante.

—Luego te llevo al pueblo, pero ahora vamos al jardín —le dijo.

Sabía que podía confiar en que el perro no huiría por el seto durante el día: solo perseguía a los visitantes y se esfumaba entre los árboles por las noches.

Se guardó el teléfono en el bolsillo, salió al jardín y comenzó a recoger y apilar los tablones desperdigados. No estaban rotos ni dañados, solo fuera del sitio en el que los había colocado como barrera para el agujero del seto. Halló la malla de alambre con todo y el cordel que había utilizado para atarlo. Lo examinó de cerca y concluyó que no estaba mordido: los nudos no tenían marcas de dientes y, sin embargo, se hallaban sueltos. ¿Podían hacer eso los zorros? No. ¿Tal vez algún otro animal? Ninguno que ella supiera.

Atravesó el césped hasta llegar al seto, se agachó y miró de cerca las huellas. Había unas nuevas, pero aún era imposible identificarlas. En las ramas de cada lado del agujero había algo más de cordel.

Perpleja y desconcertada, Jan decidió volver a cubrir el agujero lo antes posible, de modo que comenzó a acercar la madera de la pila y a tapiar. Yesca olfateó por varios lados del jardín. Jan consiguió más maderos y malla del cobertizo, y aseguró todo con cordel. Ahora su construcción estaba mucho mejor afianzada, más fuerte y robusta, pero mientras trabajaba la invadió una sensación extraña y perturbadora que le decía que todo aquel trabajo era en vano. Cualquier ser que tuviera la inteligencia para desatar nudos y desmontar tablas de madera y malla de alambre no se detendría ante tal barrera. Cuanto más lo pensaba, más se convencía de que el culpable no era un animal. Tenía que ser una persona —o varias— y la idea la hizo temblar. Chris se había equivocado cuando la había disuadido de llamar a la policía simplemente porque no habría podido describir al culpable.

Media hora después, convencida de que había hecho el trabajo lo mejor posible y de que la barrera se mantendría en pie por un tiempo, Jan devolvió las herramientas al cobertizo y entró en la casa. Se sentó en un banco de la cocina y telefoneó a la comisaría de Coleshaw.

—Quiero denunciar a un intruso —dijo a la operadora.
—¿El intruso está ahora en el inmueble?
—No.
—La comunicaré con el primer oficial que esté disponible.

Tuvo que esperar unos minutos para que la atendiera un hombre que se identificó como el detective Matt Davis y le pidió su nombre completo y datos de contacto. Jan explicó que estaba alquilando Casa Ivy, en Wood Lane, y que alguien, o quizá más de una persona, había estado entrando en el jardín por las noches. Le contó que sospechaba que habían penetrado por un agujero en el seto de la parte trasera de la propiedad, que daba al bosque de Coleshaw. Davis pidió las fechas y horas de los incidentes y luego añadió:

—¿Pudo ver bien al intruso?

—No, estaba demasiado oscuro. Vi una sombra. Pero hay huellas en el suelo por donde están entrando.

—Muy bien. Echaré un vistazo. ¿Puedo ir hacia las tres de la tarde?

—Sí.

—Debo hacer una visita en Merryless y después iré para allá. Espero que haya bloqueado el agujero para que no vuelva a suceder.

—Gracias —dijo Jan contenta de que la tomaran en serio—. ¿Han recibido otras denuncias similares?

—No, que yo sepa —respondió Davis—. En verano a veces tenemos problemas con adolescentes que van al bosque y encienden fogatas, pero por lo general ocurre en el otro extremo, cerca de la cantera. Me parece que Casa Ivy llega hasta la parte más densa del bosque.

—Sí, aunque no la he visitado.

—Oh, debería hacerlo —dijo el agente con entusiasmo—. Los árboles están más bonitos en otoño. Los colores son increíbles. Si camina siempre por los senderos, no se extraviará.

—Tal vez lo haga —respondió Jan. La policía local parecía mucho más amigable que la de la ciudad.

Matt confirmó que pasaría poco después de las tres y se despidió.

Jan se alegró de haber llamado. Se sentía respaldada y liberada, y se puso de muy buen humor. Había hecho lo correcto al denunciar la visita y, aunque no había podido describir al intruso, ya tenía una investigación abierta. Ahora debía ir a la tienda del pueblo para asegurarse de volver antes de que llegara el agente.

—¡Yesca! ¡A pasear! —llamó.

Comprobó el cerrojo de la puerta trasera, pasó al vestíbulo y descolgó la correa. Aunque Yesca siempre corría suelto por el camino, tenía que amarrarlo cuando llegaran al pueblo y tuvieran que atravesar la avenida principal.

—¡Yesca! ¡Vamos! —volvió a llamarlo. No era frecuente tener que llamarlo dos veces—. ¡Yesca!

Apareció en el rellano de las escaleras, moviendo la cola y con cara traviesa. Cuando comenzó a bajar, Jan le vio algo blanco en el hocico.

—¿Qué tienes ahí? —preguntó ella mientras lo cogía. Era un zapatito blanco de bebé o de muñeca cubierto de saliva—. ¿De dónde has sacado esto?

Yesca la miró con culpa. Jan subió y halló la ventana de la segunda habitación abierta de par en par. No había logrado cerrarla correctamente tras apagar la luz del sensor. El contenido de algunas de las cajas de Camile estaba desperdigado por todo el suelo.

—¡Yesca! ¡Malo!

Tendría que recogerlo todo más tarde. Por el momento debía llegar a la tienda del pueblo antes de la visita del agente Matt Davis.

—¡Perro malo! —repitió mientras bajaban las escaleras.

Yesca la miró con ojos grandes y tristes.

—Está bien —dijo Jan acariciándole la cabeza—. No es culpa tuya. No debería haberte permitido subir. Camile no te deja hacerlo.

Lo acarició una vez más, abrió la puerta principal y se dirigió hacia Merryless correa en mano. Además de leche, debía conseguir monedas para el medidor. También echaría un vistazo a la comida congelada: tenían un surtido razonable para una tienda de pueblo, lo suficiente para persuadir a los habitantes locales de viajar hasta los supermercados de Coleshaw.

Jan caminó a paso ligero por Wood Lane. Yesca la siguió de cerca. El día había amanecido soleado, en cambio ahora se estaba nublando y podía sentir cómo bajaba la temperatura. Era principios de noviembre y el pronóstico del tiempo anunciaba algo de escarcha para el fin de semana. Su madre ya le empezaba a preguntar por las Navidades, en espera de que Jan la visitara en esas fechas. Pero no podía dejar solo a Yesca. Su amiga Ruby también le había consultado sus planes navideños y sugirió que podían pasar las fechas atrincheradas en la casa del campo con vino y películas. Eso parecía un buen plan.

—¡Vamos, Yesca! ¡No te quedes atrás! —llamó Jan. El perro se desviaba constantemente a olfatear y escarbar en los matorrales que bordeaban el bosque—. ¡Vamos, amigo! —repitió Jan, y se dio la vuelta.

Yesca no estaba.

—¡Yesca! —gritó—. ¡Aquí, ven!

No había rastro del perro. Jan se quedó donde estaba y puso atención a cualquier sonido que pudiera delatarlo. Pero el bosque estaba sumido en un silencio sepulcral.

—¡Yesca! ¡Ven!

Nada. Preocupada y fastidiada a la vez, Jan retrocedió sobre sus pasos. Yesca iba siguiéndola hacía medio minuto, pero ahora había desaparecido por completo. Siguió caminando, llamándolo y mirando hacia el bosque por ambos lados. Seguramente había corrido a perseguir algo. Pero ¿hacia dónde? Había árboles a izquierda y derecha.

—¡Yesca! —gritó a todo pulmón.

Entonces oyó un crujido entre las ramas.

Se dio la vuelta hacia el lugar del que procedía el ruido, justo a tiempo para ver a Yesca correr hacia ella. Pero había algo detrás de él. Alcanzó a ver a una silueta que corría hasta desaparecer en el bosque. Una imagen, apenas un contorno, con la figura y la estatura de un niño, similar a la que creyó ver escabullirse sobre la cerca de la casa de campo. ¿Podría haber uno o varios niños salvajes viviendo en el bosque? No, claro que no. Sin embargo...

# 15

Consternada, Jan corrió por Wood Lane pensando en lo ocurrido. Tenía la mirada fija al frente, sin volverla hacia el bosque, y sobre todo sin mirar atrás, por miedo a lo que pudiera atisbar. Yesca corría a su lado, esforzándose por mantener el paso.

Podría haber sido un niño. Sin embargo, algo en su figura y sus movimientos sugería lo contrario. ¿Un adulto agachado para que no lo vieran? Era posible y eso la atemorizaba aún más. ¿La estaban siguiendo? Si era así, ¿por qué? ¿Qué querían de ella? Gracias al cielo que había denunciado el incidente a la policía y que un oficial la visitaría aquella tarde. Eso la tranquilizó un poco.

Sudorosa y sin aliento, Jan dejó por fin de correr al llegar a la avenida principal. Puso la correa a Yesca y siguió a paso veloz hacia Merryless. Yesca también estaba cansado y jadeaba considerablemente, con la lengua fuera. Parecía tan alterado como ella por lo ocurrido en el bosque.

Más adelante cruzó la calle y siguió andando sobre el pavimento rumbo a la tienda. Sus latidos y respiración comenzaron a calmarse. Lo que más le preocupaba ahora era tener que volver por Wood Lane. El cielo seguía nublándose, cúmulos grises que oscurecían el cielo y harían que anocheciera antes. Deseó haber ido en coche.

Jan entró en la tienda, cogió una cesta, reunió deprisa lo que necesitaba y se acercó al mostrador. Había dos clientes delante de ella, así que esperó con impaciencia. Una vez que los hubo despachado, Lillian, la propietaria de la tienda, la saludó con una gran sonrisa.

—Hola, querida. —Su primera pregunta siempre era la misma—. ¿Te está tratando bien Chris?

Su esposo, Jim, era hermano de Chris.

—Sí —respondió Jan.

—Maravilloso.

Mientras leía los precios en el escáner, Lillian charlaba con Jan. Ella le respondió, aunque seguía pensando en el camino y el bosque. Pagó con tarjeta y luego pidió monedas para el medidor.

Lillian se dirigió al despacho, donde se encontraba la caja fuerte. Volvió con una bolsa de monedas de una libra, que Jan intercambió por un billete de veinte. Así lo hacía Camile.

—¿No tienes frío en la casa? —preguntó Lillian mientras Jan se guardaba la bolsa de monedas en el bolsillo de la chaqueta.

—No, aunque la calefacción no es barata y el invierno acaba de empezar.

—Perfecto —dijo Lillian—. Camile siempre dice que quiere cambiar ese viejo medidor, pero nunca lo hace.

—Estoy bien así —respondió Jan—. Mientras no olvide echar monedas en el medidor.

—¿Y Yesca se porta bien? —preguntó Lillian mirándolo por encima del mostrador—. ¿No ha vuelto a desaparecer por el bosque?

—Sí, cuando se lo he permitido —dijo Jan. Luego vaciló y finalmente agregó—: ¿Sabes si vive alguien en el bosque?

—¿Además de ti?

—Sí. Quiero decir, alguien que viva de verdad en el bosque.

—No que yo sepa. ¿Por qué? —preguntó Lillian sorprendida.

—En el camino hacia aquí me ha parecido ver a alguien.

—¿Un senderista? —sugirió Lillian.

—Quizá. —Jan se encogió de hombros—. No importa, solo me lo preguntaba. Gracias por las monedas.

—De nada. Que lo pases bien esta noche. Chris te va a llevar a un sitio precioso —dijo con un guiño.

—Cómo vuelan las noticias —dijo Jan, y correspondió a su sonrisa.

—Ha venido hace unos minutos y lo ha mencionado.

Otro cliente se acercó a la caja, así que Jan le dio las gracias a Lillian una vez más, se despidió y salió de la tienda.

Una vez fuera, Jan mantuvo a Yesca con la correa corta mientras atravesaban la avenida, y lo soltó un poco en el camino a Wood Lane. Lo que había visto no era un senderista. Y, sin embargo, Lillian no tenía noticia de que nadie viviera en el bosque, a pesar de que siempre estaba informada de lo que ocurría en los alrededores.

Jan se detuvo al final de Wood Lane y miró hasta donde le alcanzaba la vista. Flanqueado por el bosque y bajo el cielo gris, el sendero parecía un túnel largo y oscuro. Como de costumbre, estaba desierto. La casa parecía estar lejos, pero tenía que ponerse en marcha.

Sin soltar a Yesca de la correa, Jan comenzó a trotar, pero era difícil hacerlo con la bolsa de la compra en la mano. Yesca estaba cansado, le costaba mantener el paso con sus patitas y quería detenerse a menudo. Al final, Jan redujo un poco la velocidad para que el animal pudiera ir con ella. Tras negociar la última curva del camino pudieron ver la casa de campo. Jan se detuvo en seco. Había alguien en el jardín. Alguien pequeño. Estaba demasiado lejos para identificarlo con tan poca luz, aunque era una sombra que se dirigía a la entrada principal. Yesca también la vio y comenzó a ladrar, esforzándose por soltarse de la correa.

La sombra dio la vuelta y huyó hacia el bosque, a un lado de la casa.

—¡Oye! ¡Alto! ¡Vuelve! —gritó Jan mientras corría hacia la entrada—. ¡¿Hola?! ¿Hay alguien ahí? —llamó hacia los arbustos, sintiendo menos miedo ahora que había vuelto a casa.

Yesca dejó de ladrar y olfateó al aire. No se oía ni un ruido del otro lado.

—¡¿Hola?! ¿Hay alguien ahí? —repitió Jan, y puso atención.

Solo se oía el trino de un ave a lo lejos. Yesca había perdido interés, el intruso se había marchado. Pero ¿qué buscaba en su puerta? ¿Querría entrar? Volvió a gritar y luego entró en la casa, donde soltó la correa de Yesca. Este corrió por el salón, ladrando, y luego fue a beber ávidamente de su cuenco.

Preocupada y alterada por el encuentro, Jan guardó deprisa la comida congelada y dejó el resto de las compras para después. Se quitó la chaqueta y cogió el ordenador. Quería revisar algo. Antes, al buscar en internet sobre los habitantes del bosque, había escrito: «¿Qué animales grandes viven en el bosque de Coleshaw?». Ahora tecleó otra cosa: «Avistamientos extraños en el bosque de Coleshaw».

Aparecieron páginas de varias webs, además de artículos de periódicos. El primero llevaba como encabezado EXTRAÑO ENCUENTRO EN EL BOSQUE DE COLESHAW. Pero se trataba de una entrevista con un sujeto que afirmaba haber visto un objeto volador no identificado sobre los árboles. Lo que ella había visto no era un ovni, aunque sí podría parecer extraterrestre. La idea hizo que se estremeciera.

Jan continuó leyendo los resultados de la búsqueda. Había informes sobre el cadáver de una mujer hallado en la cantera de Coleshaw dos años atrás. La policía tardó en identificarla, pues no era local, pero terminaron por resolver el caso. También encontró otro artículo sobre Susan Pritchard, de sesenta y cinco años, que paseaba a su perro por el bosque cuando el animal salió corriendo detrás de algo y desapareció. Mientras lo buscaba, creyó oír el llanto de un bebé e informó de ello a la policía. Aunque, tras una búsqueda exhaustiva, no hallaron nada y decidieron que probablemente se tratara de un gato, aunque ella dijo que era «un sonido muy extraño para tratarse de un gato».

«Interesante», pensó Jan; pero ella no había oído un maullido. Siguió mirando artículos, deteniéndose a leer los que parecían relevantes para su encuentro.

Media hora después tuvo que admitir que no había ningún antecedente remotamente similar a lo que ella había visto. Aliviada y decepcionada por igual, Jan cerró el portátil, terminó de guardar la compra, metió una moneda en el medidor y dejó la bolsa con el resto al lado, en la alacena bajo las escaleras. Se preparó un café y lo llevó al piso superior. Tenía que darse prisa, el detective Davis llegaría pronto y después había quedado con Chris. Sin embargo, primero tenía que arreglar el desastre que había dejado Yesca en la habitación de invitados.

Entró. Yesca había sido muy eficiente: había saqueado muchas de las cajas de Camile, al menos parcialmente. Por suerte no había mordisqueado gran cosa. El zapatito estaba un poco dañado y Jan pudo ver que algunas de las bolsas de plástico con la ropa de Camile tenían huellas de su hocico. Pero no había logrado abrirlas para morder su contenido.

Dejó a un lado su taza de café y se arrodilló en el suelo para recoger las cosas, que con suerte lograría colocar en las cajas correctas. Yesca, agotado tras el largo paseo, dormía en la planta baja, así que no podría destrozar nada más. Jan le contaría a Camile lo que había pasado, le ofrecería una disculpa y le aseguraría que no volvería a ocurrir: confirmaría que la puerta de la habitación de invitados permaneciera cerrada siempre.

En una de las cajas halló el zapatito que hacía pareja con el que Yesca había cogido. Seguía cubierto a medias por papel de envolver, junto con un vestidito de muñeca o de bebé. Jan no tenía idea de por qué tendría Camile aquellas prendas; además, no era asunto suyo. Envolvió con cuidado los zapatos y el vestido, y estaba a punto de devolver el paquete a su caja cuando vio más abajo un álbum de fotos. Supo de inmediato que no debía abrirlo, era algo personal y no tenía que indagar. Pero la venció la curiosidad y decidió que un vistazo no le haría daño a nadie. Camile no lo sabría nunca.

Jan cogió con cuidado el álbum; estaba encuadernado de manera profesional, con cubierta gris brillante. Era un libro conmemorativo, como los que se hacen por internet subiendo fotografías de una boda, unas vacaciones u otra ocasión similar. En la portada se veía la imagen de un atardecer sobre el mar azul, el título «Nuestras últimas vacaciones» y la fecha de tres años atrás. Con mayor curiosidad aún, miró la primera página e identificó a los personajes: Camile y Chris miraban a la cámara desde una isla del Caribe. Hacían buena pareja, con sus hermosos cabellos, sus pómulos levantados y grandes sonrisas. Jan sintió una punzada de envidia y se preguntó por qué habrían terminado.

Pasó las páginas. Fotografías de Camile en bikini, tomando el sol junto a la piscina. Chris saliendo del mar, riendo, con el agua escurriéndose de su cuerpo fuerte y musculoso. La pareja comiendo en un restaurante, escalando una montaña, disfrutando de las vistas: retratos sacados por un tercero o con un palo para selfis.

Al hojear el álbum, Jan pudo darse cuenta cada vez más de que lo habían pasado de maravilla y de que habían estado muy enamorados. ¿Por qué, entonces, habían sido sus últimas vacaciones? ¿Qué había salido tan mal como para acabar con su relación? Chris le había admitido su relación con Camile, pero no había entrado en detalles. Jan se había imaginado que habían tenido algo poco importante, en cambio las fotografías decían otra cosa.

Se sintió triste. Camile era una mujer atractiva y segura de sí misma, con una carrera exitosa. Chris claramente se había enamorado de ella. La llevaría a cenar esa noche, cierto; pero sentía que no sería más que la segundona. Él la había visto como a una soltera que, por pasar demasiado tiempo sola, se estaba imaginando cosas. En suma, había sentido lástima de ella, solo eso. Ahora probablemente se arrepentía de haberla invitado a salir.

Jan cerró el álbum, lo devolvió a su caja y puso encima el paquete con los zapatitos y el vestido. Acomodó la tapa y lo dejó todo en su sitio. Ya no había luz fuera. Bebió el último sorbo de su café, cogió el teléfono y escribió a Chris: «Si quieres cancelar, lo entiendo».

Pero él respondió de inmediato: «Para nada. Tengo ganas de verte. Te recojo a las 7. Chris».

# 16

—¿Por qué no me lo has dicho antes? —preguntó Ian, inquieto y molesto—. No entiendo. Se supone que no teníamos secretos, ¡y ahora me sales con esto! —Hizo un ademán desesperado con las manos abiertas.

—No tenemos secretos —dijo Emma—. Solo este. Lo siento. Iba a decírtelo, pero luego pasaron tantas cosas, volvió la policía... No era buen momento.

—¿Y ahora sí lo es? —preguntó él enfadado—. Salgo temprano del trabajo para invitarte a cenar y me entero de que no eres la mujer con quien me casé. ¿Debo aceptarlo y ya?

—Sí soy la misma mujer —respondió Emma sin ocultar su enfado—. Sigo siendo yo.

—Pero no tienes los genes de tu padre. He invertido tanto tiempo en investigar su árbol genealógico... ¡y ni siquiera sois parientes!

—Sí lo somos. ¡Es mi padre y lo quiero! —respondió Emma con lágrimas en los ojos.

—¡Pero no tienes su ADN! —dijo Ian tan frustrado como ella—. Tienes el de alguien más, un donante, un extraño. ¿No lo ves?

—Sí, lo sé. Pero mi madre dijo que el donante no puede ser responsable del gen defectuoso, que todos pasan filtros muy estrictos.

—¿Cómo puede estar segura?

—Fueron a una clínica seria. Todos los donantes se someten a análisis de ADN para asegurarse de que no transmiten ningún mal congénito.

—¿A qué clínica? —preguntó Ian—. ¿Dónde está?

—No sé —dijo Emma desesperada—. No pregunté. No me importa. Nunca me ha importado.

—A mí sí me importa para mi investigación —respondió Ian bruscamente.

—¡Le estás dando demasiada importancia! —replicó Emma—. Ya sé por qué estás tan enfadado. Es porque esto demuestra que no soy yo la que tiene el gen defectuoso. No has encontrado nada en mi familia materna y ahora mi padre tampoco es el culpable. ¡Así que eres tú! Estás obsesionado con esto, Ian. Mira todos estos certificados de defunción. —Cogió un puñado y se los arrojó—. Ya no piensas en otra cosa, Ian. ¡Es ridículo! Déjalo ya. Nos está destrozando.

Se miraron fijamente en silencio. Luego Ian dijo con más delicadeza:

—Lo que nos ha pasado ha sido horrible. Tengo que averiguar por qué ha ocurrido. Saber si ha sido culpa mía o no.

—Sabes que no somos la única pareja de por aquí con problemas en el embarazo. La gente dice que los residuos de la planta eléctrica contaminan el agua y causan defectos de nacimiento. Eso es lo que deberías investigar. No a nosotros.

—Lo haré, pero solo tras descartar nuestro ADN —acordó Ian—. Lamento haberte gritado. ¿Un abrazo?

—Sí, claro. Te quiero. Estamos juntos. Es lo único que importa.

Ian la abrazó fuerte.

—Sí. Tienes razón.

# 17

La agente Beth Mayes levantó la mirada de la pantalla cuando Matt volvió a su escritorio.

—Hace horas que te has ido —dijo—. El jefe ha estado buscándote.

—Ya lo he visto. He ido a Casa Ivy, ¿sabes dónde digo? ¿En Wood Lane, junto al bosque de Coleshaw? —respondió Matt, y Beth asintió en respuesta—. Me ha llamado la señorita Jan Hamlin, la inquilina. Dice que había habido intrusos en su jardín y que había visto a alguien en el bosque.

—¿Señorita? ¿Joven? —dijo Beth con una sonrisa burlona—. Así que por esto has tardado. Estabas rescatando a una damisela en peligro. —Beth conocía a Matt lo suficiente para saber que no se ofendería por el comentario—. ¿Y has encontrado algo?

—No. Sí hay algo que está entrando en su jardín, pero no creo que sean chicos, como cree ella. No había huellas de zapatos. Me dijo que había visto fuera de la casa a alguien que huyó corriendo entre los árboles del sendero, así que miré allí, y también en el bosque de detrás de la casa. No había señales de vida. Me pregunté si sería otra vez Bill Smith, su demencia va cada vez peor y suele perderse. Pero ella insistió en que la figura que vio era pequeña. Ha papado un agujero en el seto del fondo del jardín, así que espero que con eso se resuelva.

—¿Por qué vive allí sola? —preguntó Beth—. Está muy apartada.

—Dice que necesitaba aislarse para pensar.

—Bien. La entiendo.

—Me preguntó por el bosque de Coleshaw. Ha estado leyendo artículos en internet y se ha enterado de aquel cadáver que se encontró en la cantera y de la señora que oyó llorar a un bebé. Le aseguré que habíamos cerrado ambos casos.

—Sí, a mí me tocó el del bebé. Susan Pritchard fue la que dio la voz de alarma. Estaba muy alterada, segura de que habían abandonado a un bebé en el bosque. Llevamos perros y en algún momento detectaron un rastro, pero luego desapareció en lo alto de un árbol, así que asumimos que eran ardillas. Por cierto, me encontré a la señorita Pritchard hace unas semanas en Merryless. Sigue paseando a su perro por el bosque y aún está convencida de que sí escuchó a un bebé. Pero volvió a agradecerme nuestro esfuerzo.

Matt asintió.

—Le dije a Jan Hamlin que me llamara si volvía a tener problemas.

Beth estaba a punto de responder cuando el sargento Bert Scrivener apareció a su lado.

—Necesito que vayáis al hospital de Coleshaw. Ha desaparecido un cuerpo de la planta de maternidad.

—¿Un bebé, señor? —preguntó Beth.

—Un cadáver. Por lo visto, el bebé nació muerto ayer, pobrecillo, pero ahora no aparece el cuerpo. Los padres están muy alterados, por supuesto. El hospital va a abrir una investigación, pero nos ha pedido ayuda. Ahora están con el director, Antony Bridges, y no se irán hasta hablar con la policía.

—Muy bien, señor, vamos para allá —dijo Matt poniéndose en pie.

—Después marchaos a casa —respondió el sargento—. Será tarde para que volváis.

Veinte minutos más tarde, los detectives llegaban al hospital de Coleshaw y se dirigían a la recepción.

—Detectives Beth Mayes y Matt Davis —dijo Beth; ambos mostraron la identificación—. Creo que el director, el señor Antony Bridges, nos espera.

—Avisaré de que han llegado —dijo la recepcionista, y levantó el auricular.

Mientas esperaban, Beth miró por el pasillo, donde un guardia de seguridad hablaba a una pareja mayor que parecía pedirle indicaciones. Había mucha gente en el hospital, incluso a las cinco de la tarde.

—Dice el señor Bridges que suban, por favor, a su oficina —informó la recepcionista—. Cojan el ascensor hasta el tercer piso. Ahí los recibirá su asistente.

—Gracias.

Matt y Beth se dirigieron hacia la izquierda de la entrada principal, entraron en el ascensor y presionaron el botón del tercer piso. Momentos después se abrieron las puertas y los recibió un joven.

—Hola. Soy Donald, asistente del señor Bridges. Gracias por venir tan pronto. Se están caldeando los ánimos. Uno de los guardias está con ellos.

Beth y Matt lo siguieron por el pasillo hasta que llamó a una puerta con la placa ANTONY BRIDGES. DIRECTOR. Un miembro de seguridad les abrió.

—Ha llegado la policía —dijo el asistente al entrar.

El director estaba sentado tras un gran escritorio. Hablaba con la joven pareja que tenía frente a él.

—Puede esperar fuera, gracias —dijo el señor Bridges al guarda de seguridad, quien salió junto con Donald. Cuando cerraron la puerta, Bridges continuó—: El señor y la señora Ryan, Grant y Chelsea.

—Detectives Beth Mayes y Matt Davis —se presentó Beth.

Obviamente, los Ryan estaban alterados. Grant contenía a duras penas su enfado y parecía dispuesto a golpear a alguien. Los ojos y las mejillas de Beth estaban rojos de tanto llorar. Beth acercó una silla para sentarse en ángulo recto frente a la pareja. Matt permaneció en pie, por si era necesario intervenir para controlar a Grant.

—Lo siento mucho —comenzó Beth tras tomar asiento.

Chelsea sollozó y el rostro de Grant se llenó de ira:

—¡Nos han tratado fatal! Primero se muere nuestra hija, ¡y luego se deshacen de su cuerpo sin que podamos despedirnos! ¡En cuanto volvimos nos dijeron que ya no estaba!

—No lo dije de esa manera —dijo Antony Bridges en un tono ligeramente condescendiente—. Lo que ocurrió es lamentable, y por supuesto que lo investigaremos. Pero nos llevará tiempo reunir toda la información.

Esto enfureció a Grant aún más. El rostro se le hinchó de rabia.

—¡Quiero que lo arresten! —gritó apuntando al director. Matt dio un paso al frente—. Y luego les pondremos una demanda.

—Entiendo lo tremendo que debe de ser esto para ambos —dijo Beth con delicadeza, después cogió su libreta y su bolígrafo—. Estamos aquí para investigar. ¿Podemos empezar recordando lo que ocurrió ayer?

—¡Cuéntaselo tú! Yo podría golpear a alguien —dijo Grant a su esposa, haciendo crujir los nudillos.

Chelsea sollozó de nuevo y respiró hondo.

—Di a luz ayer —comenzó con la voz alterada por la emoción—. Sabíamos que nacería muerta, era prematura y venía con malformaciones.

—Lo siento mucho —dijo Beth levantando la mirada de sus notas—. Por ambos.

Grant se tranquilizó un poco tras entender que los tomaban en serio.

—Gracias —respondió Chelsea—. Ya estábamos preparados para ello. O, bueno, hasta donde pudimos. Nuestra matrona fue maravillosa. Nos preguntó si queríamos ver a la pequeña, aunque nos lo desaconsejó. Pensaba que podía impresionarnos demasiado.

—Pero hoy sí queríamos verla —agregó Grant.

—Lo entiendo —dijo Beth, y miró a Chelsea para que continuara.

—Cuando Grant y yo volvimos a casa anoche, hablamos de lo que había pasado. También llamé a mi hermana. Nos dijo que ver al bebé nos ayudaría a entender lo que había pasado.

Beth asintió con empatía.

—Pero al volver hoy nos han dicho que ya habían desechado el cuerpo —dijo Chelsea—. «Desechado», como si fuera basura.

La madre se enjugó los ojos con un pañuelo.

—Fue un término desafortunado —admitió Bridges.

—Sí, pero es lo que hicieron con mi hija —soltó Grant.

—¿Es lo habitual? —preguntó Beth al director.

—A veces, aunque aquí parece haberse producido un problema de comunicación. Aunque los padres no quieran ver a un bebé que haya nacido muerto, y muchos no quieren hacerlo, solemos conservarlo en la morgue unos días por si cambian de opinión. Por desgracia, no es lo que ha sucedido en esta ocasión. Llevaremos a cabo una investigación exhausta. Ya he hablado con la matrona. Está muy preocupada y ofreció hablar con los padres por si necesitan ayuda.

—No es culpa de Anne —dijo Chelsea—. Siempre nos ha tratado de maravilla.

—¿Anne es su matrona? —preguntó Beth.

Chelsea asintió.

—¿Anne Long?

—Sí, es de las más experimentadas —contestó Bridges—. Lo ha hecho todo conforme a los deseos de los padres, convencida de que, como la bebé no era viable, no querrían verla. Pero por lo visto no era así. Está muy consternada. Todos lo estamos.

—¿Qué ocurrió con el cuerpo? —preguntó Beth.

—Deben de haberlo incinerado —respondió el director.

Chelsea sollozó un poco y se secó las lágrimas.

—Lo lamento mucho —repitió Beth, y, tras una pausa, agregó con voz baja y amable—: Dado que ya es imposible que vean a su bebé, ¿qué quieren que ocurra ahora? ¿Qué puede hacer el hospital por ustedes?

—Compensarnos —dijo Grant sin dudarlo.

—Asegurarse de que no vuelva a suceder —agregó Chelsea.

—Parece razonable —dijo Beth con los ojos puestos en Bridges.

—Por supuesto. En cuanto terminemos nuestra investigación, modificaremos nuestro protocolo de acuerdo con las recomendaciones que surjan para asegurarnos de que esto no se repita. Siempre aprendemos de nuestros errores. En cuanto a la compensación, si se establece nuestra responsabilidad, nuestros abogados estarán en contacto con los señores Ryan.

—¿Eso ayuda? —preguntó Beth a la pareja.

Chelsea asintió, y Grant respondió:

—Sí son responsables. Y no quiero que esta investigación se demore semanas y semanas. Estoy demasiado alterado para trabajar, así que necesitamos esa compensación pronto.

—¿Escribirá un informe también? —preguntó Chelsea a Beth—. No quiero que metan esto en un cajón y lo olviden.

—Lo haré a primera hora de mañana —dijo Beth—. ¿Tienen más preguntas para el señor Bridges?

—No —contestó Chelsea.

—Ahora no, quizá después —respondió Grant.

—Entonces sugiero que lo dejemos trabajar. —Beth se puso en pie.

Antony Bridges le dirigió una mirada agradecida.

—Contactaré con ustedes en cuanto tengamos noticias —les aseguró a Grant y Chelsea, quienes también se levantaron.

Fuera, Matt y Beth acompañaron a la salida a la joven pareja y se dirigieron al coche. Solo entonces preguntó Beth:

—¿Has reconocido el nombre de la matrona?

—Sí —dijo Matt—. Es la que atendió el parto de los Jennings. Dos bebés nacidos muertos en un mes. ¿Será normal?

—Sí, por desgracia. Busqué el dato mientras investigaba la denuncia de la señora Slater. Uno de cada 223 bebés nace muerto; esto supone 3400 al año, nueve al día. Y eso solo incluye a los que deben registrarse por las semanas de gestación. El dato exacto debe de ser mayor. Así que no es culpa de Anne.

# 18

Jan llevaba lista desde las seis y media y esperaba en el salón la llegada de Chris. Primero le dio de comer a Yesca; luego se duchó, se peinó y pasó un rato decidiendo qué ponerse. Era la primera vez, desde que había llegado a Casa Ivy, que tenía que vestir algo que no fueran vaqueros y un jersey. Ahora llevaba uno de los tres vestidos que había llevado por si en algún momento necesitaba estar más elegante.

El agente Davis había sido de mucha ayuda y se había esmerado en su visita vespertina. No solo había revisado el jardín trasero; también se había internado en el bosque alrededor de la casa y a ambos lados del sendero, donde había visto a la silueta salir corriendo. No había encontrado señales de que nadie viviera entre los árboles, y sugirió que habría sido un animal. Ella no lo contradijo; esperaría a tener más pruebas. Él volvió a recomendarle que paseara por el bosque detrás de la casa, y Jan dijo que lo pensaría. Después de todo, allí estaba, en un sitio de conocida belleza y sin haberlo explorado.

A las siete en punto oyó acercarse el coche de Chris. Yesca también lo oyó y levantó las orejas.

—Nos vemos más tarde —dijo Jan levantándose.

Acarició al perro y lo encerró en el salón para que no pudiera subir las escaleras. Luego se puso su abrigo en el vestíbulo, dejó la luz encendida para poder ver a la vuelta y abrió la entrada principal. Chris estaba girando el coche, pues Wood Lane tenía un solo sentido. La única luz provenía de sus faros. Ella esperó a que terminara de girar y se dirigió al asiento del copiloto.

—Hola —saludó ella de buen humor, y se subió al vehículo. Enseguida sintió una atmósfera peculiar.

—Hola —respondió Chris con voz baja. Trató de sonreír, pero no lo logró del todo. Quizá se había arrepentido al final de llevarla a cenar.

—¿Todo bien? —preguntó Jan, y se ajustó el cinturón de seguridad.

—Sí, gracias. ¿Y tú? —Puso la primera velocidad y arrancó.

—He tenido un día complicado —dijo para arrancar la conversación—. Reparé el agujero del seto, llevé a Yesca al pueblo y luego la policía vino a verme.

Esperaba que Chris se sorprendiera por esto último, pero no lo hizo.

—Lo sé —contestó él concentrándose en el camino—. Ha sido el detective Matt Davis. No sé por qué tenía que venir alguien de Investigaciones Criminales. Pasó por la tienda después de salir de tu casa. Conoce a Lillian y a mi hermano.

—Ah, claro. Debí suponerlo —dijo Jan sonriendo. Todos se conocían por allí.

Pero hubo un silencio incómodo.

—¿Y tú, qué tal el día? —preguntó Jan.

—Nada mal. Un par de trabajos por aquí cerca. Jan, no entiendo por qué has llamado a la policía. Creí que habíamos acordado que no era necesario.

Volvió a mirarlo, pero él estaba inexpresivo.

—Solo pensé que era lo más sensato —dijo—. ¿Qué más da? ¿Qué ocurre?

—No pasa nada, pero los rumores vuelan por aquí.

—¿Y? Matt no encontró nada.

—No. Era de día.

—¿O sea, que podría haber encontrado algo si hubiera sido de noche? —preguntó Jan incómoda.

—Solo quiero decir que has tenido el problema por las noches, ¿no?

—Sí, casi siempre. Aunque estoy segura de que vi a alguien hoy cuando caminaba hacia el pueblo.

Chris no le respondió. Mantuvo la mirada al frente, concentrado en el camino.

Jan deseó haberse quedado en casa. Ya había echado la noche a perder, y eso que acababa de empezar. Estuvo a punto de inventarse una excusa para volver cuando Chris se dirigió a ella.

—Lo siento —dijo—. A veces puedo ser muy gruñón. Volvamos a empezar, ¿vale? He reservado mesa en un restaurante estupendo.

—Sí, lo sé —contestó aliviada.

—¿Sí? ¿Cómo?

—Lillian me lo dijo contó. Los rumores vuelan por aquí.

—*Touché* —dijo Chris, y esa vez su sonrisa fue real.

# 19

Mientras Jan y Chris se dirigían a una mesa iluminada por velas en Bon Appetit, un restaurante elegante de Coleshaw, Ian y Emma estaban sentados a la mesa de la cocina. Acababan de comer unos huevos revueltos con pan, pues ninguno de los dos tenía hambre. Había cocinado Ian. Estaba más tranquilo y dialogante, pues ya había entendido por qué Emma no le había contado que su padre había sido un donante de semen. Simplemente, no le importaba: el hombre que la había criado era su padre, y punto.

Emma, por su parte, comprendía que para que Ian pudiera continuar investigando sobre su historia genética, algo muy importante para él, necesitaba saber la identidad del donante. Ella estuvo de acuerdo en principio, pero dudaba a la hora de dar el primer paso: pedirle a su madre los datos de la clínica. Sabía que se molestaría.

—No vayas, llámala por teléfono —dijo Ian—. Será más fácil que verla en persona.

—Quizá lo haga —dijo Emma jugueteando nerviosa con el tenedor.

—¿Y si la llamo yo? —ofreció Ian.

—No, me toca a mí. Pero se va a molestar otra vez.

—Puede ser que no. Ya le contaste que necesito la información para rastrear nuestra historia genética. Seguro que comprende por qué necesito saber quién fue el donante.

—Creo que espera que nos olvidemos del asunto y que dejes de investigar. Que lo dejemos todo como está.

—Emma —dijo Ian cogiéndola de la mano—, creía que los dos queríamos saber, con independencia del resultado.

Ella asintió brevemente y retiró la mano.

—Vamos a llamarla —dijo Ian con entusiasmo—. Te será más fácil si estoy contigo. Si te alteras, puedo coger yo el teléfono y seguir hablando con ella.

—No. Papá estará ahí. Mamá no querrá discutirlo frente a él. Estoy segura de que no le ha dicho que he preguntado. No se habla de eso en la familia.

—De acuerdo. Entonces, pídele que te devuelva la llamada más tarde. Solo queremos el nombre de la clínica; yo me encargo del resto. Por favor, Emma. Es mejor hacerlo ahora y quitárnoslo de encima. Si no llamas, no podrás dormir.

—¡Está bien! —dijo Emma.

Ian se retiró de la mesa y fue a por el teléfono de su mujer. Se lo entregó y se sentó frente a ella mientas esta marcaba el número fijo de sus padres; ellos no solían usar los móviles si estaban en casa. Tras un par de tonos fue su padre quien contestó. A Emma se le encogió el corazón.

—Hola, papá. ¿Cómo estás? —preguntó, y de inmediato sintió que estaba engañándolo.

—Bien, gracias, mi amor. ¿Y tú?

—Mejor, mejor.

—Qué bien. Tu madre dijo que pasaste a verla. Ahora que ya estás un poco mejor, ¿por qué no vienes con Ian a cenar el fin de semana? Haré el curri que te gusta con mi arroz especial.

—Gracias, papá, suena genial. —Sintió otra punzada de culpa.

—Perfecto. ¿Todo bien?

—Sí.

—¿Quieres hablar con mamá? —preguntó él sin malicia.

Emma se sintió aún más culpable.

—Sí, papá, por favor.

—Ahora la llamo. Te quiero, cariño.

—Yo a ti, papá.

Miró a Ian, quien asintió para animarla. Momentos después, su madre respondía al teléfono.

—Hola, amor, ¿todo bien?
—Sí, gracias. ¿Está papá en la habitación?
—No, ha ido a vigilar la cena. ¿Por qué?
—Estoy con Ian. Necesitamos el nombre de la clínica. Ya sabes cuál.

Tras un silencio, Mary respondió con un susurro:
—No puedo hablar ahora, papá puede oírme.
—Solo necesito el nombre de la clínica. Ian se encarga de lo demás.

Esperó. Más silencio.
—No lo vamos a olvidar, mamá. Al menos hasta que Ian haya averiguado todo. Papá no se enterará, te lo prometo.
—No vais a encontrar nada bueno —dijo Mary.
—Por favor, mamá, dímelo y ya.
—De acuerdo. Pero te lo he advertido. Es la Clínica Moller.
—Gracias.

Pero Mary ya había colgado.
—¡¿Ves?! ¡Sabía que se enfadaría!
—¿Te ha dado el nombre de la clínica?
—Sí. Clínica Moller.
—¿Te dijo dónde estaba?
—¡No! Y ya no voy a preguntarle nada más.
—No importa. No debe de haber muchas con ese nombre.

Ian abrió su portátil y comenzó a teclear. Emma lo observó un momento y se puso de pie.
—Voy a acostarme. Me duele la cabeza.

Pero Ian estaba demasiado concentrado para responderle siquiera con la mirada.

Emma se marchó, arrepentida de haber accedido a llamar. Su madre tenía razón; no encontrarían nada bueno. Todo lo contrario.

# 20

Aunque la noche había empezado mal, mejoró notablemente tras la disculpa de Chris. Jan se alegró de no haberle pedido que volviera a dejarla en casa. El restaurante era precioso, la clase de sitio que ella solo visitaría en ocasiones especiales. Era evidente que Chris trataba de impresionarla, y a Jan le gustaba eso. Había cambiado las zapatillas de deporte, los vaqueros y el cortavientos de cremallera por unos pantalones caqui, una camisa de algodón, una americana azul y unos zapatos de piel color café. Al entrar al restaurante le hizo un cumplido.

—Estás muy guapa.

Jan sintió un cálido temblor de expectación ante lo que la noche les depararía.

Chris era muy atento: le llenaba la copa y comprobaba que le gustara la comida. La conversación fluyó mejor con cada copa de vino. Chris le preguntó si le gustaba el vino tinto y pidió una botella de merlot. Se dieron cuenta de que tenían gustos similares en el vino, como en el café. Él bebía más despacio, pues tenía que conducir, así que Jan bebió mucho más que él. Hacía meses que no tomaba más de una copa de vino por la noche, y se dio cuenta de que estaba hablando mucho. Pero a él no parecía importarle. Al contrario, la animaba, asintiendo y riendo de sus chistes. Ella aprovechó la ocasión, ya que últimamente no tenía a nadie con quien hablar, salvo con Yesca.

Terminaron el plato principal. El camarero se llevó sus platos y dejó en la mesa la carta de postres, que no miraron por seguir charlando. Jan le contaba a Chris anécdotas de Yesca.

—A veces es tan travieso... —dijo Jan dando otro sorbo a su vino.

—¿Por qué? ¿Qué ha hecho ahora? —preguntó Chris con una sonrisa.

—Lo último ha sido en la habitación de invitados. ¿Sabes? Donde Camile guarda las cajas con sus cosas. Seguramente no cerré bien la puerta, porque esta mañana ha bajado las escaleras con cara de delincuente y un zapatito blanco en el hocico. Sabía que no era mío —dijo Jan riendo—. Así que subí y encontré las cosas de Camile desperdigadas por el suelo. Tal vez eche de menos su olor, no lo sé. Lo he guardado todo de nuevo en sus cajas, pero no me he atrevido a regañarlo porque me ha puesto una de esas miradas de inocencia.

Jan hizo una pausa con la copa en la mano. Esperaba que Chris se riera igual que había hecho con el resto de anécdotas. Sin embargo, no lo hizo.

—¿Qué clase de zapatito? —preguntó.

—Como de bebé o de muñeca —respondió Jan—. Lo he guardado con su pareja y con un vestidito a juego.

Chris aguardó un poco antes de continuar:

—¿Había algo más en la caja? —preguntó con expresión seria.

—Solo un álbum de fotos. Lo he guardado todo. Me aseguraré de que Yesca no vuelva a entrar.

Pero Chris la miró con expresión sombría, sumido en sus pensamientos. La conversación parecía haberse agotado y Jan no sabía por qué. Chris fruncía el ceño. ¿Por qué? ¿En qué estaba pensando? Jan terminó su copa de vino.

—Los perros pueden ser muy traviesos —agregó ella.

—Sí, supongo que sí. Asegúrate de mantener cerrada esa puerta. A Camile no le gustaría saber que Yesca ha entrado y ha destrozado sus cosas personales.

—No las ha destrozado —dijo Jan ligeramente molesta—. No ha hecho nada. Siento lo que ha ocurrido, se lo contaré a Camile. No sé qué más puedo hacer.

Chris asintió, dejó la servilleta en la mesa y dijo:

—Hemos terminado. Voy a pedir la cuenta. —Sin esperar respuesta de Jan, alzó la mano e hizo un ademán al camarero—. La cuenta, por favor —dijo sin mirarla.

—Sí, señor. ¿Quieren un café?

—No, gracias. —Ya había sacado la cartera.

—Yo pago mi parte —se ofreció Jan.

—No. Te he invitado yo. Pago yo.

Lo vio pagar la cuenta sin saber lo que había hecho mal ni cómo corregirlo. ¿Por qué le preocupaba tanto que Yesca entrara en la habitación de invitados? El perro no había roto nada. Quizá en las cajas había algunas cosas que Chris no quería que viera. ¿El álbum de sus últimas vacaciones? Gracias al cielo que no había dicho que había visto esas fotos.

Se levantaron y caminaron en silencio hacia la salida. Se castigaba por haber contado que Yesca había entrado en la habitación con las cajas. El vino le había soltado la lengua, pero por otra parte no había visto ninguna razón para no mencionarlo.

Caminaron juntos hacia el coche y subieron.

—Chris, ¿he hecho algo malo? —preguntó mientras él arrancaba el motor.

—No.

—Entonces, ¿por qué estás tan callado?

—No me he dado cuenta de que estaba —respondió melancólico, y salió del aparcamiento.

—Puedo coger un taxi si lo prefieres —dijo Jan.

—No, yo te llevo.

Y eso fue todo lo que dijo durante mucho tiempo.

# 21

Ian encontró fácilmente la Clínica Moller en internet. Solo había una con ese nombre en el Reino Unido. Estaba en un pueblito del otro lado de Coleshaw, a unos treinta minutos en coche. «Una clínica de fertilidad bien establecida», decía el encabezado del sitio web; la habían fundado Carstan y Edie Moller treinta años atrás y ofrecía «un servicio sensible y personalizado». Había una foto de los Moller fuera de la clínica, como si recibieran a sus clientes. Eran una pareja atractiva de unos sesenta años, con cabello gris. La clínica propiamente dicha parecía ser una extensión de lo que Ian había asumido que sería su casa, aunque tenía una entrada independiente. Las fotografías del interior mostraban instalaciones similares a las de otras de su tipo, con una cómoda sala de espera, consultorios e instrumental médico.

Para las nueve de la noche, Ian había leído toda la información de cada página de la web de la Clínica Moller, incluida una sección entera de testimonios, algunos de ellos acompañados de fotografías de bebés. La clínica se especializaba en inseminación intrauterina, IIU. El procedimiento consistía en introducir el semen donado en el útero mediante una cánula para que pudiera fertilizar un óvulo. La clínica atendía a parejas heterosexuales, lesbianas y mujeres solteras. Todos los donantes de semen pasaban por filtros para descartar infecciones de transmisión sexual y enfermedades congénitas, tal como había dicho la madre de Emma.

Según la web, la clínica procuraba que el tratamiento fuera accesible a quien lo necesitara. Dado que se trataba un establecimiento pequeño especializado en IIU, podía mantener los bajos costes. Ian se sorprendió al ver que su tarifa era modesta: trescientas libras esterlinas, mucho menos que otras clínicas. Claro que advertían que a menudo era necesario someterse más de una vez al tratamiento, pero podía pagarse a plazos. La pareja también ofrecía orientación psicológica. Los clientes debían tener en cuenta que, en el Reino Unido, los hijos concebidos por un donante de semen tenían derecho a conocer su identidad al cumplir los dieciocho años.

Todo aquello inspiraba confianza y parecía muy eficiente, pensó Ian; esperaba que contestaran sus preguntas de manera satisfactoria. A fin de cuentas, Emma tenía derecho a saber quién era su donante. Guardó el número de la clínica en su teléfono. Llamaría a primera hora, en cuanto abrieran. Hasta la página de contacto de la web le inspiraba confianza: aseguraba que Edie Moller respondería personalmente todos los mensajes.

Tras terminar de leer la web de la clínica, Ian comenzó a abrir otros enlaces donde la mencionaban. Había reseñas que elogiaban a Carstan y Edie Moller por su magnífico trato y les agradecían el regalo de un hijo. Solo halló una reseña negativa: «¡No se acerquen a este lugar! Solo quieren cumplir sus deseos egoístas. Sra. L».

Ian la descartó. Siempre había una o dos reseñas negativas. Los Moller ciertamente no lo hacían por el dinero, dado lo poco que cobraban, de modo que lo de «deseos egoístas» no tenía sentido. Quizá la pobre mujer no había podido concebir con su tratamiento. En ese caso, no era culpa de la clínica, la cual advertía con claridad que el procedimiento no siempre funcionaba.

Por fin cerró el ordenador, se incorporó en el respaldo de la silla y estiró las piernas y los brazos. Había tenido una noche productiva. Habría querido compartir lo que había averiguado con Emma, pero ella se había acostado pronto. Lamentó haberla alterado; lo hacía muy a menudo últimamente, y luego le costaba mucho saber qué decir para corregirlo. Ambos habían tenido una temporada muy difícil. Ian esperaba que, una vez que obtuvieran las respuestas que buscaban, volvieran a su vida normal.

## 22

El silencio en el coche era perturbador. Jan se alegró cuando volvieron a Wood Lane. Casi llegaban a casa, pensó. «Vaya mal humor». Chris pasó de estar fascinado con ella a mostrarse huraño y callado en solo un minuto. ¡Y todo porque Yesca había decidido hurgar entre las cosas de Camile!

Jan se incorporó en el asiento y sostuvo la mirada al frente mientras avanzaban por la carretera llena de baches de Wood Lane. Los faros del coche, brillando sobre el camino, eran la única fuente de luz. Su intensidad parecía resaltar la oscuridad del bosque que los flanqueaba, lo que convertía todo el espacio aún más tétrico a los ojos de Jan. Aun estando en el coche no se sentía particularmente segura entre los árboles sombríos, menos aún con el silencio de Chris. Se dio cuenta de que apenas lo conocía.

Llegaron a la última curva y Jan preparó la llave de la puerta principal, lista para entrar. No invitaría a un café a Chris, pero suponía que debía agradecerle la velada. Lo haría de forma rápida y formal, y nada más. Dudaba que volvieran a salir alguna vez.

Giraron por la curva y los faros iluminaron el contorno de la casa. En ese momento, algo salió disparado del jardín delantero, cruzó la vereda y desapareció entre los árboles.

—¡Ahí! —gritó Jan—. ¿Lo has visto?

Estaba segura de que sí lo había hecho, ya que su mirada había seguido por un momento a la criatura.

—No, ¿qué? —preguntó Chris con la vista al frente.

—Esa... Esa sombra, esa persona. Tienes que haberla visto.

—No.

Chris siguió avanzando hacia la casa.

El pulso de Jan iba a toda velocidad; tenía la boca seca. Miró en todas direcciones, pero no se vislumbraba nada en el camino ni en el bosque. Estaba segura de que Chris la había visto. Era la misma figura que había visto al volver del pueblo. Entonces estaba en el jardín delantero, igual que ahora. Parecía atreverse a acercarse cada vez más. Jan se estremeció.

Chris detuvo el coche fuera de la casa, pero no apagó el motor. No había nada en el jardín ni en lo que se alcanzaba a ver del bosque. Jan abrió la puerta con cautela, lista para salir. Chris giró en su asiento; por un momento Jan pensó que se disculparía, pero su tono fue serio y su rostro solemne.

—Jan, si estás tan nerviosa en la casa de campo, ¿por qué no te mudas? Puedo hablar con Camile. No te obligará a seguir de inquilina si no quieres.

—No, gracias —dijo ella con sequedad—. Estoy bien.

Salió del coche, cerró la puerta con más fuerza de la necesaria y avanzó hacia la casa. El vehículo permaneció inmóvil durante un momento y luego Chris empezó a girar para volver. En cuanto ella entró en casa, él terminó la maniobra y avanzó por el camino hacia el pueblo.

«Puedo hablar con Camile». Tiró los zapatos. «No, gracias —pensó Jan molesta—, no estoy nerviosa. Aunque seguro que se lo contarás a Camile. Y estoy convencida de que viste a alguien huir de la casa hacia el bosque. Pero por alguna razón lo niegas. No sé qué pasa, pero no voy a rendirme tan fácilmente. ¡Por ahora me quedo, gracias!».

—¡Shh, Yesca! —gritó mientras atravesaba el vestíbulo.

El perro ladraba con furia desde el salón, en el que permanecía encerrado. Jan abrió la puerta y Yesca corrió directo a la entrada. Sin dejar de ladrar, comenzó a rascar frenéticamente para que le abriera. Sabía que habían tenido un visitante.

Le habría encantado dejarlo salir y seguirlo con una linterna. Pero le daba miedo. Mucho. Quien fuera —lo que fuera— que estuviera ahí había comenzado a acercarse más a la puerta. Pero ¿por qué? ¿Qué querían de ella? ¿Comida? ¿O la buscaban a ella?

# 23

A las ocho y media de la mañana siguiente, Ian detuvo el vehículo en el aparcamiento de la empresa, cogió el móvil y llamó a la Clínica Moller. Su web informaba de que abrían a esa hora y, en efecto, Edie Moller contestó con un tono amable y maternal.

—Buenos días. Clínica Moller, habla Edie. ¿En qué podemos ayudarle?

—Quiero identificar a un donante, por favor, para mi esposa, Emma Jennings. Soy su marido, Ian Jennings.

—Sí, por supuesto. Deme un momento. Acabo de llegar, estoy encendiendo el ordenador. Y luego tengo que buscar su expediente.

—Claro —dijo Ian, y esperó.

—Cuando comenzamos con la clínica todos los expedientes estaban en papel —explicó Edie para darle conversación mientras el ordenador se encendía—. Ahora tenemos que almacenarlo todo digitalmente. ¡Cómo han cambiado los tiempos!

—En efecto —asintió Ian. Se imaginaba que las nuevas tecnologías serían un reto para una pareja de sesentones como los Moller.

—Jennings, Jennings —dijo Edie mientras buscaba en los expedientes—. Ah, sí, aquí está. Gracias por esperar. ¿Pregunta por usted o por su esposa?

—Por mi esposa —dijo Ian, y luego agregó—: Lo siento, no entiendo. Fue mi suegra la que se sometió al tratamiento, así que estaría con el apellido de soltera de mi esposa. Jennings es su apellido de casada, mi apellido, y no hemos ido a su clínica. —Ian hizo una pausa mientras pensaba a toda velocidad—. No puedo imaginar por qué tendrían mis datos.

Tras una pausa, Edie dijo:

—Lo siento, me he equivocado. ¿Cuál es su apellido de soltera?

—Pero encontró datos de Jennings, ¿verdad?

—Es un apellido común. Me he confundido. Y dado que es su esposa quien busca la identidad de un donante, es ella quien debe contactar a la clínica. Por confidencialidad, seguro que lo entiende.

Ian hizo una pausa.

—Pero hace solo unos segundos estaba dispuesta a hablar conmigo.

—Es que pensaba que la consulta era para usted.

—¿Así que tienen un expediente mío? —insistió.

—Como le dije, es un apellido común y he cometido un error. Por favor, dígale a su esposa que contacte con nosotros si desea averiguar algo sobre su donante. Gracias por llamar.

Edie Moller se despidió rápidamente y colgó.

Ian miraba por el parabrisas intentando entender qué había pasado. El trato de Edie Moller había cambiado de repente: se había vuelto formal, cautelosa, incluso brusca. Lo contrario de cuando había atendido la llamada. ¿Había cometido de verdad un error? Ian admitió que Jennings era un apellido común. La clínica llevaba treinta años de actividad, así que fácilmente podría haber otros Jennings en sus archivos. Sin embargo..., Ian también había proporcionado sus nombres de pila: «Emma Jennings. Soy su marido, Ian Jennings». Sería demasiada coincidencia que otra pareja con nombres idénticos se hubiera registrado en la clínica.

Permaneció en el coche, sumido en sus pensamientos, buscando frenéticamente una explicación. Entonces pulsó el botón de rellamada en el teléfono. Su llamada terminó en el buzón de voz, que lo invitaba a dejar un mensaje. No lo hizo. Marcó una vez más, con el mismo resultado. Edie Moller estaba en la oficina, pero no cogía el teléfono.

Irritado, Ian se guardó el móvil en el bolsillo, cogió su maletín del asiento del copiloto y bajó inquieto del coche. Tenía que entrar a trabajar. Mientras rumiaba lo ocurrido, cruzó el aparcamiento y entró por la puerta trasera de Wetherby Security; luego subió dos pisos a su oficina. Les dedicó un saludo breve a sus compañeros, se sentó ante su escritorio, sacó el móvil y volvió a llamar a la clínica. Como sospechaba, desviaron su llamada al buzón. Edie Moller podría ver su número en el identificador de llamadas. Así que cogió el fijo y llamó a la clínica desde el teléfono de su despacho.

—Buenos días. Clínica Moller, habla Edie. ¿En qué podemos ayudarle?

—Soy Ian Jennings —dijo—. No contesta a mis llamadas.

Tras una pausa, Edie respondió:

—Lo siento, señor Jennings. No puedo ayudarle más. Debe ser su esposa quien contacte con nosotros.

Ian identificó la tensión en su voz y dedujo que estaría muy preocupada por algo.

—Lo entiendo, pero ahora quiero hablar sobre mí, no sobre ella. ¿Tienen en sus archivos a un Ian Jennings con domicilio en Booth Lane 57?

El silencio pareció confirmar que, en efecto, lo tenían, y que la señora Moller estaba asustada.

—Si quiere indagar sobre usted tendrá que concertar una cita —le respondió—. Pero me temo que no tenemos nada libre hasta el año que entra.

—No voy a esperar hasta el año que viene a que me den respuestas —dijo Ian—. Iré hoy mismo.

—Me temo que no es posible.

—Ya lo veremos —dijo él, y colgó.

¡El año que viene! No, quería saberlo ya. Edie Moller ocultaba algo y él averiguaría qué era.

Ian cogió su maletín y salió de la oficina. De camino le dijo a su jefe que trabajaría desde casa.

—Un asunto familiar —agregó, convencido de que no lo presionarían tras el aborto tardío de su mujer.

Bajó los escalones de dos en dos y atravesó el aparcamiento hasta su coche. Edie Moller no había cogido la llamada cuando había identificado su número y la segunda vez que habían hablado estaba asustada. Si no tuviera sus datos en sus archivos, seguramente habría dicho que el Ian Jennings que tenían registrado vivía en otro domicilio.

Pero no lo hizo.

¿Por qué tenía la Clínica Moller sus datos si nunca había estado allí? Debía averiguarlo.

Ian tecleó el código postal de la clínica en el GPS del coche, dejó atrás el aparcamiento y se unió a la hora punta del tráfico en Coleshaw. Pensaba a toda velocidad mientras avanzaba a trompicones entre los demás vehículos y tamborileaba agitadamente los dedos sobre el volante.

¿Qué ocurría? ¿Habría ido Emma a la clínica sin él? No, era imposible. No necesitaban un donante de semen. Le resultó fácil quedarse embarazada, el problema había llegado después. Ian se estremeció de solo pensarlo. Sus dos embarazos habían tenido el mismo final. Ni Emma ni él mismo soportarían la idea de uno más, a menos que averiguaran qué sucedía y cómo corregirlo. Pero ¿qué tenía que ver con ello la Clínica Moller? Nada, que él supiera.

Ian logró salir del atasco y condujo tan rápido como pudo por los caminos rurales. Quince minutos después aparcaba frente a la Clínica Moller. La casa estaba separada del resto del pueblo, pues se encontraba en la cima de la colina. Era exactamente como en las fotografías de su web, salvo por las cámaras de circuito cerrado. Estas eran nuevas o las habían borrado de la foto para no incomodar a los futuros clientes.

Ian salió del coche y avanzó por el jardín que daba a la entrada. Un flamante BMW indicaba que a los Moller les iba bastante bien. La placa de latón en la puerta anunciaba CLÍNICA MOLLER en gruesas letras negras. Llamó al timbre y lo oyó sonar desde fuera. Momentos después se abrió la puerta. Ian reconoció a Edie Moller por su fotografía, aunque claramente ella no sabía quién era él.

—Buenos días —dijo Edie con una sonrisa acogedora—. ¿Tiene cita?

—No. Soy Ian Jennings.

La expresión de la mujer cambió.

—Pase —dijo ella, evidentemente turbada por la visita—. Mi esposo hablará con usted.

—Gracias.

Ian siguió a Edie Moller por el vestíbulo hacia la sala de espera, idéntica a la fotografía de la página web: cortinas color crema, un sofá de cuero blanco y una mesa con superficie de cristal sobre la que descansaban algunas revistas y un jarrón con flores recién cortadas.

—Le diré que está usted aquí —dijo Edie, salió deprisa y cerró la puerta tras de sí.

Ian se sentó en el sofá y miró a su alrededor. ¿Habría Edie informado de su error al doctor o se lo estaba diciendo ahora? Casi esperaba que volviera a decirle que su marido no podía verlo y que debía pedir una cita. No se movería e insistiría en verlo ya. No había nadie más esperando, Carstan Moller estaba allí y el asunto era demasiado importante. Necesitaba respuestas.

Ian comprobó su teléfono; no tenía mensajes nuevos y lo silenció. Momentos después sonaron pasos en el vestíbulo. La puerta se abrió y apareció Edie Moller.

—El señor Moller lo verá ahora —anunció formalmente.

—Gracias —dijo Ian, y se puso en pie.

Lo guio por el pasillo a la parte trasera de la casa, hasta detenerse frente a una puerta rotulada OFICINA. Llamó brevemente, abrió la puerta y anunció:

—El señor Jennings.

Ian entró.

—Buenos días, señor Jennings —saludó Carstan Moller incorporándose desde su escritorio de roble para estrecharle la mano.

Moller era más bajo y más mayor de como aparecía en el

sitio web. Vestía una bata blanca de laboratorio sobre una camisa gris de cuello abierto y pantalones gris oscuro.

—Tome asiento —dijo señalando con un ademán el sillón de cuero frente a su escritorio.

Ian se sentó. Edie salió y cerró la puerta. El señor Moller volvió a su asiento. Una hilera de archivadores cubría una pared, mientras que la otra estaba llena de estanterías llenas. También había un segundo escritorio, más pequeño, con un ordenador y una impresora. Ian asumió que era el espacio de trabajo de Edie.

—¿En qué puedo ayudarlo? —preguntó Carstan Moller en tono neutro.

Ian estaba convencido de que ya lo sabía.

—He llamado esta mañana para preguntar por el donante de semen de mi esposa, pero descubrí que también tienen un expediente con mi nombre.

Carstan Moller asintió.

—Es correcto. Podemos hablar de su solicitud, pero tendrá que venir su esposa con usted.

—Lo sé, me lo dijo la señora Moller. Pero he venido a averiguar por qué tienen mis datos. Nunca había estado en su clínica.

Moller le sostuvo la mirada.

—Solemos ofrecer orientación antes de que un cliente comience a buscar a su donante —respondió.

—No es lo que le he preguntado. ¿Por qué tienen mis datos?

Moller juntó las manos y respiró hondo.

—Pues es obvio, señor Jennings. Tenemos su expediente porque usted fue concebido mediante un donante de semen.

—¡Por supuesto que no!

—Su reacción es la razón por la que recomendamos comenzar con orientación —respondió Moller.

—¡No necesito orientación! —espetó Ian—. Solo la verdad.

—Le estoy diciendo la verdad, señor Jennings. Me ha preguntado por qué tenemos sus datos y le he dado una respuesta sincera.

Ian lo miró y sintió que el estómago se le revolvía.

—La señora Moller me dijo que se trataba de un error de identidad. ¿Y ahora usted me dice que no?
—Así es.
Ian sintió calor y comenzó a sudar.
—¿Está diciendo que mi madre vino por un tratamiento? —preguntó incrédulo.
—Es correcto. Aunque sus padres vinieron juntos, como suelen hacerlo las parejas.
—¿Mi madre recurrió a un donante de semen? —preguntó Ian horrorizado.
—Así es.
—¿Y mis padres vinieron juntos? ¿Él lo sabía?
—Sí.
—¿Así que no es un error? —dijo Ian. Le costaba creer lo que estaba oyendo.
—No. El error fue que mi esposa le dijo a usted que teníamos su expediente. Lo sentimos mucho. Era temprano, acababa de llegar a la oficina. Sabe que debe ser más cuidadosa con estos asuntos. Obviamente, es una sorpresa enorme para usted.
Ian fijó la mirada en Moller.
—Lo es. Mis padres nunca me han dicho nada. Nunca. Mi padre murió, pero mi madre sabe que he estado investigando mi historial genético. ¿Por qué no me lo habrá dicho?
—No puedo saberlo. Pero muchos padres no les dicen nada a sus hijos. Le sorprendería saber cuántas personas de Coleshaw y los pueblos vecinos han sido concebidas mediante un donante de semen y no lo saben. Es más común que los hijos no se enteren.
—Mi esposa sí lo sabía —dijo Ian con tristeza.
—Es un caso minoritario.
Ian miró distraído a su alrededor y luego volvió la mirada a Moller.
—¿Por qué tienen el apellido de casada de mi esposa y nuestro domicilio actual?

—La madre de Emma, Mary Holmes, llamó a la clínica y nos preguntó si su hija nos había buscado. Dijo que usted investigaba su historial genético y había presionado a Emma para que contactara con nosotros. Nos pidió consejo. Entonces actualizamos nuestros registros por si Emma llamaba. No lo hizo.

—Es difícil para ella todo esto —admitió Ian.

—La entiendo —dijo Moller en tono de conciliación—. Buscar a un donante es un paso importante que no hay que tomar a la ligera.

—Así que no soy quien pensaba que era —dijo Ian azorado—. Y toda mi investigación ha sido una pérdida de tiempo.

—Por supuesto que es la misma persona que siempre ha sido. En cuanto a su investigación, le aseguro que, si existe un defecto genético, no es por nuestra clínica. Todos los donantes de semen pasan por filtros muy estrictos, de modo que, si hay un problema, no es de parte de su padre biológico.

Ian suspiró.

—Lo entiendo —dijo aturdido.

—Lamento que se haya enterado de esta manera. Le sugiero que hable con su madre y con Emma. Luego, puede buscarnos si usted o su esposa desean rastrear a sus donantes. Yo les recomendaría que no lo hicieran.

—¿Por qué? —preguntó Ian.

—No van a obtener nada y podría perturbarlos a ambos. Emma está en lo cierto, escúchela. Cuando abrimos la clínica, nadie rastreaba a sus donantes y todos eran felices. Luego cambió la legislación. Sigan con su vida y agradezcan que tienen salud, inteligencia y una buena carrera. Eso es gracias, en parte, a que elegimos bien a sus donantes. Ahora, si ya no hay nada más que hablar, debo seguir con mi trabajo. Gracias por su visita. Le diré a mi esposa que ya puede irse.

Sin esperar respuesta, Moller pulsó un timbre en la parte inferior de su escritorio y casi de inmediato entró Edie al despacho.

—Lo acompaño a la puerta, señor Jennings —dijo con una sonrisa rígida.
Ian se levantó y salió de la oficina.

# 24

Ian subió al coche, pero no arrancó el motor. No estaba en condiciones de conducir. Aceptaba lo que Carstan le había dicho, pero también había algo en los Moller que no le gustaba. Su arrogancia, su dogmatismo, sus aires de superioridad. Sí, eso era. Desprendían elitismo, como si supieran algo que los demás ignoraran: «Agradezcan que tienen salud, inteligencia y una buena carrera. Eso es gracias, en parte, a que elegimos bien a sus donantes». Ian imaginó que tantos años de jugar a ser Dios y dar hijos a clientes infértiles se le habían subido a la cabeza. Pero también supo que debía hablar con su madre. Eso no sería fácil.

Bebió de la botella de agua, cogió el teléfono y tecleó el número de su madre, Helen. Vivía a dos horas de distancia y se veían unas cuantas veces al año. Ahora estaría en el trabajo, cuidando a una señora mayor con demencia senil, pero tal vez le cogería la llamada; si estaba ocupada se la devolvería más tarde.

Helen contestó al tercer tono.

—¿Todo bien? —preguntó con la ansiedad que las madres conservan frente a sus hijos de todas las edades.

—No, mamá —respondió Ian bruscamente—. Estoy en el aparcamiento de la Clínica Moller. ¿Sabes de qué hablo?

Escuchó el silencio de su madre y pudo imaginarse su expresión. Lo mortificaba hacerle esto. La quería, pero ahora se sentía engañado y traicionado. ¿Cómo podía haber vivido con un secreto de esa clase todos esos años sin habérselo contado?

—¿Qué haces ahí? —respondió al final Helen en voz baja.

—Acabo de descubrir que papá no era mi verdadero padre. Que soy producto del semen de un donante, un perfecto desconocido. No puedo creer que hayas hecho esto, mamá, que no me lo hayas contado.

—Ian, no es así —dijo Helen apesadumbrada—. Queríamos tener hijos, lo intentamos durante años. Pero nos hicieron pruebas y entonces descubrimos que tu padre tenía un recuento espermático tan bajo que habría sido imposible concebir de manera natural. Lo pensamos mucho antes de buscar ayuda en la Clínica Moller. Por supuesto que papá era tu padre, te quería. Pero decidimos que era mejor que no lo supieras.

—Pero ¿por qué no me lo has dicho ahora, mamá? —preguntó Ian cerrando con fuerza los ojos—. Sabías que investigaba mi historial genético para averiguar si Emma y yo podíamos tener un bebé normal. Era un buen momento para decirme la verdad, ¿no crees?

—Lo pensé. Pero supe que sería un trauma para ti después de tantos años. Quería que recordaras a tu padre como lo que fue: tu padre, el hombre que te crio. Te quería y estaba tan orgulloso de ti, hijo... Lo sabes, ¿verdad?

—Sí —admitió Ian—. Era un buen hombre. No lo culpo. Pero esto ha sido una sorpresa gigantesca, mamá. Además, después de enterarme de que a Emma también la concibieron así.

—¿De verdad? —preguntó Helen sorprendida—. No tenía idea.

—Yo tampoco la tenía hasta ayer, aunque ella lo ha sabido desde niña.

—¿Por qué no te lo dijo?

—Por la misma razón que vosotros.

—La entiendo. ¿Sabes qué clínica usaron sus padres? —preguntó Helen.

—La Clínica Moller también. —Cuando Ian dijo esto, sintió un nuevo temor—. Dios mío, mamá, ¿no pensarás que Emma y yo podríamos tener el mismo donante? Seríamos parientes, medios hermanos.

La bilis le subió a la garganta. Ian abrió la puerta del coche justo a tiempo para vomitar a un lado de la carretera.

—¿Ian? ¿Estás bien? —preguntó su madre desde el otro lado de la línea.

—No —contestó él limpiándose la boca. Bebió otro sorbo de agua—. Mamá, si Emma y yo tenemos el mismo padre biológico, eso podría explicar por qué nos parecemos y nuestros hijos no llegan a término. Algunos defectos genéticos solo se manifiestan si hay endogamia.

—Pero Carstan y Edie Moller son profesionales —dijo Helen—. Saben lo que hacen. No dejarían que eso sucediera. Estoy segura.

—Piénsalo, mamá. Los donantes de semen lo hacen muchas veces y pueden engendrar cientos de hijos. Los Moller no podían predecir que Emma y yo acabaríamos juntos. Si yo hubiera tenido la menor idea de que tanto Emma como yo procedemos de donantes de la misma clínica, lo habría consultado antes de casarnos para asegurarme de que no éramos pacientes. ¡Es incesto, mamá!

Con el estómago revuelto, Ian contuvo otra arcada de bilis.

—¡No! No es posible. Seguro que te equivocas, Ian.

—¿Cómo lo sabes, mamá? Tendrías que habérmelo dicho.

—Lo lamento tanto... Callé por tu padre. Nunca pensé que llegaría a esto.

La voz de Helen se quebró. Ian calló por un momento y luego dijo:

—Voy ahora mismo a la clínica a hablar con Carstan Moller. Necesito la verdad.

# 25

Ian se recompuso y desanduvo el camino hacia la Clínica Moller. Llamó al timbre; sin embargo, no respondió nadie. Estaban ahí, pero podrían verlo por el circuito cerrado. Volvió a llamar, un timbrazo largo; luego abrió el buzón y gritó:

—Sé que están ahí. Necesito hablar con ustedes. No me iré hasta que lo haga.

Se incorporó, pulsó el timbre y mantuvo el dedo sobre él hasta que la puerta se abrió.

—Sí, señor Jennings, ¿de qué se trata? —preguntó Carstan Moller—. Está montando un escándalo.

Ian podía ver a Edie Moller de pie en el vestíbulo, varios pasos detrás de su marido, con el teléfono en la mano, sin duda lista para llamar a la policía.

—¿Es posible que Emma y yo hayamos tenido el mismo donante? —preguntó Ian.

—¡No, claro que no!

—¿Cómo está tan seguro?

—Llevamos registros minuciosos. Siempre lo hemos hecho. Somos profesionales. Eso no puede ocurrir aquí.

—¿Ha revisado mi registro y el de mi mujer?

—No. No sabía que vendría hoy. Se ha presentado sin cita.

—¿Podría revisarlos ahora, por favor?

—No es un proceso rápido.

—Puedo esperar.

—Lo llamaré —dijo Moller—. Pero se preocupa usted de más. Mi clínica no tiene la culpa de nada.

—Por favor, revíselo ahora. Esperaré su llamada en el coche. No me iré hasta que no tenga una respuesta.

—Como quiera —dijo Moller, y cerró la puerta.

Ian volvió al coche. ¡Maldito arrogante!

Estaba dispuesto a esperar todo el día frente a la clínica si era necesario. Tenía derecho a saber si Emma y él eran hijos del mismo donante, por terrible que fuera esa posibilidad. Si la clínica mantenía los registros en orden, como había dicho Moller, no le sería tan difícil hallar la información.Ian esperó con la mirada fija en el parabrisas, enfadado y temiéndose lo peor. Cinco minutos después sonó su teléfono: Carstan Moller.

—He revisado nuestros registros. Como pensaba, usted y su esposa no tienen el mismo donante.

—¿Está seguro?

—Totalmente.

—Entonces, ¿por qué no podemos tener hijos sanos?

—No lo sé. Podría haber muchas razones. Lo lamento por ustedes, pero no tiene nada que ver con mi clínica. Si no le importa que le diga esto, creo que se está obsesionando. Escuche a Emma. Sigan con su vida. Ahora debo volver al trabajo. Adiós, señor Jennings.

Moller colgó.

—¡Imbécil!

Ian arrancó el motor. No le caía bien Moller, pero al menos le había respondido. Emma y él no eran hijos del mismo donante, lo cual era un gran alivio.

Condujo unos trescientos metros por el pueblo y aparcó fuera de la tienda. Hacía años que no fumaba, pero ahora necesitaba desesperadamente un cigarrillo. Descubrir la verdad sobre su paternidad había sido un golpe tremendo.

Era el único cliente del establecimiento. Un adolescente escuchaba música detrás del mostrador. Se quitó los auriculares cuando vio que Ian se acercaba.

—Una cajetilla de Marlboro, por favor.

El muchacho abrió la vitrina y puso los cigarrillos sobre el mostrador con el letrero de advertencia a la vista: «Fumar produce infertilidad».

—Lo que me faltaba —suspiró Ian mientras cogía la cartera. El muchacho sonrió.

—¿Viene de la clínica? —preguntó.

—Sí. ¿Cómo lo sabes?

—La mayoría de los extraños que entran van o vienen de la clínica. Once libras con cincuenta, por favor.

—¡Dios! ¿Eso cuesta ahora el tabaco? Imagínate desde hace cuánto no fumaba.

Pagó con un billete de veinte y aguardó el cambio.

—¿Qué opina de los señores Frankenstein? —preguntó el muchacho con una risita.

Ian se encogió de hombros.

—¿Por qué los llamas así?

—Mamá dice que no debería hacerlo, pero tiene que admitir que son un poco raros.

—¿Los conoces bien?

—No. No vienen a menudo ni socializan mucho con el pueblo.

—Entonces, ¿por qué los llamas así? —preguntó Ian guardando los cigarros en el bolsillo.

—Hacen bebés, ¿no? Y hay rumores de que crean monstruos —respondió, y volvió a reír.

—¿Qué significa eso? —preguntó Ian incómodo de repente.

—Oh, nada. —El joven alzó los hombros—. Mamá dice que no debería andar diciendo esto, pero, según los rumores, a veces las cosas salen mal y los bebés no son normales.

Ian cogió el *ticket* y salió de la tienda. Los bebés que Emma y él habían tenido no habían sido en absoluto normales. Pero no habían utilizado semen de la Clínica Moller, así que no podían culparlos de crear a sus «monstruos». A menos...

A menos que Moller se equivocara o mintiera, y él y Emma sí tuvieran al mismo donante. En ese caso, la transmisión de un defecto genético volvía a ser posible.

# 26

—Llegas pronto —dijo Emma cuando vio a Ian entrar en el salón.

Por toda respuesta, Ian tiró el maletín y la chaqueta sobre el sillón y se dirigió a la mesa, donde abrió el portátil.

—¿Qué pasa? —preguntó Emma preocupada—. Has fumado. Te huele la ropa a tabaco. ¿No deberías estar en el trabajo?

—Sí, pero necesito averiguar cómo hacer una prueba de ADN —dijo con la mirada fija en la pantalla.

—¡Otra vez con eso! —suspiró Emma—. Ya te he dicho que llamaré a la clínica, pero necesito estar preparada.

—Ya no hace falta. He hablado con ellos por la mañana. De hecho, he ido hasta allí.

—¿Has ido a la Clínica Moller? —preguntó Emma sorprendida—. ¿Por qué?

—Resulta que no solo eres tú. Yo también.

—¿De qué hablas? No te entiendo, Ian. —Emma cerró el libro que estaba leyendo y lo apartó a un lado.

—Yo también soy producto de una donación de semen. Como tú —dijo dando unos golpecitos en la pantalla—. De la misma clínica.

Emma lo miró fijamente.

—¿Qué? ¿Cómo?

Ian no contestó, concentrado como estaba en la pantalla.

—Ian, te estoy hablando. ¿Me puedes decir qué pasa? Me estás asustando.

Ian se detuvo a mirarla.

—Llamé a la Clínica Moller para preguntar sobre la identificación de tu donante. Hablé con Edie Moller. Por error me hizo saber que yo también estaba en sus expedientes. Luego vi a Carstan Moller y él me dijo que nuestros padres habían acudido a su clínica. Mi madre me lo ha confirmado.

—¡Maldita sea! Qué coincidencia. ¿Tu madre nunca te ha dicho nada?

—No, nada.

—Oh, lo siento, Ian. Estarás en *shock*, debe de haber sido una sorpresa tremenda enterarte así.

Se levantó a abrazarlo, pero su atención estaba de nuevo concentrada en la pantalla.

—Por eso mi madre me lo contó desde pequeña —dijo Ema—. No fue un golpe para mí. Crecí sabiendo que era hija biológica de un donante.

Ian asintió.

—¿Y ahora qué haces?

—Trato de enterarme cómo hacernos un test de ADN. Las pruebas son mucho más sofisticadas ahora que hace treinta años. Quizá puedan detectar algo que antes no. Y además... —Ian dudó. ¿Tenía que saber Emma también esto? Sí—. Tenemos casi la misma edad, así que imagino que nuestros padres acudieron a la clínica en fechas cercanas. Necesito confirmar que no venimos del mismo donante.

—¡¿Qué?! ¿Es posible? —Emma lo miró fijamente, horrorizada.

—No según Carstan Moller. Pero quiero confirmarlo. Si tenemos el mismo donante, el cielo no lo quiera, eso podría explicar por qué no podemos tener hijos.

—Pero ¿el señor Moller te ha dicho que era imposible? —preguntó Emma.

—Sí.

—Bueno, me parecería raro que se equivocara en algo tan importante.

—Es posible que sí lo hiciera y que ahora esté mintiendo para protegerse —respondió Ian sin dejar de mirar la pantalla.

Emma lo miró con incredulidad.

—¿Es posible?

Pero Ian estaba concentrado en su búsqueda.

—Esto es lo que necesitamos —dijo sin dejar de teclear—. Pruebas de ADN *on line*. Este sitio tiene buena pinta: MyGeneticHistory.com. Sesenta libras cada prueba. Nos mandan el equipo para tomar muestras de saliva. Los resultados están disponibles en tres días hábiles. Perfecto. ¿Me acercas la cartera, cariño? Está en el bolsillo de la chaqueta. Si los pido ahora, llegarán el fin de semana.

—¿Y luego? —preguntó Emma—. ¿Estarás convencido o tampoco los creerás? Te estás equivocando, Ian, estoy segura. Esto ya es una obsesión. Aquí está tu cartera. Me voy a duchar.

# 27

Jan se dijo que no estaba nerviosa por vivir en la casa de campo, como había insinuado Chris. Sus comentarios de la noche anterior seguían molestándola, igual que su comportamiento: primero en el restaurante y luego cuando negó haber visto al intruso correr de la casa al bosque. No sabía qué mosca le habría picado, pero hoy le demostraría que no tenía miedo, llevaría a Yesca de paseo por el bosque de Coleshaw. El detective Davis había repetido lo hermoso que era el paisaje en esa época del año, y se lo estaba perdiendo. Ahora, gracias a su orgullo herido y a la luz del día, Jan enmendaría esa falta.

Bueno, no estaba totalmente segura de su decisión. Sin embargo, decidida a aumentar un poco más su confianza en sí misma, se guardó el teléfono y las llaves en el bolsillo y salió de casa. Yesca caminaba a su lado moviendo la cola. Avanzaron por Wood Lane hacia Merryless. Era mediodía y el sol invernal de noviembre estaba en su cenit, brillando entre las ramas secas de los árboles.

Una buena caminata también le serviría para despejar la cabeza después de haber bebido tanto vino. La noche prometía, pero había terminado en desastre. «Bueno, otro fracaso más», pensó con estoicismo.

Feliz de andar sin correa, Yesca corría delante de ella, parándose de vez en cuando para esperarla. A mitad de Wood Lane había un desvío a la derecha que desembocaba en la parte más profunda del bosque, detrás de la casa. Jan nunca se había aventurado por ahí, aunque Yesca solía mirar con gusto en esa dirección cuando iban al pueblo. Jan no sabía si Camile lo llevaba por allí a pasear; no se lo había comentado. En sus instrucciones solo decía que había que sacarlo al jardín tres veces al día y llevarlo a Merryless si iba a pie, pero que no debía subirlo al coche, porque se mareaba. Jan solo había usado el vehículo dos veces desde su llegada. Ahora estaba aparcado sobre una losa de hormigón al lado de la casa, todo cubierto de hojas.

—¡Ven, Yesca, por aquí! —llamó al perro, que ya había rebasado el desvío.

Yesca se detuvo, miró hacia atrás y, sin creer su buena suerte, corrió a toda velocidad hacia Jan.

—Ven, pequeño. Hoy vamos a pasear por el bosque.

Le acarició el pelo y comenzó a pasear por el sendero. Gracias a sus lecturas sobre Coleshaw, sabía que la mayoría de los visitantes llegaban en verano y entraban por la carretera al otro lado del bosque, donde había una zona para vehículos, un área para acampada y señalizaciones de senderismo. También había una cantera inundada donde se solía pescar. El bosque era más espeso por este lado; aunque había senderos como ese, apenas se utilizaban. Pero, mientras no lo abandonara, no se perdería; e incluso si lo hacía llevaba con ella el teléfono para pedir ayuda.

A pesar de todos los ánimos que se había dado, Jan empezó a sentir ansiedad ante el aislamiento total. Resultaba inquietante estar tan sola. Había pasado toda su vida en ciudades, donde nunca estaba sola, ni siquiera por las noches o en los parques. Ahora estaban solamente ella, Yesca y algún que otro rumor de animalitos en el principio del bosque.

Metió las manos aún más en los bolsillos y siguió resuelta su caminata por el sendero. El aire era fresco, lo bastante para despejarle la resaca. Pero también había un olor penetrante y húmedo que no se percibía en Wood Lane. Jan supuso que serían las hojas caídas, que comenzaban a pudrirse. A Yesca no parecía molestarle. Sus patas desaparecían en la hojarasca a medida que olfateaba y dejaba que se le adhirieran trozos de hojas y ramas en el pelo. Pero, aunque parecía contento de ensuciarse, Jan notó que no se separaba mucho de ella. Parecía precavido, probablemente por hallarse en territorio desconocido.

Aunque le daba miedo andar sola por esos sitios, Jan se recordó a sí misma que la naturaleza no le haría daño. No estaba segura de hasta dónde llegaba el sendero ni en qué dirección quedaba la casa, salvo que estaría vagamente a la derecha. Poco después decidió que tenía que encontrarla. Dejó el sendero y viró a la derecha, internándose en el bosque. Yesca la siguió de cerca. Fueron más lentos conforme las pilas de hojas putrefactas se volvían más profundas. En algunos sitios, el espacio entre los árboles era tan estrecho que tenía que rodearlos y partir los helechos y la hiedra para abrirse camino. No había señal de que nadie hubiera estado por allí.

De vez en cuando Jan se detenía a mirar atrás para confirmar que iba en línea recta; así podría volver al sendero. Tantos árboles enormes a su alrededor la desorientaban, no podía ver el horizonte ni ningún punto de referencia para ubicarse. Pero estaba segura de que iba en la dirección correcta hacia la casa. Soplaba un ligero aire frío.

Minutos después divisó entre los árboles el seto al fondo del jardín trasero. Caminó hasta él y halló el hueco que había descubierto el día anterior. Los maderos cruzados seguían formando una barrera que parecía sólida.

Miró a su alrededor. El intruso había entrado por allí, aunque ya no veía más que hojas y ramas. Nada indicaba que algo o alguien hubiera estado en aquel sitio. Pensó que se sentía mucho más valiente de día, aunque tampoco quiso hacer alarde de ello.

Se alejó del seto para volver sobre sus pasos. Estaba contenta por haber encontrado el camino y por haberse adentrado en la espesura. También había podido confirmar que su reparación del seto aún se mantenía.

—Vamos, Yesca. Hay que volver —lo llamó. Su voz sonaba extraña en medio de la quietud del bosque.

El perro estaba a su izquierda. Había detectado un rastro y ahora olfateaba la base inferior de un árbol cercano al seto.

—¿Qué pasa?

Fue hacia donde se encontraba Yesca. Vio un rollo de cuerda verde cubierta de hojas. Era como las que Camile guardaba en el cobertizo y Jan había utilizado para atar los maderos. Apartó a Yesca, levantó la cuerda y la examinó. Estaba segura de que venía del cobertizo. Pero ¿qué hacía allí? ¿Lo habrían usado Chris o Camile para reparar la cerca alguna vez? No. Chris habría utilizado algo más fuerte y resistente: clavos y martillo, no un pedazo de cuerda. Por su parte, Camile se había marchado hacía semanas. El rollo de cuerda no llevaba tanto tiempo a la intemperie, quizá solo unos días: apenas estaba un poco húmeda y no mostraba desgaste.

Yesca la miraba expectante; esperaba volver a olfatear el rollo, pero Jan lo arrojó hacia el jardín. Si lograba salvar el seto, la guardaría más tarde en el cobertizo. Así que regresó al sendero, con Yesca detrás. Si caminaba en línea recta, llegaría más o menos al lugar en el que se había desviado. Desde allí giraría hacia la izquierda, camino a Wood Lane. Lo único que se oía era el sonido de sus botas sobre las hojas y ramas secas, y los pasos de Yesca, que corría a su lado. En algunos sitios pudo ver las huellas que habían dejado en el camino: iba en la dirección correcta.

De pronto el animal se detuvo, soltó un gruñido gutural y alzó las orejas. Había oído algo. Jan miró en la misma dirección, pero no pudo divisar nada.

—Vamos, amigo, por aquí —dijo con un poco de vacilación en la voz.

Yesca gruñó otra vez antes de seguirla.

Unos pasos más adelante, oyó un ruido en la misma dirección, como si alguien más estuviera con ellos. Sintió miedo. Aún se encontraba lejos del sendero, y más aún de Wood Lane y de la casa. Los latidos se le aceleraron. Qué estúpida idea internarse tanto en el bosque solo para demostrarse algo. Quién sabía qué podría vivir allí. Jan echó a correr, trastabillando sobre las pilas de hojas y helechos, y haciendo lo posible por evitar que las ramas le golpearan en la cabeza. Yesca corría a su lado, tan ansioso como ella por salir del bosque.

Por fortuna, la vegetación empezó a despejarse y logró volver al sendero, pero el ruido de movimientos en el bosque no cesaba. Había algo o alguien allí, moviéndose en paralelo a ellos. Asustada, Jan aceleró el paso y sacó el teléfono, lista para pedir ayuda.

Se detuvo y vio algo inverosímil: Chris salía del bosque con una mujer. Seguramente los había oído. Respiró hondo y trató de tranquilizarse mientras Yesca corría a saludarlos. Ambos llevaban botas y chaquetas enceradas y se acercaron a Jan.

—Qué raro verte por aquí —dijo Chris incómodo, y se agachó a acariciar a Yesca—. Creí que no te gustaba el bosque.

—Pensé que ya era hora de superarlo —respondió Jan con la misma torpeza.

—Ella es mi amiga Anne —la presentó Chris—. Anne, ella es Jan, la inquilina de Camile.

—Hola, encantada de conocerte —dijo Anne, aunque su expresión indicaba lo contrario.

Jan vio cómo la miraba Chris. ¿Mostraba culpa? ¿Vergüenza? No estaba segura. Tras un silencio incómodo, el hombre dijo:

—Bueno. Te dejamos con tu paseo. ¿Vas a volver a casa?
—Sí, ¿por qué?
—Solo por saberlo. Adiós, entonces.
—Adiós —respondió Jan.

Siguió por el sendero hacia Wood Lane, en dirección opuesta a Chris y Anne. No miró atrás. ¡Qué encuentro más incómodo! ¿Y qué hacían ellos en el bosque, cerca de la casa? Chris no se lo dijo y ella no iba a llamarlo ni a escribirle para preguntárselo. Sintió una punzada de celos que luego descartó. Estaba claro que Chris prefería a las mujeres mayores: Anne tendría unos cincuenta. Guapa y maternal, pensó Jan, con algo de peso de más, con el cabello cortado a la barbilla y sin maquillaje. Se preguntó si Anne sabría que había salido con Chris la noche anterior. Eso explicaría cómo la había mirado.

# 28

En la seguridad de la casa, Jan se sirvió un vaso de agua y comenzó a preparar algo de comer. Eran las dos de la tarde y tenía hambre después de tanto ejercicio. Yesca estaba exhausto: se dejó caer en su cama junto a la chimenea y pronto se quedó dormido. Jan descolgó la sartén, la puso al fuego, agregó un trozo de mantequilla y batió unos huevos para hacer una tortilla. Pensó de nuevo en Chris y Anne. Vaya tipo raro. Cuando lo conoció le pareció una persona directa, sin complicaciones, el típico individuo que no oculta nada. Sin embargo, era evidente que tenía otra faceta que no le gustaba. Una parte reservada, malhumorada, evasiva. Menos mal que todo había terminado.

Jan salpimentó la mezcla de huevos y la vertió sobre la sartén caliente. La grasa comenzó a salpicar. A medida que la tortilla se cuajaba, rallaba queso para el relleno. Estaba a punto de cortar unos tomates cuando sonó el timbre. Yesca despertó y la miró desde el salón. Podría ser el cartero, que llegaba a la casa en su camioneta si había correo para Camile. A veces tocaba el timbre mientras depositaba las cartas en el buzón para hacerle saber que había pasado. Pero era tarde para eso: solía llegar por la mañana.

Jan retiró del fuego la sartén y se dirigió al vestíbulo. No había cartas en el felpudo. Abrió la puerta, no había nadie fuera. No se veía ningún coche ni vehículo de correos. Qué extraño. Miró a su alrededor. Hasta donde alcanzó a ver, el camino se hallaba desierto en ambas direcciones. Entonces el corazón se le detuvo un instante: frente a la entrada vio el rollo que Yesca había hallado en el bosque y que Jan había arrojado hacia el jardín. Era el misma, estaba segura. Parecía idéntica, y no estaba ahí cuando volvieron. Lo examinó sin poder creerlo; luego volvió a mirar a ambos lados del camino. Por último, la lanzó de una patada lejos del umbral y cerró la puerta rápido.

¿Cómo y por qué había llegado hasta allí? ¿Lo habrían encontrado Chris y Anne y se lo habrían devuelto? No, eso era ridículo. Sería demasiada coincidencia que hubieran dado con él; aun así, ¿por qué se habrían tomado la molestia de devolverlo, incluso aunque supieran que pertenecía al cobertizo de Camile?

Pero la explicación alternativa, que algún desconocido podría haberlo llevado, le preocupaba aún más. Implicaría que la habían observado cuando estaba en el bosque; es decir, que la habían seguido, que la habían visto levantar y arrojar el rollo, que sabían que venía del cobertizo y que habían ido a devolverlo. ¿Alguien la espiaba y ahora se dedicaba a asustarla? Si era el caso, lo estaba logrando.

«Cálmate —se dijo—, no hagas nada imprudente». Entró en el salón, cogió el teléfono y escribió a Chris: «¿Has dejado tú un rollo de cuerda en la entrada de la casa?».

Seguramente el mensaje confirmaría sus sospechas sobre la neurosis de Jan. Pero tenía que eliminar la posibilidad de que hubiera sido él.

Chris respondió un minuto después: «¡No! ¿Estás bien?».

«Estoy bien», respondió Jan de mal humor.

Pero no lo estaba. Para nada.

Alguien la espiaba. Quizá era el momento de hacer las maletas y dejar la casa de campo. Tendría que avisar a Camile para que pudiera hacer algo con Yesca. ¿O debería llamar al detective Davis? Pero ¿qué le diría? ¿Que había encontrado en el bosque cuerda de su cobertizo y que alguien la había dejado a su puerta? Menuda manera de hacer perder el tiempo a la policía. ¡Qué pensaría Matt de ella!

A Jan le pareció que necesitaba hablar con alguien. Alguien que la conociera bien y que le diera una opinión sincera y un buen consejo. Ruby. Ya le había ofrecido que quedarse con ella en Navidad, pero no podía esperar varias semanas. Tenía que hablar con ella ahora.

Tras un par de tonos, Ruby respondió:

—Hola, Jan. Qué alegría oírte.

—Igual. ¿Puedes hablar?

—Sí, un par de minutos. ¿Qué pasa? Pareces tensa.

—Lo estoy —confesó Jan enseguida—. Ruby, están pasando cosas que no entiendo. Cosas extrañas que quiero contarte. Necesito tu opinión.

—¿Estás en peligro? —preguntó Ruby preocupada.

—La verdad es que no lo sé.

—No creo, Jan. Tengo que colgar pronto. ¿Y si voy a verte mañana? Tengo un par de días libres.

—¿De verdad? Sería fantástico.

—Claro. Salgo a primera hora de mañana y vuelvo a casa el sábado.

—Genial. Muchísimas gracias.

—¿Estarás bien hasta entonces?

—Sí.

—Entonces te veo mañana a mediodía.

—Gracias.

En cuanto hubieron colgado, el teléfono de Jan zumbó con un mensaje de texto. Era Camile: «¿Todo bien por ahí?».

Era demasiada coincidencia. Sin duda Chris le había dicho algo.

«Sí, gracias», contestó Jan.

## 29

Aunque le había dicho a Ruby que estaría bien el resto del día, Jan apenas pudo dormir esa noche. Cada ruido parecía indicar que alguien trataba de entrar en la casa o que ya había entrado y estaba listo para ir a por ella. El viento no ayudaba. Jan no soltaba el móvil, lista para pedir ayuda si era necesario, y dejó encendidas las luces del vestíbulo y el rellano. Al final, subió a Yesca a dormir con ella.

Jan seguía despierta a las dos de la mañana cuando las luces se apagaron de pronto. El pánico se apoderó de ella hasta que se dio cuenta de que dejar todo encendido había agotado el saldo del medidor. Ahora no se atrevía a salir de la cama y bajar a oscuras a introducir más monedas, de modo que se cubrió la cabeza con las sábanas y esperó a que amaneciera.

«Gracias al cielo que Ruby vendrá hoy», pensó Jan mientras al fin el cielo se iluminaba y podría levantarse de la cama. Ruby sabría qué hacer. Era su amiga más antigua y más cercana. Sabía cómo reírse de las cosas, pero también podía confiar en su juicio y su objetividad cuando hacía falta. Su amiga no era una persona fantasiosa. Aunque ella misma tampoco lo era. Al menos no antes de vivir en Casa Ivy.

Se puso la bata, bajó las escaleras, alimentó a Yesca y preparó la cafetera. El perro comió parte de su desayuno y luego se dirigió a la puerta trasera para que lo dejaran salir a correr. Cuando abrió la puerta, le temblaron las piernas. No podía creerlo: el rollo de cuerda que había pateado la tarde anterior estaba ahora en el jardín, frente a la puerta trasera. En el sitio exacto para que forzosamente tuviera que verlo.

Lo habían dejado allí a propósito. No había otra explicación.

Sus piernas parecían de gelatina. De modo que no había imaginado los ruidos de la noche anterior. Se le revolvió el estómago. Alguien había cogido la cuerda del jardín y la había dejado frente a la puerta trasera, a vista de todos, mientras ella dormía. Quería hacerle saber que seguía ahí, observándola. El miedo le provocó náuseas. ¿Por qué estaban allí? ¿Qué querían de ella?

Sostuvo la puerta con una mano para cerrarla rápidamente si era necesario y estiró el brazo para coger la cuerda con dedos temblorosos, pero se detuvo. No. La dejaría en donde estaba para que Ruby la viera. Sería una prueba de que decía la verdad.

Yesca volvió al jardín tras hacer sus necesidades, olfateó la cuerda y entró a la casa. Jan cerró la puerta y echó el cerrojo. Pensó en todo lo que sucedía. ¿Estaba en peligro? Ruby se lo había preguntado el día anterior y ella le había respondido que no sabía. Ahora sí lo sabía. Aquello era, sin duda, algo dirigido a ella. ¿Debería llamar de nuevo a la policía? ¿Y qué les diría? ¿Que un rollo de cuerda que había estado en el bosque había llegado al umbral de su puerta y luego al jardín? Quedaría como una persona ridícula, trastornada. Esperaría a tener la opinión de Ruby. Entretanto, tenía que controlarse y pensar todo con frialdad. Había cosas que hacer.

Se sirvió una taza de café y se la llevó al primer piso para bebérsela mientras se aseaba y se vestía. Tenía que comprar comida para darle algo decente de cenar a su amiga. Pero de ninguna manera iría sola a la tienda del pueblo por Wood Lane, no ahora que alguien podría estar acechándola. Yesca tendría que olvidarse de su paseo hoy. Cogería el coche hasta Coleshaw. Le haría bien volver a una ciudad con mucha gente, y sin duda los supermercados tendrían mejor surtido. Saldría en cuanto se arreglara y volvería a tiempo para recibir a Ruby.

Llevó la taza vacía a la cocina, encerró a Yesca en el salón, cogió la chaqueta y el bolso, y salió de la casa. Soplaba un aire frío, de modo que se abrigó mientras caminaba hacia el vehículo. Estaba a punto de subir cuando vio un rastro de barro sobre el techo del coche. Lo examinó de cerca y vio que también había barro en el capó. El viento había hecho volar la mayoría de las hojas la noche anterior dejando al descubierto estas huellas. Pero eran frescas, recientes.

Las examinó otra vez, eran demasiado grandes para ser de un gato o un zorro, y tampoco tenían la forma correcta: eran similares a las que había visto junto al hueco del seto cuando cortó el césped. Siguió su rastro. El causante había corrido sobre el capó, resbalado al trepar por el parabrisas, luego caminado por el techo del coche y al final se había deslizado por la parte trasera. Jan miró a su alrededor; no se veía a nadie. Los árboles y el follaje estaban inmóviles, pero tuvo la sensación de que la observaban, tal como le había ocurrido en el jardín. Sacó enseguida una foto de las huellas con el teléfono —más pruebas para Ruby— y subió al vehículo, aseguró las puertas y comenzó el viaje a Coleshaw.

# 30

La reseña de la Clínica Moller escrita por la señora L decía: «¡No se acerquen a este lugar! Solo quieren cumplir sus deseos egoístas». Ian la había descartado al leerla, pero ahora que conocía a los Moller y su clínica pensó que podría tener algo de razón. Pero ¿en qué sentido?

La mañana del viernes Ian estaba ante su escritorio, tratando de ponerse al corriente en el trabajo. Era muy difícil, con tantos sucesos en su vida privada le resultaba casi imposible concentrarse, pero debía intentarlo. Se había pedido muchos días desde que Emma había perdido al bebé y, aunque sus jefes seguían mostrándole apoyo y empatía, sabía que en algún momento dejarían de hacerlo. Llegaría el día en que se esperaría que lo superara y volviera a cumplir con su trabajo.

Ian se distrajo pensando en la discusión que había tenido con Emma por la mañana. La razón había sido que él había vuelto a mencionar las pruebas de ADN. Luego había empeorado las cosas cuando había sugerido que Emma podría volver al trabajo, al menos a media jornada. Aún estaba en sus días de baja médica. Ian pensó que había dicho las cosas con delicadeza, pero ella había empezado a llorar y lo había acusado de ser egoísta y de pensar más en su maldita investigación que en ella. Ian había salido poco después para ir a la oficina y le había escrito para disculparse, pero no había obtenido respuesta.

Volvió a pensar en la reseña: «¡No se acerquen a este lugar!».

Cómo quisiera poder hablar con la señora L y preguntarle a qué se refería exactamente.

Volvió a encontrar la reseña en internet, pero no halló manera de contactar con ella. Era evidente que había tenido problemas con la clínica, pero ¿cuáles? ¿La habían tratado mal o había sucedido algo más?

El muchacho de la tienda le había dicho que había «rumores». Pero eso no pasaría de cotilleos malintencionados.

Ian jugueteó con su bolígrafo y miró fijamente el informe que debería estar escribiendo. El kit para las pruebas de ADN que había ordenado tenía que llegar al día siguiente, sábado. No había correo los domingos, de modo que enviaría de vuelta a primera hora del lunes. Pidió que le mandaran los resultados por *email*, la opción más rápida; con suerte los tendrían a principios de la semana siguiente.

Por supuesto, podría ocurrir que Carstan Moller tuviera razón y que Emma y él no compartieran genes. Eso creía Emma; también estaba convencida de que su marido estaba obsesionado y había emprendido una cacería de brujas en busca de un culpable al que achacar el hecho de que no pudieran formar una familia. Era más o menos lo que le había dicho Moller: «Sigan con su vida y agradezcan que tienen salud, inteligencia y una buena carrera».

Si las pruebas de ADN mostraban que los Jennings no estaban emparentados, aceptaría todo el asunto y acudiría a la terapia de duelo que Emma quería.

«¡No se acerquen a este lugar! Solo quieren cumplir sus deseos egoístas».

Pero ¿por qué, señora L? ¿Por qué?

# 31

Jan se detuvo a leer el mensaje de Ruby: «Llego a las 12».

«Genial, nos vemos aquí», respondió, y enseguida reanudó su recorrido por los pasillos del supermercado, llenando el carrito de comida.

Eran casi las once, solo tenía una hora. Jan había tardado más de lo esperado. Disfrutaba el ajetreo del supermercado y se estaba tomando su tiempo para elegir las compras. Se apresuró para conseguir los últimos productos y se fue a la caja. La larga fila estaba llena de compradores del viernes que se preparaban para el fin de semana.

Jan pagó y salió del establecimiento a las once y veinte. Al cruzar el aparcamiento, se dio cuenta de que había olvidado el café. ¡Maldita sea! No volvería a esperar aquella cola, era mejor pasar por la tienda de Lillian, en Merryless, y de paso conseguir más monedas para el medidor.

Había tráfico en la salida de Coleshaw, así que Jan llegó a la tienda en Merryless diez minutos antes de las doce. Antes de salir, le envió un mensaje a Ruby por si su amiga llegaba antes a la casa de campo: «Llego en breve x».

Estaba a punto de abrir la puerta cuando vio a Chris entrar a la tienda. ¡Maldita sea! No tenía ganas de verlo. Sería incómodo, tras su cita desastrosa y su encuentro del día anterior con Anne. No tenía nada que decirle. Esperó unos momentos más en el coche, pero Chris no salía: estaría conversando con su cuñada. Jan tendría que entrar a la tienda en cualquier momento.

Se armó de valor, salió del coche y entró en la tienda. Chris estaba frente al mostrador, de espaldas a la puerta, hablando con Lillian.

—Hola, Jan —la saludó la mujer.

Chris no se tomó la molestia de darse la vuelta. Ni siquiera le hizo un ademán. Bueno, que se fuera al infierno, pensó Jan.

Jan se dirigió a la estantería del café sin mirarlos y fingió estudiar los productos mientras Lillian terminaba la conversación.

—Saluda a Mel y a los niños.

Jan no tenía idea de quién era Mel.

Esperó a que Chris saliera de la tienda antes de dirigirse al mostrador.

—¿Me puedes dar también algunas monedas para el medidor?

—Claro, linda. ¿Cómo estás?

—Bien, gracias.

Lillian fue a la oficina a por las monedas de la caja fuerte.

—¿Qué tal tu cita? —preguntó al depositar la bolsa de monedas sobre el mostrador.

—¿Con Chris? —preguntó a su vez Jan, sorprendida de que Lillian lo mencionara. Él podría habérselo contado.

—Pues sí, a menos que estés saliendo con otros —dijo Lillian sonriendo.

—No salió bien. Dudo que volvamos a vernos.

—Ay, cuánto lo siento. —Parecía preocupada de verdad.

—¿No te lo ha dicho Chris? —preguntó Jan mientras pagaba.

—No lo he visto desde el miércoles —respondió Lillian.

Jan la miró con detenimiento, segura de que había escuchado mal.

—Acaba de salir. Estaba hablando contigo.

—Ah, no —rio Lillian—. Ese era Robert Jarvis. Se parecen de lejos. Pero Robert está casado, tiene tres hijos.

—Oh —dijo Jan. Se sintió como una tonta.

—No eres la única que los confunde. Unos cuantos en el pueblo se parecen. Camile, por ejemplo. ¿La conoces?

—No en persona, fue Chris quien me dio las llaves de la casa.

Jan recordó las fotografías de Chris y Camile; en efecto, se daban un aire y parecían muy compatibles.

—¿Por qué se separaron? —preguntó Jan guardando las monedas y el café en su bolso.

—No estoy segura —dijo Lillian—. Qué pena que no funcionara lo del miércoles. Una chica tan buena como tú... Voy a regañar a Chris cuando lo vea.

Jan sonrió.

—Gracias. Pero quizá sea mejor no decir nada. Creo que ya está con otra persona.

—No que yo sepa —respondió Lillian, sorprendida—. ¿Por qué lo dices?

—Ayer paseaba con Yesca por el bosque y me lo encontré. Iba con una mujer llamada Anne.

—¿Anne? —preguntó Lillian extrañada—. No tengo idea de quién puede ser. La única Anne que conozco es una matrona de por aquí, y no es su tipo.

—No importa. Probablemente sean solo amigos.

—Puede ser. —Lillian se encogió de hombros sin abandonar su expresión de sorpresa—. Bueno, adiós, cariño. Cuídate.

—Adiós —se despidió Jan, y salió de la tienda.

Sí, tal vez solo eran amigos, pero eso no disculpaba el comportamiento extraño de Chris la noche del miércoles.

## 32

Por fin había terminado la mañana del viernes. A las doce y media, Ian se puso en pie y cogió su chaqueta del respaldo de la silla.

—¿Vienes a Rocco a almorzar? —le preguntó su colega Mike.

A veces iban al café de Rocco a comer o pedían para llevar la comida y se la traían a la oficina.

—Ahora no —dijo Ian—. Te veo allí. Tengo cosas que hacer antes.

—Vale, te veo luego —se despidió Mike, y salió de la oficina.

En primer lugar, tenía que llamar a Emma para asegurarse de que todo marchaba bien. No podía tener la conversación con alguien esperándolo a unos pasos de distancia. Ian comprobó que llevaba el teléfono y la cartera en el bolsillo, salió de la oficina y bajó las escaleras traseras. La entrada principal de Wetherby Security estaba cerca de la calle principal, y el ruido del tráfico volvía imposible hablar por teléfono, de modo que se dirigió al aparcamiento de empleados.

Encontró un rincón solitario lejos del edificio principal y llamó a su casa. La verdad es que temía la conversación con Emma. Últimamente siempre estaba enfadada con él. Podía imaginarla sentada en el sofá del salón, pasando las horas frente al televisor o en las páginas de un libro, u hojeando una revista, triste y abatida.

—¿Estás bien? —le preguntó en cuanto ella contestó.

Enseguida se dio cuenta de su error. Tendría que haberle preguntado cómo estaba, pues era obvio que no estaba bien. Para su sorpresa, Emma respondió:

—Estoy bien, gracias. Mucho mejor.

En efecto, sonaba mucho mejor.

—¿De verdad? Qué bien. Siento mucho lo de esta mañana. Odio que nos peleemos.

—Yo también —dijo Emma—. En parte ha sido culpa mía. Tienes razón sobre el trabajo. Voy a llamarlos esta tarde para decirles que puedo incorporarme el lunes. Anne ha venido a verme y me ha convencido de que era buena idea.

—Ah, ya veo —dijo Ian ligeramente decepcionado por no ser la causa del cambio de opinión de Emma—. Pues está muy bien.

—Sí, hemos hablado un buen rato. Siempre sabe qué decir. No le molesta hablar de lo que le ocurrió a David. Me dijo que podíamos hablar cuando quisiera. Me entendió. Incluso le pregunté cómo era David.

Ian frunció el entrecejo.

—Habíamos acordado que era mejor no saberlo.

—Sí, pero me alegro de haberle preguntado. Esperaba que me describiera algún horror, pero ¿sabes qué me dijo? Que, aunque había nacido diferente, era hermoso a su manera.

—Bien.

—Anne dijo que, dondequiera que estuviera, David ahora estaría feliz y en paz. Me ayudó mucho, Ian. Tendría que haberle preguntado antes.

—Qué bien que te haya servido —dijo Ian.

—También discutimos sobre cuándo debía volver a trabajar, y me dijo que no veía ninguna razón médica para no hacerlo ya. De hecho, le pareció buena idea, aunque me dijo que tenía que tomarme las cosas con calma. Me dio algunos folletos sobre anticonceptivos. Es parte de su trabajo como matrona. Dijo que quizá querríamos pensar en la esterilización, dado que es muy importante que no tengamos otro hijo con tan alto riesgo de que le suceda lo mismo.

—No sé por qué está tan segura de eso —dijo Ian—. Necesitamos conocer todos los factores antes de decidir algo así. Mañana deberían llegar las pruebas de ADN.

Al instante Ian se dio cuenta de que se había equivocado. Esperaba que Emma le gritara por mencionar las pruebas, pero no lo hizo.

—Le he contado a Anne lo de tu investigación —dijo Emma—. Primero se ha mostrado sorprendida y preocupada, pero luego ha cambiado de opinión. Me ha pedido que, si descubres algo, se lo contemos para hablar de ello.

—¿A qué se refería?

—Quiere ayudarnos, Ian. Es tan amable... También ha dicho que conoce a otra pareja que está pasando por lo mismo que nosotros. Puede ponernos en contacto, si ellos están de acuerdo. Dijo que hablar de nuestras experiencias podría ayudarnos. Quedamos en que la avisaría más tarde.

—Muy bien —dijo Ian pensando en que lo último que necesitaba ahora era cargar con otra historia de horror—. Me alegra que te sientas mejor. Salgo a almorzar, te veo más tarde.

—Sí, hasta luego. Gracias por llamar.

—Hasta luego, amor.

## 33

Ruby sirvió más vino tinto en las copas mientras Jan recogía los platos y los llevaba a la cocina.

—Estaba delicioso, gracias —dijo Ruby—. No tenías que molestarte.

—Para nada. Me ha gustado cocinar para alguien más por una vez. Si solo como yo, hago pasta o una patata asada. Saco el postre más tarde, ¿no?

—Sí. Estoy llena. Ahora ven, siéntate y cuéntamelo todo. Ya he visto que Chris ha resultado ser un poco raro, pero ¿qué sucede con la casa? Parece maravillosa para tomarse un respiro, aunque creo que me gustaría más en verano.

Jan se sentó en el sillón frente a Ruby, quien estaba en el sofá, sentada sobre las piernas, con Yesca a sus pies. Hasta ahora solo se habían puesto al día sobre el trabajo, sus relaciones, la familia, amigos en común y sobre la vida en el pueblo. Jan había querido dejar el resto hasta que hubieran comido y bebido algo. Le había mencionado a Chris y el desastre de su primera cita, y cómo lo había visto con otra mujer al día siguiente, pero no le había dicho nada aún sobre la sensación de que la vigilaban ni sobre los extraños acontecimientos del exterior de la casa. Ahora tenía que explicarle todo eso sin sonar histérica.

—No sé por dónde comenzar —dijo Jan, y dio otro sorbo a su vino.

—Desde el principio. Es lo que siempre me dices cuando tengo un problema.

Ruby sonrió y Jan asintió pensativa.

—Muy bien. Las primeras semanas todo iba bien. Me costó acostumbrarme a vivir lejos de la ciudad, pero toda esta paz me hizo bien después de todo lo que había pasado. Tuve tiempo para pensar y no me ocurrió nada raro. Luego algo empezó a invadir el jardín por las noches, cuando las ventanas estaban cerradas. Asumí que era un animal del bosque.

Ruby asintió.

—Llegó hasta la ventana. Yesca siempre se daba cuenta de que estaba ahí. Se le erizaba el pelo y salía corriendo a la puerta de atrás para que lo dejara salir a perseguirlo. Una noche desapareció y no volvió en horas. Estaba muy preocupada, creí que se había perdido. Cuando volvió se mostró muy contento de verme, como si le hubieran dado un susto.

—Supongo que perderse lo asustaría.

—Puede ser. Pero luego, la noche siguiente, volvió con algo de comida en el pelo, junto a la boca. Era carne cocinada. Salchicha, tal vez. Yo no se la di, y no hay otras casas antes de llegar a Merryless. Entonces empezó a preocuparme que pudiera haber alguien viviendo en el bosque. Detrás de la casa está la parte más profunda del bosque de Coleshaw; es imposible saber si hay alguien ahí.

—¿No podría ser que un pájaro dejara caer la comida? —sugirió Ruby.

—Puede ser, sí —dudó Jan. Qué fácil era encontrar explicaciones si no habías estado ahí—. La noche siguiente alcancé a ver algo que Yesca persiguió por el seto, en la parte trasera del jardín. Estaba oscuro, así que no lo vi bien, pero era muy extraño. No se parecía a ningún animal que yo conozca. Busqué en internet qué animales viven en el bosque y el resultado fue lo habitual: tejones, zorros y otros. Así que me convencí de que podría ser un zorro. Aún tenía buena relación con Chris; se lo dije y él pensó que podría ser un zorro o un perro extraviado del pueblo.

—Él sabrá, si ha vivido aquí toda su vida —agregó Ruby.

—Eso pensé. Pero luego descubrí algo que me convenció de que no podía ser un zorro.

—¿Qué fue? —Ruby estaba pendiente de sus palabras.

—Le prometí a Camile, la dueña de la casa, que cortaría el césped. Cuando estaba en el jardín trasero, encontré huellas de algo que había atravesado un agujero en el seto. Era como un pasaje del bosque al jardín. Muchas huellas, por eso supe que esto llevaba ocurriendo cierto tiempo, y que podía tratarse de más de un intruso. Seguí cortando el césped, pero tuve una sensación muy intensa de que me observaban, y no podía dejar de mirar atrás.

—Me estás poniendo nerviosa —dijo Ruby, y miró instintivamente detrás de sí, hacia el jardín.

—Hay un sensor de movimiento en el jardín —siguió Jan—. Chris me dijo que no funcionaba, pero cuando lo revisé resultó que estaba apagado. Camile me explicó que era para ahorrar energía: la casa utiliza un medidor de monedas. Lo encendí y en cuanto oscureció me senté donde estás ahora, para ver si podía identificar al intruso.

—¿Y no llegó? —preguntó Ruby.

—Sí llegó, pero debía de saber que el sensor funcionaba: tiene una lucecita que parpadea. Pues bien, el intruso evitó el sensor y llegó por la puerta trasera. Demasiado inteligente para ser un animal del bosque. Parecía saber qué estaba haciendo yo. Dejé salir a Yesca para que lo persiguiera. También lo seguí, pero se escapó por el seto. Luego oí un ruido a mis espaldas, me giré y alcancé a ver una sombra correr y saltar la cerca. No sé lo que vi, pero Chris halló a Yesca en el pueblo y lo trajo a medianoche.

—¿Le dijiste lo que había ocurrido?

—No. Me pareció ridículo.

—¿Y eso fue todo?

—No. Puse una barrera en el hueco del seto. Eso los alejó un par de noches, pero a la siguiente uno llegó hasta la ventana. Estaba oscuro, había desconectado el sensor para ahorrar electricidad. Pero hizo contacto visual, como una persona. Estaba aterrada. Llamé a Chris, vino de inmediato y fue al jardín. Apenas podíamos ver nada, pero los tablones que había utilizado para bloquear el seto estaban desperdigados por todo el césped. Los habían retirado todos. Le agradecí a Chris que viniera y bebimos algo. Entonces me invitó a salir.

—Y lo demás es historia, como dicen —concluyó Ruby, y acabó su copa.

—Para nada. Al día siguiente, de día, fui al jardín. Vi la cuerda con la que había atado los tablones: estaba desatada, no mordida. O sea, que no fue un animal. Pensé que solo una persona podría haberlo hecho y me preocupé. Llamé a la policía y enviaron a un agente. Fue muy amable, pero no halló pruebas de que hubiera entrado ningún intruso.

—Bueno, supongo que eso te tranquilizó —dijo Ruby.

—No. Se están envalentonando. Cuando fui caminando hasta el pueblo, vi a alguien o algo correr entre los árboles. También se han acercado a la puerta principal. Chris vio a uno de ellos cuando me trajo a casa el jueves, aunque lo niega. Dijo que había sido mi imaginación, y que si me ponía tan nerviosa vivir aquí tal vez fuera mejor que me mudara.

—Quizá tenga razón —dijo Ruby, y volvió a llenar las copas—. Aquí estás muy aislada, no creo que te convenga estar tan sola. Perdiste a tu novio y tu trabajo en la misma semana, entiendo que fue muy traumático y que necesitabas alejarte. Pero igual ya ha pasado demasiado tiempo.

—Pensé que dirías eso, pero tengo pruebas —explicó Jan

—¿En serio?

—¿Recuerdas que me topé con Chris y una mujer ayer en la salida del bosque?

—Sí.

—Justo antes, cuando estábamos en lo más profundo, cerca de aquí, Yesca encontró un rollo de cuerda como los del cobertizo de Camile. Lo arrojé hacia el jardín trasero, no sé dónde cayó. Pero más tarde sonó el timbre y, cuando abrí la puerta, vi el rollo en el umbral. No había nadie, solo la cuerda. Estoy segura de que alguien me vio cogerla en el bosque y quiso asustarme, hacerme saber que me observan.

—¿Chris? —sugirió Ruby poco convencida—. Pero ¿por qué?
Jan sacudió la cabeza.

—No creo que haya sido Chris. Dejé la cuerda donde estaba, pero esta mañana la he encontrado en la puerta trasera, en el jardín, a plena vista. La he dejado ahí para que la veas.

—¿Sigue ahí? —preguntó Ruby.

—Sí. Lo he comprobado justo antes de que llegaras. Ven, te la enseño.

Jan llevó a Ruby a la cocina y abrió la puerta trasera. Se le encogió el corazón.

—¡Ya no está! —exclamó—. Se la han llevado. Saben que estás aquí y me están gastando una broma pesada.

Jan reconoció la expresión de lástima en el rostro de su amiga y supo que no la creía. Comenzó a buscar por el jardín mientras Ruby la observaba desde la puerta. Era una tarde nublada, la luz se estaba yendo y el aire empezaba a ser frío.

—Entra —la llamó Ruby—. Hace frío. Vamos a comernos el postre y abrir otra botella.

Jan revisó los laterales de la casa, pero no había restos de la cuerda. Sabía que estaba quedando como una idiota. Entró en la casa a regañadientes.

—Estaba ahí —dijo descorazonada—. Se la han llevado mientras estábamos en el salón. Pero, mira, tengo algo más. —Cogió su teléfono—. Mira esta foto, la he sacado esta mañana. Son huellas de pisadas sobre mi coche. Son iguales que las que encontré junto al seto.

Ruby miró la fotografía.

—Puedo ver huellas de barro en tu coche —dijo—. Pero podrían ser de cualquier cosa.

Jan comprendió que su amiga estaba siendo razonable. Ahora, con ella, podía ver que las huellas no eran prueba de nada, que podría haberlas dejado «cualquier cosa». Ruby la cogió del brazo con delicadeza.

—Jan, creo que has visto algo y que te has asustado mucho porque estás viviendo aquí sola. ¿Por qué no te quedas conmigo unos días? Tengo una habitación extra. Trabajo todo el día, así que tendrás el apartamento para ti sola.

—Lo pensaré —contestó Jan, y luego se dio cuenta de que había sonado muy seca—. Gracias. Y gracias también por escucharme. Seguramente tienes razón. Deja que traiga el postre y vamos a hablar de otra cosa.

El gesto de alivio en el rostro de Ruby lo dijo todo.

# 34

Jan se había acostado después de medianoche, pero no podía dormir. Permaneció a oscuras en la cama, mirando al techo, repasando la conversación de la tarde en su cabeza. Era una tortura. Yesca estaba a su lado en la cama, también inquieto. Por supuesto que Ruby no la creía. Era normal, todo sonaba tan inverosímil... Solo Chris había visto algo también, aunque lo negaba. Tal vez había dicho la verdad y no había visto nada. O igual no había nada que ver. Jan tuvo que aceptar que no tenía pruebas de nada y empezó a cuestionar su buen juicio.

La cuerda podría haber volado con el viento del jardín a los arbustos, tal como le había sugerido Ruby. Y las huellas de barro en su coche podrían ser de «cualquier cosa»: zorros, ardillas, algún ave. Jan dio vueltas en la cama, consultando la hora en su teléfono una y otra vez. Le había ofrecido la cama a Ruby, pero su amiga había insistido en quedarse en el sofá cama del salón.

Sin embargo, pensó Jan, sí había visto algo, más de una vez. ¿O quizá no...?

¿Sería posible que, a fuerza de vivir sola en una casa de campo aislada, tras el trauma de haber perdido su empleo y a su pareja, estuviera imaginándose cosas? ¿O alucinando, tal vez? Ruby parecía creerlo.

Tal vez debería aceptar su oferta y quedarse con ella. Pero tendría que avisar primero a Camile y darle tiempo de conseguir un cuidador para Yesca. Lamentaba la idea de fallarle a Camile, pero si su salud mental estaba en juego, tendría que irse pronto.

Media hora después, Jan decidió que al día siguiente aceptaría la oferta de Ruby y se iría con ella en cuanto Camile hubiera arreglado lo de Yesca. Le escribiría un *email* a primera hora. En casa de Ruby podría hacer un repaso de su vida e incluso asistir a terapia para lidiar mejor con todo lo que le había sucedido.

Decidida, Jan por fin concilió el sueño. Se despertó a las nueve. El sol brillaba fuera. Podía oír a Ruby moverse en la planta baja. Se levantó, se puso la bata y las zapatillas, y bajó.

—Perdón, me he quedado dormida. Vaya anfitriona —dijo mientras entraba en el salón.

Ruby estaba vestida. Había abierto las ventanas y colocado el sofá en su estado habitual. Parecía cansada y ojerosa, y Jan se sintió culpable enseguida. Debería haberle insistido en que durmiera en la cama.

—Prepararé el desayuno —dijo Jan.

—No. Ya me voy. Y quiero que te vengas conmigo —le pidió Ruby mientras terminaba de hacer la maleta.

—¿Por qué tan pronto? —preguntó Jan con sorpresa—. Iba a preparar el desayuno.

—No quiero nada, gracias. He tomado un vaso de agua. Me voy y quiero que me acompañes —repitió.

—No puedo. No así, sin más. Debo avisar a Camile para que pueda encontrar a quien cuide a Yesca.

—Trae al perro si lo necesitas —dijo Ruby—. Pero tienes que salir de aquí.

Jan la miró mientras cerraba la maleta.

—¿Por qué? ¿Qué pasa?

Ruby le sostuvo la mirada.

—No es tu imaginación, Jan. Perdóname por no haberte creído. Sí hay algo o alguien ahí fuera. Los oí anoche. Unos golpecitos en la ventana. Abrí las cortinas, pero se habían marchado. No he dormido nada.

—¿Golpearon la ventana? —preguntó Jan—. Eso es nuevo. ¿Pudo ser el viento, una rama...?

—No, Jan. Sé lo que oí. Era más bien un golpe insistente, como si trataran de llamar mi atención.

—¿Por qué no subiste a avisarme?

—¿Y asustarte más? Pensé en llamar a la policía, pero ¿qué podría decirles? ¿Que oí unos golpes y cuando abrí la cortina no vi nada? —Cogió la maleta—. Vamos, Jan. Por favor, ven conmigo. Me preocupas.

—No puedo. Ahora no. Ni siquiera estoy vestida y tengo que avisar a Camile.

—Espero a que te vistas. Trae al perro.

—No puedo. Al perro no le sientan bien los viajes. Tengo que cuidarlo, y también la casa, hasta que Camile encuentre a otra persona.

—¿Y si te convenzo? —preguntó Ruby.

—No. En serio, no puedo coger mis cosas y marcharme.

—¿Segura?

Jan asintió.

—Bueno. Tú decides. Pero ven lo más pronto que puedas. Cuídate mucho. Este lugar me da auténtico pánico.

Ruby besó a Jan en la mejilla y se dirigió a abrir la puerta principal.

—¿Estás segura de que no puedo convencerte? —preguntó por última vez.

—No. Estaré bien. Conduce con cuidado.

—Hablamos pronto.

Jan vio a Ruby subirse al coche, dar la vuelta y alejarse por Wood Lane. Cerró la puerta y se sintió extrañamente tranquila. Justificada. Tenía la prueba que necesitaba. No estaba volviéndose loca. También su amiga había oído algo. La noche anterior Jan se había acostado convencida de que todo había sido producto de su imaginación, pero Ruby había demostrado lo contario. Había algo allí fuera y estaba decidida a averiguar lo que era antes de marcharse.

# 35

Jan se preparó un café sin cambiarse de ropa. Aunque ahora estaba convencida de que no imaginaba lo que sucedía, aún se sentía amenazada. El intruso se estaba volviendo más atrevido y se acercaba cada vez más a ella. Cuando llegó a la casa, él (¿o ellos?) se había mantenido a distancia, escondido en el bosque, tal vez acechándola, aguardando el momento de actuar. Tras pocas semanas empezó a llegar al jardín, pero Yesca lo había ahuyentado. Luego se volvió más atrevido: había hecho contacto visual en la ventana, había corrido por los árboles en Wood Lane, había dejado la cuerda donde Jan pudiera verla. Lo de la noche anterior había sido lo más descarado: los golpes en la ventana buscaban llamar la atención de Ruby. Qué pena que no hubiera sucedido en presencia de Chris. Sí, estaba perdiendo el miedo. Pero ¿quién era?

Jan se preguntó qué habría ocurrido si Ruby hubiera abierto la puerta trasera. ¿Habrían huido? No, la habrían confrontado. ¿Y entonces? Ojalá Ruby la hubiera despertado. Juntas podrían haber tenido el valor de salir a investigarlo. Pero su amiga optó por abandonar una casa que la asustaba. Jan solo pudo sonreír: su amiga, tan sensata, pragmática y racional, había salido corriendo, más alterada que la propia Jan. Y ella seguía sin saber qué o quién la acechaba.

Si durmiera una noche en el sofá, sin que pudieran verla, con las cortinas abiertas y la luz apagada, ¿volverían? Si lo hicieran podría verlos bien, quizá incluso fotografiarlos. No tenía sentido volver a activar el sensor de movimiento: estaba claro que sabían cuándo funcionaba y lo evitaban. ¿Se atrevería a quedarse a oscuras en la planta baja a esperarlos? No lo sabía. Se sentía mucho más segura arriba, en la cama.

El timbre la sobresaltó. ¿Ruby? ¿Había olvidado algo o volvía para intentar convencerla una vez más de que se marchara? Jan dejó su taza de café sobre la mesa, se abrochó la bata y acudió a la puerta. Yesca corrió a su lado, moviendo la cola, como si supiera quién era el visitante.

—¡Oh, eres tú! —dijo Jan sorprendida.

—Lo siento. Tendría que haber llamado antes —respondió Chris.

—Anoche tuve compañía y nos acostamos tarde. ¿Qué haces aquí?

—Te dije que vendría a reparar la cerca. He traído herramientas.

—Oh —dijo Jan sorprendida. Aquella oferta parecía muy lejana—. No creí que fueras a venir después de la cita del miércoles. Ya lo he arreglado yo.

—Lo siento. Ya sabes, a veces puedo tener muy mal humor. ¿Quieres que revise la reparación?

Jan pensó que no conocía a Chris. Su primera reacción fue decirle que todo estaba bien y que no tenía que volver a ver cómo iba. Pero dudó.

—Puedo venir más tarde si lo prefieres —se ofreció Chris.

—No, pasa. —Se hizo un lado para dejarlo entrar—. Puedes revisarla mientras me visto.

—Veré lo que hace falta, tengo las herramientas en el coche —dijo Chris, y salió por el vestíbulo acompañado de Yesca.

Un poco azorada, Jan subió a vestirse. ¡Qué demonios! Chris tenía razón en algo: sí, tenía muy mal humor. Pero también parecía sincero al disculparse. Y, ya que estaba allí, podía revisar la reparación. Sin embargo, sabía que no volvería a confiarle nada.

Mientras se vestía, Jan oyó cómo Chris entraba por la puerta trasera y salía por la entrada principal para llegar al coche. A un paso de distancia de la ventana, para que no pudiera verla, lo observó mientras abría maletero. Era atractivo y muy masculino, siempre lo había considerado así. Alto, de tez clara, con pómulos marcados. Eso sí, parecía sentirse más cómodo haciendo tareas prácticas que conversando amablemente durante la cena. Lo vio coger el mono y una bolsa de herramientas, y cerrar el maletero. Lo extraño fue que no volvió enseguida a la casa, sino que aguardó mirando por todos lados, como si buscara algo o a alguien. Cuando pareció estar convencido de lo que fuera, entró.

Jan terminó de vestirse, se cepilló el pelo y bajó. Se ducharía más tarde. Se puso la chaqueta y salió al jardín. Hacía frío. Chris, con el mono puesto, estaba inclinado sobre el seto y usaba un destornillador para afianzar la madera.

—Buen trabajo —dijo volviéndose hacia Jan—. Ha aguantado bastante bien. Estoy colocando tornillos de tres pulgadas para reforzarlo.

—Gracias —respondió Jan, y lo observó trabajar. De rodillas parecía casi vulnerable, o al menos más accesible, lejos del tipo temperamental e introvertido del miércoles anterior—. ¿Qué crees que es nuestro visitante? —preguntó momentos después.

—Podría ser cualquier cosa —dijo Chris—. Pero no te hará daño, estoy seguro.

—¿Cómo puedes estar seguro?

Chris se detuvo un momento a mirarla.

—No hay animales peligrosos en el bosque.

—Entonces, ¿por qué siguen viniendo a la casa?

—Buscan comida. —Chris repitió lo que ya había dicho antes.

Jan siguió observándolo trabajar y enseguida le preguntó:

—¿Quieres café y cruasanes? No he desayunado.

—Sí, por favor, si no es mucha molestia.

—Para nada.

Entró en la casa, dejó la chaqueta sobre el respaldo de una silla, preparó más café y metió en el horno los cruasanes que había comprado para Ruby. Chris le estaba haciendo un favor, así que lo mínimo era devolverle la cortesía. Pero no le comentaría nada sobre la última visita.

El hombre entró cinco minutos después.

—Listo —dijo quitándose el mono.

—Gracias.

Jan llevó a la sala una bandeja con dos tazas de café y un plato de cruasanes, y la puso en la mesita de centro. Chris dejó el mono y las herramientas junto a la puerta principal.

—Así no los olvido —dijo con una sonrisa, y se dirigió a su sillón.

—Adelante —le ofreció Jan mostrándole un plato y los cruasanes.

—Gracias. ¿Son de la tienda de Lillian?

—No, fui a Coleshaw ayer. Aunque sí hice una parada donde Lillian de regreso. Conocí a tu doble.

—Ah, sí. Robert Jarvis —dijo Chris—. Nos parecemos, sí.

—Mucho.

Hubo un silencio incómodo y Jan se concentró en su cruasán. Luego él comentó:

—Lillian me regañó por cómo me había portado. Me dijo que debía disculparme. Lo siento, Jan. Sé que reaccioné muy mal cuando me contaste que Yesca había estado hurgando en las cosas de Camile.

Jan asintió.

—Asunto olvidado —dijo ella sinceramente. Había renunciado a la idea de salir con Chris, de modo que era fácil perdonarlo.

—¿Sabes? Camile y yo tenemos un pasado —continuó él, concentrado en su desayuno.

—No pasa nada, en serio —respondió Jan—. Es asunto vuestro. Además, parece que ya lo has superado.

Chris la miró intrigado.

—¿Anne? —dijo Jan.

—Oh, cielos, no. Anne es amiga mía y de Camile, nada

más. Cuando le conté lo que estaba ocurriendo en la casa y que vendría a revisar la cerca, se ofreció a acompañarme.

—¿Eso hacías en el bosque? ¿Revisar la cerca? —preguntó Jan.

—Sí.

Pero Jan recordó la expresión en el rostro de Anne y no estaba tan segura.

—¿No encontraste el rollo de cuerda? —preguntó—. ¿Como el que usé para atar los tablones?

—No. Pero puedo conseguirte más si lo necesitas. No es caro, y es muy posible que Lillian tenga.

—No hace falta. Todavía hay más en el cobertizo.

Pasó otro silencio incómodo. Chris terminó su cruasán y dijo:

—Así que has tenido visita.

—Sí, Ruby.

—Ah, ¿una amiga?

Jan asintió. Chris bebió el último sorbo de su café, se levantó y dejó la taza en el fregadero.

—Tengo que irme —anunció mientras acariciaba a Yesca—. Los tornillos deberían bastar para que el agujero permanezca cubierto. Si necesitas más ayuda, dime.

—Gracias.

Jan lo acompañó a la puerta. Chris agarró el picaporte, pero, en lugar de abrir la puerta, se volvió hacia ella.

—De verdad siento mucho lo del miércoles —dijo—. Quisiera compensarte. Salir otra vez contigo.

—¿De verdad? —dijo Jan sorprendida.

—De verdad. Lillian me recomendó que te llevara al cine para no tener que hablar y no volver a meter la pata.

Jan sonrió.

—Lo pensaré.

—Muy bien. Gracias.

Jan vio a Chris alejarse. ¿Volvería a salir con él? No estaba segura. Pero sí le agradecía su disculpa y su nueva invitación.

# 36

Al anochecer, Jan volvió a sentirse inquieta por estar sola en la casa. Ruby tenía razón: el sitio era siniestro. Una casita pintoresca de día, sí, pero a medida que atardecía se fundía gradualmente con el bosque, como si los árboles avanzaran para tomar posesión del inmueble y de sus habitantes.

Antes de que oscureciera por completo, Jan fue de habitación en habitación, encendiendo las luces y cerrando las cortinas, luego se aseguró de que ambas puertas estuvieran aseguradas con cerrojo. Se sirvió una copa de vino y se sentó en el sofá del salón. Yesca dio un brinco y se sentó a su lado. Aunque Chris había reforzado el hueco del seto con tornillos muy largos, Jan estaba convencida de que no importaba. La reparación había seguido intacta la noche anterior, cuando Ruby había escuchado golpes en la ventana. Habían entrado por otro lado.

Sentada con su copa de vino en la mano, en anticipación de la noche, Jan deseó haber aceptado la invitación de Ruby. Pero eso significaba huir y decepcionar a Camile. Podía imaginarse su desilusión: si había puesto en alquiler la casa de campo, era para que alguien cuidara de Yesca. «Una persona de fiar y buena con los perros», rezaba el anuncio. Jan se sintió incómoda al recordarlo.

Terminó su primera copa y estaba a punto de servirse otra cuando sonó el teléfono. El número de Camile apareció en la pantalla. «Qué extraña coincidencia», pensó al coger el móvil. Era la segunda vez que la llamaba, habitualmente contactaban por *email* o por mensaje de texto. ¿Era casualidad? ¿O Chris le habría dicho algo?

—¿Cómo estás? —preguntó Camile de buen humor.

—Bien, gracias —respondió Jan—. ¿Y tú?

—Trabajando mucho, pero bien, por lo demás. ¿Cómo está Yesca?

—Muy bien.

—¿Tenéis todo lo que necesitáis?

—Sí, gracias. Le dejaste bastante comida.

—Chris me llamó hace poco. Dice que han estado entrando animales en el jardín.

Así que su llamada no era fortuita.

—Sí.

—No te preocupes. Me ha pasado, pero no hay peligro. Chris me dijo que había arreglado el agujero del seto. Eso debería bastar.

—¿Sabes qué animales son? —preguntó Jan.

—No. Siempre está muy oscuro. Yesca solía ahuyentarlos. Supongo que les da hambre en invierno.

—Sí, es lo que me comentó Chris.

—No estás preocupada, ¿verdad? —preguntó Camile.

—No.

—Bien. Con suerte, la reparación bastará. Qué bien que Chris lo hizo incluso en sábado. Es un buen tipo. Es de fiar.

—Sí —dijo Jan, mientras pensaba: «Si es tan maravilloso, ¿por qué rompisteis?».

—Muchas gracias por todo —dijo Camile—. No sé qué haría sin ti. A Yesca no le gustan los hoteles caninos. Lo he intentado, pero se pone muy triste y deja de comer. Estoy muy agradecida.

—De nada —dijo Jan.

Camile se despidió. Jan se reprochó su cobardía. Ahora sería aún más difícil avisarla cuando tuviera que mudarse. Sin duda Chris le había dicho que estaba nerviosa, imaginándose cosas ridículas. Si no tenía pruebas, solo quedaba eso: cosas ridículas. Necesitaba obtener pruebas sólidas; solo entonces avisaría a Camile. La cuerda y las huellas en el coche no habían convencido a Ruby, y con razón. Solo la creyó cuando ella también oyó el golpeteo. Necesitaba una fotografía, o mejor, un vídeo. Pero ¿cómo? Los intrusos eran rápidos, y en cuanto los sorprendía salían disparados.

Entonces se oyó algo fuera de la casa. Yesca bajó del sofá y corrió ladrando a la puerta trasera. ¿Ya estaban allí? Apenas había oscurecido. ¿Sería su oportunidad para fotografiarlos? Con el pulso acelerado, Jan cogió su teléfono, se dirigió la puerta y la abrió. Pero no había nadie: ni un movimiento ni una sombra. Yesca corrió al fondo del jardín, pero no pudo salir. La reparación de Chris seguía en su lugar, seguramente.

—¡Vamos, Yesca! —lo llamó. La noche era fría y quería cerrar la puerta.

Yesca salió del seto y trotó por el césped hacia la casa.

—Eso es —le dijo Jan al entrar.

Justo iba a cerrar la puerta cuando oyó una voz femenina desde el bosque:

—¡No, un momento!

Jan se quedó paralizada. Había alguien en el bosque. Una mujer. Parecía que tenía problemas.

—¿Quién es? —preguntó Jan en la oscuridad. No tuvo respuesta: ni un ruido. Esperó unos momentos más, cerró la puerta trasera y tecleó el número de emergencia en su teléfono—. ¡Policía! —dijo a la operadora.

—Ahora le paso.

En cuanto contestaron, Jan anunció:

—Vivo en Casa Ivy. En Wood Lane, junto al bosque de Coleshaw. Acabo de oír a una mujer gritar en el bosque. Parecía estar en peligro. Deprisa, por favor, puede estar herida.

# 37

Jan deambuló por el salón sin soltar el teléfono, esperando a la policía. El agente que le había tomado los datos dijo que acudirían enseguida. Pasaron cinco minutos, luego diez. Jan se armó de valor y abrió la puerta trasera un poco, solo para poder oír, pero el bosque estaba sumido en un silencio siniestro. Después del grito, nada.

Cerró la puerta y pasaron cinco minutos más. ¿Dónde demonios estaba la policía? A sus pies, Yesca la miraba preocupado con los ojos muy abiertos. Lo acarició.

Habían transcurrido veinte minutos desde su llamada. Habían dicho que enviarían una patrulla. Ya tendría que haber llegado, probablemente también con una ambulancia. Quizá, pensó Jan, se habían dirigido al bosque. De rodillas en el sofá, abrió las cortinas con cautela. No podía ver linternas entre los árboles ni las luces intermitentes de una patrulla o una ambulancia. Subió a la habitación de invitados, en la parte trasera de la casa, donde tenía mejor vista. Pero no había luces en el bosque. Esa pobre mujer podría estar herida, incluso desangrándose. Jan volvió al salón.

Minutos más tarde la sobresaltó el timbre, seguido de un golpe fuerte a la puerta. Yesca se escondió bajo la mesa. ¿Sería la policía? No había oído ninguna sirena. Cada vez más alterada, Jan atravesó el vestíbulo y se dirigió a la ventana de celosía que estaba a la derecha de la puerta. Desde ahí no podía verse quién estaba en la entrada, solo el camino que daba a la puerta. Separó un poco la cortina y vio una patrulla. Abrió la puerta, había dos agentes frente a ella.

—Gracias al cielo —dijo Jan—. ¿La han encontrado?

—Sí, está bien. Hemos hablado con ella —dijo el agente a cargo.

—¿Sí? —preguntó Jan sorprendida.

—Salía en su coche de Wood Lane cuando llegamos. Pensamos que querría usted saber que estaba bien.

—Sí, claro. ¿No está herida, entonces? —preguntó Jan confundida.

—No. Le gritaba a su perro.

—¿De verdad? ¿Qué hacía en el bosque de noche?

—Paseaba a sus perros. Uno salió a perseguir a un animal y desapareció. Lo estuvo buscando hasta que lo vio entre los árboles. Por eso le gritó. Ya lo ha recuperado, dice que siente mucho haberla preocupado.

—Oh —dijo Jan aliviada—. Creí que la estaban atacando.

—No ha ocurrido nada. Siempre es bueno que nos llame si oye algo sospechoso. Está usted muy aislada por aquí.

—Cierto —apuntó Jan. No le gustó que se lo recordaran.

—Nos vamos, entonces.

—Gracias. Lamento que hayan perdido el tiempo.

—No se preocupe. Que pase buena noche.

Se despidieron cortésmente y Jan aseguró la puerta con cerrojo. Volvió pensativa al salón. Por supuesto que la aliviaba saber que la mujer no estaba en peligro, pero algo no encajaba. La voz que oyó sonaba asustada, no como alguien que llamara a su perro. Y cuanto más lo pensaba, más familiar le resultaba. La había oído antes, pero, por más que lo intentaba, no sabía dónde. Tal vez lo recordaría más tarde.

# 38

El martes se le hizo eterno a Ian. Había enviado sus pruebas de ADN a primera hora del lunes, con un cargo extra por entrega inmediata. Le habían dado un número de localización para rastrear el paquete por internet, de modo que sabía que lo habían recibido a las tres y veinte de la tarde. Si en MyGeneticHistory.com analizaban las muestras de inmediato, como prometían en su sitio web, seguramente tendrían los resultados ese mismo día. Pasó todo el día verificando su cuenta personal de *email*, incluso desde la oficina. Hasta ahora, las únicas noticias que había tenido eran un acuse de recibo de la compañía.

Ian tenía que admitir que no sabía nada de lo que implicaba una prueba de ADN, pero muchas empresas ofrecían el servicio, de modo que no podía ser tan complicado. A las cuatro de la tarde, casi veinticuatro horas después de la entrega del paquete, Ian volvió a consultar su *email*. Nada. Seguramente las muestras estaban esperando su análisis. Tal vez convendría llamar.

—Buenas tardes. My Genetic History. ¿En qué puedo ayudarle? —respondió una voz femenina amigable.

—Ayer les envié una muestras de saliva y quiero saber cuándo podemos esperar los resultados. A nombre de Ian y Emma Jennings.

—Puede tardar hasta tres días hábiles —respondió la telefonista.

—Sí, lo vi en su sitio. Pero asumí que eso incluye el tiempo de envío. Pedí que los mandaran por *email*. ¿Puede revisar cómo va el proceso, por favor?

—Un momento. Permítame ver si puedo averiguarlo.
—Gracias.

Ian tuvo que soportar unos minutos de «El Danubio azul» antes de que la telefonista volviera a recuperar la llamada.

—He hablado con nuestra técnica. Dice que están verificando los resultados y que los enviará esta noche. Si no, será a primera hora mañana.

—Mejor esta noche —dijo Ian.

—Entiendo. Pero verificamos todos nuestros resultados antes de enviarlos, para asegurarnos de no cometer errores. Por cada muestra de ADN se analizan más de medio millón de marcadores genéticos. Es un proceso muy exhaustivo.

En efecto, eso había leído en el sitio web.

—Muy bien, gracias —dijo Ian—. Recuerde: por *email*, no por correo postal.

—Sí, lo tenemos anotado.

Ian siguió revisando el correo electrónico cada cuarto de hora, y una vez más antes de salir del trabajo, a las cinco y media. Nada todavía. Habría sido el primero en admitir su impaciencia, sobre todo cuando dependía de la eficiencia ajena. No le había dicho a Emma que esperaba los resultados ese día. Quería tiempo para leerlos y procesarlos antes de compartirlos con ella. Emma seguía convencida de que una clínica profesional no podía tener errores en sus registros. Él había estado de acuerdo, sabía que lo que estaba haciendo era un disparo en la oscuridad y sospechaba que los resultados refrendarían los de los Moller y que tendría que aceptarlos.

Emma había vuelto a trabajar el lunes y estaba de vuelta antes que Ian. Al entrar a casa, él la oyó preparar la cena en la cocina. La charla con la matrona y el regreso a la rutina laboral le habían hecho bien. Esos días había estado de mucho mejor humor, de modo que Ian estaba contento de volver a casa para verla.

—Hola, cariño —dijo Ian colgando su abrigo en el perchero de la entrada.

—¡Hola! —respondió ella desde la cocina.

Ian dejó su maletín en el salón, entró a la cocina y besó a Emma en la nuca. Ella lo dejó hacer, lo cual le dio esperanzas de que en breve volverían a la normalidad.

—¿Te ayudo en algo? —preguntó.

—No. Cenaremos como en un cuarto de hora.

—Me cambio, entonces.

Ian subió a la habitación, donde consultó su *email* una vez más. Seguía sin noticias de MyGeneticHistory.com. Volvería a mirarlo después de la cena y un par de veces más durante la noche, en secreto, para que Emma no lo viera. Las cosas iban mejor entre ellos y no quería estropearlas por nada del mundo.

A las siete y media, después de cenar y lavar los platos, Emma se sentó frente al televisor para ver una serie. Ian echó un vistazo furtivo al teléfono. Tenía un nuevo mensaje de MyGeneticHistory.com, con un archivo adjunto titulado «Confidencial». ¡Los resultados! El corazón se le detuvo un instante. Sacó el portátil del maletín y lo llevó a la mesa del comedor. Emma le lanzó una mirada.

—Trabajo —dijo Ian.

Emma asintió y devolvió los ojos al televisor.

Conteniéndose apenas, Ian abrió el mensaje: «Estimado señor Jennings, me complace adjuntar sus resultados...». Luego seguía un párrafo en el que le indicaban que debía leer los resultados junto con las notas explicativas. Ian guardó el adjunto antes de abrirlo. Primero leyó los resultados de Emma, asimilando poco a poco las gráficas, las cifras, los estimados y los porcentajes. Moller tenía razón en una cosa, al menos: Emma no tenía ningún mal genético. Luego vio los suyos y en diez minutos pudo concluir que tampoco había nada mal en él. Moller había dicho la verdad.

Las últimas dos páginas contenían los resultados de sus

pruebas de paternidad. Saltó hasta la conclusión, que no necesitaba ninguna explicación adicional. El corazón se le paró.

Había noventa y nueve por ciento de probabilidad de que él y Emma tuvieran el mismo padre biológico. Eran medio hermanos. Ian sintió náuseas.

# 39

Jan decidió que necesitaba pruebas. Algo que pudiera mostrarles a Chris, a Ruby y a la policía, una prueba sólida de que había algo en el bosque. Algo que no pudiera desaparecer como la cuerda ni malinterpretarse como las huellas de barro sobre su coche. Necesitaba una fotografía que no dejara dudas.

Ya no le extrañaba que la cuerda hubiera aparecido y desaparecido enseguida. Quienquiera que estuviera por allí jugaba con ella como un gato con un ratón; quizá incluso se reía a su costa. Todo indicaba que estaba imaginando cosas, volviéndose loca; pero Jan sabía que no era así. Seguía convencida de que Chris había visto algo la noche de su cita, aunque no quisiera admitirlo. Y Ruby estaba segura de que había oído ruidos en la ventana, aunque ahora tratara de racionalizarlo.

Su amiga le había escrito el lunes: «Perdón por salir tan deprisa. Me siento como una idiota. Supongo que no fue nada, solo el viento».

No, no había sido el viento, pensó Jan. Ruby se había asustado de verdad y había ido de la casa a toda prisa. En cuanto pudiera sacar una fotografía, se la enviaría a Ruby. Ya tenía un plan.

Chris y Camile habían dicho que el intruso seguramente tenía hambre y buscaba algo de comer, de modo que lo más obvio era tentarlo con comida para sacarle una fotografía. Pero ¿qué comía? No tenía idea; ¿era carnívoro, herbívoro, omnívoro...? Dejaría en el jardín una selección de lo que tenía en la cocina. Si no mordían el anzuelo, compraría otras cosas, pero, por supuesto, no dejaría un cebo vivo. Jan se estremeció al pensar que podrían estar intentando cazar a Yesca, pero luego abandonó la idea: habían tenido varias oportunidades de apresarlo si es que esa era su intención.

Ninguno de los dos oyó nada el domingo. Si habían entrado al jardín, lo habían hecho en silencio. Pero la noche anterior, mientras veía una película, oyó un ruido fuera de la ventana del salón. Yesca levantó las orejas y salió disparado del sofá, lo cual significaba que había algo fuera. Pero para cuando abrió la puerta trasera, se había esfumado. Esta noche sería distinto: Jan se armaría de valor para quedarse en la planta baja, toda la noche si fuera necesario, para conseguir su fotografía.

A las siete en punto dejó salir a Yesca a su carrera nocturna. El jardín seguía en silencio. El perro volvió enseguida tras hacer sus necesidades. Jan tomó entonces varios alimentos: fruta y algunas cosas más. Se puso la chaqueta. Decidió no encender el sensor de movimiento para no asustar al intruso. Descolgó la linterna del vestíbulo, se aseguró de que Yesca no la siguiera y salió. Comenzó a colocar montoncitos de comida en el jardín, justo en el exterior de la ventana del salón. Puso atención a cualquier cosa que pudiera oír mientras trabajaba, pero no escuchó nada que delatara que el visitante estuviera cerca.

Volvió a la casa, apagó todas las luces, abrió las cortinas y se echó en el sofá, donde no la podrían ver desde fuera. Llevaba consigo el edredón y tenía a mano el teléfono con la cámara activada. Por suerte era una noche tranquila, sin viento ni lluvia, de modo que nada podría ahuyentar al intruso ni estropear la fotografía.

Se colocó encima el edredón y se puso a escuchar. Pasaron los minutos: ocho y media, nueve, nueve y media. Yesca dormía a sus pies. Transcurrió una hora más sin ruido alguno. Jan no pudo controlar su decepción. Debería haberle preguntado a Ruby a qué hora había oído el golpeteo. Ya tendrían que haber llegado. ¿Era posible que supieran que les había tendido una trampa y estaba lista para fotografiarlos? Nunca antes había dejado comida ni abierto las cortinas durante la noche. ¿En realidad eran tan listos que podían leer sus intenciones por esa diferencia en su rutina? Un escalofrío le recorrió la espalda y Jan se abrigó más con el edredón.

A medianoche apenas podía mantener los ojos abiertos. No se atrevía a levantarse para hacer café: si estaban observando, la verían y huirían. Siempre desaparecían en cuanto los veía. Necesitaba que estuvieran quietos unos instantes para sacar la foto: ese era el objetivo de los montones de comida.

Cambió de postura y se obligó a mantenerse despierta. Cerca de la una de la mañana cerró los ojos. De pronto despertó sobresaltada por un ruido fuera. Con los sentidos alerta y la respiración acelerada, buscó a tientas el teléfono. Agachada, fuera de la vista del jardín, Jan cogió el móvil desde debajo del edredón y lo levantó despacio hasta la altura del respaldo del sofá. Poco a poco se incorporó sobre las rodillas. Solo tendría una oportunidad. Pero entonces Yesca también lo oyó y corrió hasta la puerta trasera, ladrando vigorosamente. Jan sacó la fotografía, pero no tuvo que verla para saber que era demasiado tarde: solo había capturado el reflejo del *flash* sobre el cristal. Al día siguiente volvería a intentarlo con Yesca encerrado en la habitación y con el *flash* desactivado.

# 40

Ian seguía despierto la madrugada del miércoles, enfadado y confundido. No podía decidir qué hacer ahora. Moller había mentido: las pruebas de ADN mostraban que, aunque Emma y él no tenían ninguna enfermedad hereditaria, sí eran hijos del mismo padre biológico. Con razón se parecían, pensó Ian con amargura, ¡eran medio hermanos! El peor resultado posible, algo muy difícil de digerir.

Acostado en la cama, atisbó la luz tenue de la farola de la calle y se sumió en sus pensamientos sobre lo que acababa de descubrir, mientras Emma dormía a su lado. El suyo era un sueño profundo y respiraba de forma acompasada. Qué afortunada, pensó Ian sombrío. Aún no se lo había dicho. Cuando por fin subió a acostarse pasada la una de la mañana, ella se movió, se giró hacia él y lo abrazó con ganas de hacer el amor. Él se dio la vuelta y fingió dormir. Ahora que sabía que eran parientes, no sabía qué sentir por ella. No podía ser su esposa: más bien era una amiga, una hermana incluso. Por supuesto que no podrían tener más hijos. Era el fin del camino para sus esperanzas de una vida familiar normal. Y no tenía idea de cómo decírselo a Emma.

Separó las piernas del cuerpo de Emma e intentó relajarse. Necesitaba dormir. Tenía trabajo al día siguiente, pero seguía enfadado. Moller les había arruinado la vida. Ian quería que lo pagara de una forma u otra. Al día siguiente iría a la clínica a enfrentarse a él. Aunque ya no parecía tan buena idea: dudaba que pudiera sacarle más información que la vez anterior. Ya le había mentido, así que ¿por qué iba a decir ahora la verdad? Además, si Ian perdía los estribos —algo que ocurría a menudo—, podría actuar de forma que luego lamentara. Tal vez lo mejor sería denunciarlo a la policía y dejar que ellos se encargaran. Sí, ese era el plan ideal.

Pero... Ian podía imaginarse entrando a la comisaría de Coleshaw para explicarle al agente de turno lo de la clínica y los donantes de semen. ¡Qué incómodo! Sobre todo si había más gente en la oficina. Además, en cuanto comenzara a hablar sobre la muerte de sus bebés, sabía que lloraría y haría el ridículo.

Emma se movió a su lado, soltó un pequeño gruñido y murmuró algo dormida, lo cual despertó una nueva idea en Ian. La detective que los había visitado ya sabía de la muerte de David. No tendría que volver a contárselo todo. Parecía informada y sensible, y seguramente investigaría el caso. Sería más fácil hablar con ella que presentarse en la comisaría. Pero ¿cómo se llamaba?

Trató de recordarlo. Se había presentado... Les había mostrado su identificación, pero Ian apenas la miró, no lo suficiente para recordar su nombre: «Agente..., Investigaciones Criminales, policía de Coleshaw». ¿Agente qué? Su nombre comenzaba con B y era corto. No era Bella ni Babs, pero se parecía. B... B... ¿Beth? Sí, así se llamaba. No podía recortar su apellido. Pero no podía haber muchas detectives llamadas Beth en el área de Investigaciones Criminales. Llamaría a la comisaría por la mañana, aunque no le diría nada aún a Emma. Una vez que conociera todos los hechos, tendría que sentarse con ella y contarle todo de la manera más amable posible. Se alteraría, por supuesto. Cuanto más pudiera posponerlo, mejor: sería retrasar el momento en el que destrozaría la vida de su esposa.

# 41

Ian se despertó antes de que sonara la alarma. Observó a Emma dormir plácidamente a su lado y sintió envidia. La felicidad de la ignorancia, pensó. Cómo le habría gustado abrazarla, despertarla con un beso delicado y hacerle el amor. Pero eso no volvería a ocurrir ahora que sabía que eran parientes. Tenían razón ella y su madre: hurgar en el pasado no había traído nada bueno. Deseaba haberles hecho caso, era imposible olvidar lo que ahora sabía. Era un peso que llevaría siempre consigo.

Se separó con cuidado de Emma, retiró el edredón de su lado y se levantó de la cama sin despertarla. Cogió su ropa del trabajo sin hacer ruido y entró al baño a ducharse y vestirse. Cuando terminó, oyó sonar la alarma y enseguida notó la presencia de Emma en el rellano.

—Te has levantado temprano.
—Sí, tengo una reunión a las ocho —mintió Ian.
—¿Quieres café y tostadas?
—No, gracias. Tomaré algo de camino.

Esperó a que Emma bajara a la cocina para no tener que verla. Cogió el jersey, bajó las escaleras en silencio, entró al salón para llevarse el maletín y se despidió al salir sin mirar a Emma. Sintió un golpe de aire frío. Subió a su coche y se quedó un minuto sin moverse, con el motor encendido, esperando a que se descongelara la escarcha del parabrisas. Su vecina, la señora Slater, apareció en la ventana. Ian la saludó con un ademán, pero ella se dio la vuelta. Seguía sin dirigirles la palabra, lo cual era en definitiva algo bueno. Rezaba porque él no se enterara del asunto. Se convertirían en la comidilla del barrio y los rechazarían por su unión antinatural.

A las ocho en punto detuvo el coche en el aparcamiento de Wetherby Security. A esa hora siempre estaba casi vacío, pues la mayoría de los empleados entraban a las nueve. No obstante, aparcó lejos de la entrada y la salida, cogió el teléfono y buscó el número del Departamento de Investigaciones Criminales de Coleshaw.

—Quiero hablar con una detective —dijo en cuanto le respondió la operadora—. Me llamo Ian Jennings. La agente nos visitó a mi esposa y a mí hace unas semanas. Estoy seguro de que se llamaba Beth, pero no recuerdo su apellido.

—¿La detective Mayes?

—Sí, exacto. ¿Puedo hablar con ella, por favor?

—Voy a ver si está aquí. ¿Cuál es el asunto?

Ian dudó y tragó saliva.

—Se trata de nuestro bebé. Estoy seguro de que lo recordará si le dice que es Ian Jennings quien llama. Vivo en Booth Lane. La detective vino a visitar a mi esposa, Emma, dos veces.

—Un segundo.

Pasó un minuto y la operadora volvió a la línea.

—Le paso.

—Gracias.

—Buenos días, señor Jennings —dijo Beth—. ¿Cómo está? ¿Y su esposa?

—Bien. Bueno, no, no estamos bien. Acabamos de recibir una pésima noticia y necesito su ayuda. Descubrí que tanto mi mujer como yo fuimos concebidos a través de donación de semen. ¿Sabe lo que es?

—Sí.

—Para rematarlo, acabo de enterarme de que tenemos el mismo donante. ¡Somos parientes! Tenemos el mismo padre biológico.

—No debería ser posible.

—No. El hombre que dirige la clínica de fertilidad me mintió. Me dijo que era imposible que tuviéramos el mismo donante. Pero nos hicimos una prueba de ADN y sí que lo tenemos. No hay duda.

—Ya veo —dijo Beth amablemente.

—Esa debe de ser la razón por la que Emma y yo no podemos tener hijos sanos, aunque no tengamos males congénitos.

—Lo siento —respondió Beth—. Debe de haber sido una noticia tremenda para ustedes. Pero no sé cómo podemos ayudarlos. ¿Por qué considera que es un asunto policial?

—Carstan Moller, el fundador y director de la clínica, me mintió. Quisiera que averiguaran por qué.

Ian notó la duda en la voz de Beth al oír su respuesta.

—Por lo que me cuenta, Ian, no creo que sea un asunto para nosotros. Pero si me da un momento puedo confirmarlo.

—Gracias.

Minutos después, Beth volvió a coger el teléfono.

—Tal como pensaba, no podemos implicarnos. Lo primero que tiene que hacer es poner una queja contra el administrador de la clínica.

—No hay administrador —respondió Ian—. Son solo Carstan Moller y su esposa.

—En ese caso, si la clínica pertenece al Sistema Nacional de Salud, puede contactar con el defensor del pueblo.

—No. Es una clínica privada —respondió Ian tratando de disimular su impaciencia.

—Creo que entonces tiene que dirigirse a un abogado particular. Puede hallar información en línea.

—¿Así que no pueden investigar? —preguntó Ian decepcionado.

—Solo si se comete un delito. Por lo que me dice, no es el caso. Lo siento, pero no veo cómo podemos ayudarlo.

Frustrado, Ian se despidió y colgó. ¿Ahora qué?

Permaneció en el coche mirando por la ventanilla. Si contactaba con el abogado, como había sugerido la detective, tendría que pasar por todo de nuevo y esperar el resultado de una investigación. ¿Cuándo tardaría? El proceso podría ser eterno, sobre todo si Moller volvía a mentir. Ian necesitaba una respuesta inmediata. Tal vez debería regresar al plan original y visitar a Carstan Moller. Ahora contaba con las pruebas de ADN y no podría ignorarlo. Si le mostraba los resultados, tendría que decirle la verdad, ¿no?

No se le ocurría nada mejor. Iría en ese momento. Antes de arrancar el motor envió un *email* a su jefe: «Tengo una cita médica hoy. Trabajaré desde casa». Luego puso el GPS y salió del aparcamiento. Los análisis mostraban que Moller le había mentido. Ian estaba listo para defenderse.

# 42

A las nueve y cuarto de la mañana Ian dejó atrás el anuncio de la tienda del pueblo. Muy alterado y listo para confrontar a Carstan Moller, condujo colina arriba y aparcó frente a la clínica. Había dos vehículos en la entrada: un BMW que recordaba de su visita anterior y un Vauxhall Corsa. Ian se preguntó si pertenecería a Edie o a algún paciente. Esto último podría jugar a su favor: Moller no querría montar una escena frente a testigos.

Ian cogió el maletín con el portátil y salió del coche. Caminó decidido hasta la entrada. Le dio la espalda a la cámara al llamar al timbre, aunque no dudaba que lo identificarían fácilmente de todas maneras. Esperó un poco y volvió a llamar, esa vez con un timbrazo más largo. Estaba dispuesto a tocar el tiempo que fuera hasta que le abrieran. Esa vez no lo engañarían. Ahora tenía pruebas.

La puerta se abrió y Edie Moller apareció con una sonrisa profesional.

—Sí, señor Jennings. ¿Qué puedo hacer por usted?

—Quiero hablar con Carstan —dijo Ian.

—Sí, por supuesto, pase —respondió Edie, para sorpresa de Ian, quien estaba listo para recibir nuevas excusas—. Carstan está reunido —continuó Edie, acompañándolo a la sala de espera—. Por favor siéntese, le avisaré de que está usted aquí. Aquí tiene unas revistas. Espero que no tarde. ¿Quiere un café?

—No, gracias —dijo Ian con sequedad, y se sentó en una de las sillas.

Edie se retiró con la misma sonrisa cortés. Ian miró a su alrededor, repiqueteando con los dedos en el reposabrazos de madera. Dudaba que Carstan fuera a admitir su error, Ian tendría que demostrarlo. Sacó su ordenador y abrió el archivo con los resultados de las pruebas de ADN para tenerlo listo; luego volvió a guardar el ordenador en el maletín. Cogió una revista y volvió a dejarla sobre la mesa.

Una puerta se abrió en el vestíbulo y se cerró enseguida, de golpe. Ian oyó pasos rápidos y luego el abrir y cerrar de la puerta principal. Interesante, el visitante había salido con prisa y, evidentemente, de mal humor. Ian se preguntó por qué.

La puerta de la sala de espera se abrió y Edie Moller apareció ligeramente aturdida.

—El señor Moller lo verá ahora —anunció con seriedad.

Ian se levantó y la siguió a la oficina de Moller. El doctor estaba de pie frente a su escritorio; no parecía haberse recuperado de su encuentro anterior.

—¿Sí, señor Jennings? —dijo de forma cortante—. ¿Quería verme?

Ian respiró hondo. Se paró junto a Moller y colocó el ordenador sobre el escritorio, de modo que ambos pudieran ver la pantalla. Edie permaneció junto a la puerta.

—Cuando le pedí que revisara si Emma y yo teníamos el mismo donante, me dijo que no era el caso —comenzó Ian muy alterado—. Ahora tengo pruebas de que sí lo tenemos. Hice que analizaran nuestro ADN. Tenemos el mismo padre biológico. Aquí están los resultados.

—Te llamaré si te necesito —dijo Moller a su esposa, quien salió de la oficina. Ian observó un tic nervioso en el cuello del doctor.

—Lea esto —dijo Ian señalando los resultados de la prueba de paternidad—. Noventa y nueve por ciento de probabilidad de que Emma y yo tengamos el mismo padre biológico. No se puede obtener un resultado más claro. Y la única explicación es que tenemos al mismo donante gracias a su clínica.

Ian se incorporó y miró fijamente al doctor. Carstan Moller apenas se fijó en la pantalla; obviamente no leyó ni asimiló los resultados antes de sentarse con calma ante su escritorio.

—Siéntese, por favor —dijo señalando la silla frente a él.

Ian cogió el ordenador y se sentó.

—Si esos resultados son correctos... —dijo Moller.

—Lo son —interrumpió Ian.

—Entonces significa que ha habido un error terrible, algo sin precedentes en la historia de esta clínica. Los donantes tienen permitido hacer más de una donación, pero trabajamos siempre dentro de los parámetros correctos. Estadísticamente hay muy pocas probabilidades de que esto suceda. Y lo que es peor, parece que debe de haber un error en mis archivos. Por supuesto que investigaré todo con detenimiento. Si concluyo que fue culpa nuestra, los compensaremos a usted y a su esposa.

Ian lo miró fijamente, perplejo. Esperaba que el doctor lo negara todo y que habría una escena desagradable en la que tendría que obligarlo a reconocer su error. En cambio, parecía abierto a la idea.

—Si puede enviarme por correo electrónico una copia de esos resultados —siguió Moller—, podré compararlos con nuestros expedientes.

Ian tardó un momento para conectar su ordenador al wifi y le envió el archivo.

—Ya lo tiene.

—Gracias —dijo Moller—. Los estudiaré con atención por la noche y me pondré en contacto con usted.

—¿Cómo puede verificarlo? —preguntó Ian con suspicacia—. Ya no cuenta con el donante. Solo tiene sus registros y, si están equivocados, como parece, ¿qué más puede hacer?

—Identificamos a cada donante con un número. Cuando vi sus expedientes tenían números distintos, lo cual significa que hubo donantes distintos. Ahora voy a verificar que los números sean correctos usando la identidad real de los donantes. Me va a llevar algo de tiempo, pero no quedará posibilidad de error. Le aseguro que, si el donante es el mismo, usted lo sabrá. Asumiré toda la responsabilidad y los compensaremos lo mejor que podamos.

—¿Cómo puedo estar seguro? —preguntó Ian.

—Le doy mi palabra.

—Me gustaría ver los expedientes —dijo Ian.

—Eso no es posible. Son confidenciales. Pero ¿por qué iba a arriesgar la reputación de mi clínica mintiéndole? No soy estúpido. Sé que si no queda satisfecho acudirá a los medios, y eso no me conviene después de tantos años de profesión. Por favor, permítame investigar; después continuaremos nuestra conversación. Tengo todo el interés en que usted quede satisfecho con lo que le diga.

Moller sonaba tan razonable que Ian decidió darle tiempo para investigarlo todo.

—Está bien —dijo Ian—. Revise sus registros, pero sé que mis resultados son correctos.

—Es muy probable —respondió Moller en el mismo tono amable—. Me pondré en contacto con usted cuando lo haya investigado. ¿Es todo?

Ian asintió, cerró el ordenador y lo guardó en el maletín.

—Gracias por presentarme este asunto —dijo Moller. Se puso de pie y rodeó su escritorio—. Siento mucho toda esta molestia. Haré lo que pueda por corregirlo, se lo prometo.

El doctor abrió la puerta. Edie Moller estaba fuera de la oficina, lista para acompañar a Ian a la salida.

—Adiós, señor Jennings —dijo Carstan.

—Adiós —murmuró Ian, y siguió a Edie a la puerta.

Una vez fuera, Ian se percató de que el Vauxhall Corsa ya no estaba allí. Cansado y confundido por la reacción de Moller, volvió a su coche. Al llegar, pensó que no lo dejarían entrar y que Moller negaría cualquier error por su parte. Sin embargo, el doctor había admitido de inmediato que pudo equivocarse e incluso había mencionado una compensación. Pero Ian no confiaba en él. Le parecía un tipo sospechoso; además, no había mostrado ninguna sorpresa cuando había visto los resultados de la prueba de ADN. Al contrario, apenas los había mirado, como si supiera de antemano lo que dirían. ¿Habría utilizado al mismo donante más de lo permitido? Ian mataría por ver los expedientes de Moller.

Luego se le ocurrió: había una forma de hacerlo..., aunque era ilegal. Si lo cogían lo arrestarían, perdería su empleo y no volvería a trabajar nunca.

# 43

Poco después de las tres de la tarde del miércoles, Jan salió de la tienda de Lillian en Merryless y se dirigió a su coche. Dejó la compra en el asiento trasero, arrancó el motor y emprendió el camino de regreso. Ahora iba siempre en coche a la tienda, se sentía más segura que cuando caminaba por Wood Lane. Esa mañana había encontrado huellas de barro en su vehículo y frente a la puerta principal. Sus visitantes se volvían cada vez más osados y Jan no estaba dispuesta a correr ningún riesgo. Yesca echaba de menos sus paseos, pero siempre podía salir al jardín.

Giró en Wood Lane y cerró los seguros de las puertas. Mientras conducía por la calzada irregular, Jan se mantuvo alerta para reaccionar a cualquier movimiento en los árboles que la rodeaban. Era un día soleado pero frío, con buena visibilidad, así que no sería muy difícil atisbarlos si la vigilaban, como sospechaba. Miró por el parabrisas y por las ventanas laterales y trasera, pero no vio nada. No sabía si debía sentir alivio o preocuparse más.

Cuando se detuvo frente a Casa Ivy, el teléfono le vibró con un mensaje de texto de Chris: «¿Me perdonas y te invito al cine?».

Le había dicho antes que lo pensaría.

«No puedo esta semana. Estoy ocupada», escribió.

«¿La próxima?», contestó Chris enseguida, antes de que Jan saliera del coche.

No le respondió.

Entró a la casa con la bolsa de la compra, guardó la comida fría en la nevera y dejó los otros productos sobre la encimera de la cocina. Los alimentos habían atraído a los intrusos a la ventana, de modo que esperaba que sucediera lo mismo aquella noche. Ahora solo tenía que mantenerse tranquila hasta que anocheciera y tener la cámara lista.

## 44

Ian pasó casi toda la tarde del miércoles trabajando en un rincón de la cafetería, con el ordenador abierto, conectado a su wifi. Era más fácil ir allí que regresar a casa y explicar a Emma por qué había vuelto tan temprano del trabajo. Ella siempre llegaba antes, así que volvería a la hora acostumbrada y dejaría que ella creyera que había estado en la oficina todo el día.

Pero no podía concentrarse. Sus pensamientos volvían al encuentro con Carstan Moller esa mañana. Cuanto más lo pensaba, más convencido estaba de que el doctor se había deshecho de él muy fácilmente con la promesa de revisar sus registros y ofrecer una compensación. Se sentía un poco tonto. Tendría que haberse mantenido firme y haber preguntado directamente cuántas pacientes más habían recibido semen del mismo donante, también haber exigido que Moller consultara los expedientes frente a él y le mostrara los resultados.

Molesto consigo mismo por ser tan fácil de engañar, Ian terminó su segundo café y trató de concentrarse en el trabajo. Ya eran las cuatro, faltaba todavía una hora y media para volver a casa. Pero la idea de ver a Emma no lo alegraba como los días anteriores. Tarde o temprano tendría que hablarle de las pruebas de paternidad. Sería una conversación espantosa, sin duda.

Su teléfono vibró con una llamada. Al cogerlo, se sorprendió de ver el número de Moller.

—Buenas tardes, Ian. Soy Carstan, le llamo como acordamos.

Sonaba de muy buen humor.

—¿Sí? —dijo Ian con cautela.

—Entiendo que necesitaba una respuesta lo más pronto posible, así que cancelé mis citas de la tarde para atender su asunto de inmediato. Lamento decirle que los resultados que me envió son correctos. He revisado nuestros documentos y, en efecto, cometimos un error. Se introdujo un número de donante incorrecto en su expediente. Por desgracia, usted y su esposa tienen el mismo donante.

—Lo sabía —dijo Ian aturdido.

—Solo puedo disculparme —siguió Moller—. Asumo que este es un incidente aislado, pero voy a hacer una revisión de todos mis pacientes y donantes desde que abrimos la clínica. También llevaré un mejor registro en el futuro.

—¿Cuántas personas más tienen al mismo donante? —preguntó Ian.

—Trabajamos de acuerdo con los parámetros actuales, que establecen que un donante puede inseminar hasta a diez pacientes.

—Así que era muy difícil que esto ocurriera.

—La posibilidad de que ustedes terminaran juntas eran ínfimas. Lo siento mucho.

—¿Por eso no podemos tener hijos saludables Emma y yo?

—Es posible —dijo Moller—. Pero es más probable que se trate de un defecto genético transmitido por una de vuestras madres que no apareció en sus pruebas de ADN. Estos estudios nunca son cien por cien precisos. No sé qué más puedo hacer salvo ofrecerle mis disculpas más sinceras y una compensación. Espero que podamos llegar a un acuerdo, de modo que la reputación de mi clínica no quede arruinada para siempre. ¿Qué cantidad consideraría razonable?

—No tengo ni idea —dijo Ian—. Todo ha sido tan de repente... Buscaba respuestas, no una compensación.

—Ya le he proporcionado esas respuestas. Hable el asunto con Emma y luego venga a verme. Si usted y su esposa buscan orientación, Edie es ideal para ello. Por supuesto, no tendría coste alguno.

Ian suspiró.

—Entiendo que necesita tiempo —dijo Moller—. Llámeme cuando estén listos.

El médico se despidió y colgó.

Ian dejó el teléfono en la mesa y ocultó la cabeza entre las manos. Debería agradecer la honestidad de Moller, en cambio no era así. Se sentía devastado. Era imposible hablar de una compensación si su vida y la de Emma se habían venido abajo. Nada podía compensar eso.

El rumor de las conversaciones continuó a su alrededor, mezclado con el silbido de la cafetera cada vez que el barista colocaba otra taza. El asunto era surrealista: estar sentado en medio de la normalidad mientras intentaba procesar algo lejísimos de ser normal. Él y su esposa eran medio hermanos.

Ian levantó la cabeza. ¿Cómo demonios se lo diría a Emma? Aún no tenía idea. Suponía que su madre y sus suegros también tendrían que saberlo en algún momento. Pero no podía pensar en eso ahora, solo en el desastre total de la situación. Miró distraído a las demás personas y su resentimiento solo aumentó.

Moller había admitido su error con mucha facilidad y había repetido su oferta, una compensación. Por supuesto que le convenía que los Jennings no hablaran. Si aquello salía a la luz, acarrearía pésimas consecuencias para la clínica. Sería fácil obligarlo a pagarles una cantidad enorme. Pero lo que habían sufrido, y lo que padecerían en el futuro, no tenía precio. Nada podía deshacer el daño.

Ian se levantó, caminó hasta el mostrador y pagó otro café. Cuanto más pudiera posponer su regreso a casa, mejor.

Volvió a la mesa con su café y se preguntó si habría más personas afectadas. Moller dijo que trabajaba con los parámetros vigentes: un donante para no más de diez familias. Esto reducía al mínimo las probabilidades. Pero ¿cuándo había comenzado a aplicarse esa regla? Ian tecleó en el buscador y halló que la disposición tenía solo una década, así que no existía aún cuando sus padres y los de Emma acudieron en busca del tratamiento. Antes de eso, el proceso de inseminación artificial mediante donación estaba poco regulado, con varios detalles a discreción de las clínicas. ¿Estaría Moller tratando de engañarlo?

Dio un sorbo al café y dejó lentamente la taza sobre el platito. Si había otros casos, ¿qué posibilidades había de que Moller contactara con ellos? Muy bajas, sin duda. Solo había admitido su error ante Ian porque él le había mostrado pruebas irrefutables. Estaba seguro de que, de otro modo, no se lo habría dicho. Cómo deseaba poder ver esos expedientes. Pero, si se lo volvía a pedir, recibiría la misma respuesta: Moller se ampararía en la confidencialidad del paciente.

Ian se recolocó en la silla, cerró el archivo en el que estaba intentando trabajar y miró la pantalla fijamente. Sus pensamientos erraban a los sitios más incómodos. Comenzó a sudar cuando consideró la enormidad de lo que estaba pensando hacer. Era un riesgo monumental. Si lo atrapaban, habría un juicio y pasaría una temporada en prisión.

De modo que, se dijo, tenía que asegurarse de que no lo atraparan. Ian era bueno en su trabajo. Formaba parte del equipo de tecnología de la información en Wetherby Security. La compañía se encargaba de seguridad industrial. Su departamento estaba especializado en seguridad en internet: asesoraba a sus clientes sobre cómo protegerse de los *hackers* y cómo minimizar el daño en caso de un ciberataque. Para hacer su trabajo, Ian había tenido que estudiar cómo trabajaban los criminales tecnológicos. Sabía cómo se infiltraban en los ordenadores y cómo evitar que lo hicieran.

Aguardó pensativo unos momentos más, dio otro sorbo a su café y movió el cursor de su ordenador para conectarse. Dudaba que el sistema de los Moller estuviera bien protegido contra intrusos, así que no debería ser difícil acceder a él. Y aunque usar el wifi público del café tenía sus propias barreras en términos de seguridad, también significaba que no sería tan fácil rastrear la máquina de Ian. Solo para estar seguro, utilizaría una VPN, una red privada virtual, como hacía en ocasiones en su trabajo.

Ian miró a su alrededor. La persona más cercana no tenía una buena visión de su pantalla. Y aunque la tuviera, o si alguien pasaba a su lado, Ian era solo un cliente más con un café y un ordenador. Antes de desanimarse y cambiar de opinión, Ian se conectó a la VPN y comenzó.

# 45

Cinco minutos después, Ian había identificado el repetidor de wifi que usaban los Moller en la clínica. De ahí a sus sistemas había solo un paso. Como sospechaba, no tenían buena protección contra intrusos, pero se aseguró de no permanecer conectado mucho tiempo a su equipo: cuanto menos tardara, menos posibilidades había de que lo atraparan.

Examinó las docenas de carpetas y recordó la exasperación en la voz de Edie Moller cuando le había dicho que habían tenido que migrar a expedientes digitales. Los archivos eran un desastre.

Las carpetas no parecían tener un orden lógico. Ian abrió y cerró algunas para tratar de detectar un patrón o un sistema de clasificación. Algunas tenían fechas recientes, mientras que otras no se habían abierto en años. Todas parecían contener material de trabajo: no había archivos personales como fotografías o música. Era imposible saber si todos los expedientes en papel se habían digitalizado, pero a Ian le pareció que los más antiguos eran de hacía treinta años. Metió una memoria USB en la entrada de su portátil y comenzó a copiar las carpetas para examinarlas ya desconectado.

Cuando creyó tenerlas todas, se desconectó de la clínica. Usó la servilleta de papel con la que había sostenido su cruasán para secarse el sudor de la frente. Hacía calor en la cafetería, pero esa no era la única razón por la que transpiraba. Acababa de cometer un delito y ahora, con una mezcla de terror y anticipación por lo que encontraría, comenzó a estudiar las carpetas y los archivos. Solo unas pocas estaban almacenadas alfabéticamente por apellido, como si Edie Moller se hubiera dado por vencida a mitad del camino y hubiera renunciado a llevar algún orden en el proceso.

Ian sabía que ordenar ahora los archivos de los pacientes le ahorraría tiempo a la larga, de modo que se dedicó a clasificarlos correctamente. Vio los nombres de sus padres y sus suegros, pero no abrió las carpetas correspondientes aún; solo los colocó en donde correspondía. Acostumbraba a trabajar metódicamente. Había dos carpetas sueltas que no contenían detalles de pacientes, de modo que las movió hasta el final.

Comenzó a revisar los expedientes de los clientes de la clínica comenzando por la letra A. Cada carpeta tenía varios archivos, algunos de muchas páginas. En la primera estaba el nombre de cada paciente, sus datos de contacto, edad y fecha de nacimiento. En la siguiente, los antecedentes médicos, el diagnóstico de infertilidad, las fechas de los tratamientos y sus resultados. En algunos casos se registraba el nacimiento de un bebé saludable. Había muchos términos técnicos y abreviaturas que Ian no comprendía, pero todos los expedientes parecían estar estructurados de la misma forma. Pronto tuvo claro que Moller había mantenido al día los datos de la gente que había atendido en su clínica y de sus hijos. Al leer toda esta información personal se sintió incómodo, como un *voyeur*, pero tenía que hacerlo.

Dejó para el final las carpetas de sus padres y los de Emma. Agitado, abrió la de sus propios padres. Ian leyó acerca del bajo recuento espermático de su padre, los intentos por concebir y las fechas en que se había inseminado a su madre a través de un donante. La tercera vez se había quedado embarazada de Ian. En los registros constaba su fecha de nacimiento, su sexo —niño— y la confirmación de su buena salud. Luego abrió la carpeta de los padres de Emma y halló información similar, aunque en este caso su suegra había logrado concebir al primer intento.

Varios de estos datos eran los que Ian habría esperado encontrar en una clínica de fertilidad. No obstante, lo que parecía extraño era que, pese a toda esta información, en ninguno de los expedientes se viera un número de identificación del donante, como le había asegurado Moller que constaba por escrito. Abrió algunos más, luego las dos carpetas sin datos de pacientes, pero tampoco encontró allí una lista de números identificadores de donantes. En algún lugar debería haber una carpeta que reuniera sus datos junto con sus claves, así como un archivo central que los relacionara con los clientes que habían recibido la donación, tal como Moller había afirmado. Seguramente Ian lo había pasado por alto.

Miró rápidamente por encima del hombro para asegurarse de que nadie lo observaba y entró de nuevo en el ordenador de los Moller. La segunda vez fue más fácil, pues contaba ya con los datos de acceso. Comenzó a buscar alguna otra carpeta que hubiera olvidado la primera vez, pero no fue capaz de dar con ella. Luego revisó el disco duro en busca de archivos o carpetas eliminados; aunque no estuvieran a la vista, podrían hallarse en ciertos sectores del disco duro si, como Ian, se sabía dónde buscar. Pero los únicos documentos borrados que encontró eran correos no deseados. Después buscó algún rastro de que Moller utilizara otros dispositivos de almacenamiento: un disco duro externo o un espacio en la nube, por ejemplo. De nuevo, nada. Perplejo, Ian salió del sistema y volvió a las carpetas que había guardado en la memoria USB.

Abrió y echó un vistazo a varios archivos más de otros pacientes, pero en ninguno aparecía el mencionado número de identificación. Entonces revisó con más cuidado las dos carpetas finales. La primera se llamaba «Investigación» y contenía artículos académicos publicados sobre embriología, nada sorprendente. La otra se llamaba «Segunda generación» e incluía una hoja de cálculo con entradas en cada renglón para los nombres de las parejas, sus datos de contacto, las fechas de nacimiento de sus bebés y si estos habían sobrevivido. No estaban ordenados alfabéticamente, sino por fecha, con la entrada más antigua al principio de la hoja. Ian recorrió las entradas y sintió como si caminara por un cementerio de bebés, muchísimos no habían sobrevivido. ¿Qué ocurría?

En algunas entradas aparecía la abreviatura «AL»; Ian supuso que tenía que ver con la inseminación artificial, dada la naturaleza de la clínica. Siguió revisando la hoja de cálculo hasta el final. Entonces se le paró el corazón: la penúltima entrada era para Ian y Emma Jennings. Pero ¿qué hacían ahí esos datos? Ellos no habían sido clientes de la clínica. Se le secó la boca. Junto a sus nombres aparecían las fechas de defunción de ambos bebés. El segundo llevaba también la abreviatura «AL». ¡Qué demonios! ¿Por qué tenía Moller datos personales suyos? No solo no tenía sentido, sino que era una invasión brutal de su privacidad.

Ian leyó entonces la última entrada: Grant y Chelsea Ryan. Su domicilio no estaba lejos de allí; hacía poco habían tenido una bebé que también había muerto. La misma abreviatura «AL» aparecía en la última columna.

El teléfono de Ian vibró con una llamada que lo sacó bruscamente de sus pensamientos. Contestó. Era Emma.

—Ian, ¿dónde estás? —preguntó nerviosa—. Son las siete. Estoy preocupada.

—Lo siento, me he entretenido con unas cosas de trabajo. Ya voy para casa.

—¿Estás bien, Ian? Tienes la voz rara.

—Te lo explicaré al llegar a casa. Tenemos que hablar.

—¿De qué se trata?

—Te lo diré cuando nos veamos.

# 46

Totalmente confundido, Ian se guardó el teléfono en el bolsillo trasero, devolvió el portátil al maletín y salió de la cafetería. ¿Qué demonios tramaba Moller? Tendría que contarle a Emma todo lo que había descubierto. Ya no podía retrasarlo. Pero no tenía idea de cómo ni por dónde empezar. Todo el asunto era horrible y complicado. Moller había admitido que había cometido un error, también que él y Emma compartían donante; sin embargo, Ian no había encontrado ninguna prueba al respecto. De hecho, no había pruebas de ningún donante. Debería haber cientos, si no miles, desde la fundación de la clínica. Y, por otro lado, Ian había descubierto que Moller había registrado las muertes de sus bebés, a pesar de que Emma y él no habían sido clientes de la clínica. No cuadraba nada.

Moller trataba a las parejas infértiles inseminando a la mujer con semen de un donante, sus registros lo confirmaban. Sin embargo, Ian no fue capaz de rastrear a los donantes, y menos aún de identificar cómo se había producido el error de los Moller. Durante el camino a casa, solo pudo llegar a la conclusión de que el doctor Moller contaba con otro ordenador y tenía repartidos los archivos entre ambos. ¿Quizá un portátil? Ian solo había visto uno en el segundo escritorio de la oficina de Moller. Pero debía de haber uno más que contuviera aquella información. Tal vez lo tuviera en casa.

Frustrado, ansioso y con miedo de contarle todo a Emma, aparcó en la entrada de su casa y entró apesadumbrado. Emma apareció de inmediato en la entrada, con rostro preocupado.

—Creí que me habías abandonado —dijo con una risa nerviosa, y se acercó a abrazarlo.

Ian dio un paso atrás.

—¿Qué pasa? —preguntó Emma—. ¿Estás bien? ¿Estamos bien?

—No, la verdad es que no —dijo Ian.

—¿Por qué no? —contestó ella con labios temblorosos.

—Ven, siéntate, amor —le pidió Ian con delicadeza—. Tenemos que hablar.

Cogió a Emma del codo y la llevó hacia el sofá del salón.

—Lamento haber estado tan distante todos estos días —dijo Emma con evidente pánico—. Estaba muy triste. Pero ya me encuentro mucho mejor. Te voy a compensar, te lo prometo. Ya he preparado la cena.

—No tengo hambre —murmuró Ian. Estaba sentado en el sofá a su lado, con el maletín a los pies.

—¿Qué pasa? —volvió a preguntar Emma con mirada temerosa—. Me estás asustando.

Ian respiró hondo. ¿Por dónde podía empezar?

—Hoy no he ido a trabajar.

—¿No? ¿Estás enfermo?

Ian negó con la cabeza.

—He vuelto a la Clínica Moller.

—¿Por qué?

No había una manera fácil de decirlo.

—Ayer llegaron los resultados de nuestras pruebas de ADN. Dicen que tenemos el mismo padre biológico.

No soportaba mirarla a los ojos.

—No. Eso no es posible. Moller te dijo que no era así.

—Lo sé. Pero le mostré las pruebas y cambió de opinión.

—¡Por Dios, Ian, no! ¿No puede haber un error?

—No. Mira, te mostraré los resultados. Tienes derecho a saberlo.

Ian sacó su portátil del maletín, lo abrió con gesto adusto y abrió la página con los resultados de la prueba de paternidad.

—Mira, paternidad, noventa y nueve por ciento —dijo señalando la cifra—. Es definitivo.

Emma se puso pálida.

—No puede ser —gimió, y se llevó la mano a la boca—. Es imposible. ¡No podemos ser hermanos!

—Sí, al menos biológicamente, somos medio hermanos.

—Pero ¡qué horror! —gritó Emma—. Voy a vomitar. ¿Por eso no podemos tener bebés sanos?

—Es posible —dijo Ian en voz baja—. No lo sé.

—¡Esa clínica nos ha arruinado la vida! —gimió Emma—. Todo el dolor. Lo que hemos sufrido. Es horrible. Ya no vamos a ser los mismos. Merecen ser castigados. Les diremos a mis padres que los demanden. Que lo haga también tu madre. No pueden salirse indemnes.

Emma se dejó caer en brazos de su marido, llorando.

—Carstan Moller ya nos ha ofrecido una compensación económica —dijo Ian.

—¿Cuándo? ¿Cuándo ha ocurrido todo esto? —preguntó ella, y alzó la cabeza para mirarlo.

—Hoy he ido a la clínica temprano. Le he enseñado los resultados a Moller. Luego, por la tarde, me ha llamado después de revisar sus expedientes. Ha admitido que había habido una confusión y que teníamos al mismo donante. Enseguida me ha ofrecido una compensación, pero...

—Pero ¿qué? —preguntó Emma.

—No lo sé —dijo Ian, y se encogió de hombros—. Tengo la sensación de que hay algo más detrás de todo esto.

—¡¿Qué más quieres que haya?! —gritó Emma—. ¿No te basta con esto? ¡Es horrible! ¡Es una pesadilla!

Emma volvió a llorar; Ian la consoló lo mejor que pudo.

—¿Quién es nuestro donante? —preguntó al final, enjugándose las lágrimas con el pañuelo que Ian le había dado—. ¿Has podido averiguarlo?

—No. Ese es el asunto. No he encontrado ningún registro de los donantes.

—¿Ninguno? —preguntó Emma—. No entiendo. ¿Dónde has buscado?

—Emma, voy a mostrarte algo, pero tienes que prometer que no se lo dirás a nadie. Ni siquiera a tu madre. Si alguien se entera, tendré problemas. Podría ir a la cárcel.

—¿Qué has hecho? —preguntó Emma más alarmada que nunca.

—Hackeé el ordenador de Moller —dijo Ian.

Emma lo miró fijamente.

—¿Ves todas estas carpetas? —Se las mostró—. Son los expedientes de los pacientes de Moller. Pero ninguno contiene información sobre ningún donante, ni siquiera un número de identificación. Los he revisado todos.

—Así que debe de tener esa información en otro sitio —dijo Emma.

—Eso pensé al principio, y le he dado más vueltas al asunto, pero nada indica que tenga otro ordenador. No hay rastros de que haya copiado ni borrado nada. ¿Y por qué almacenaría esos detalles por separado, a menos que tuviera algo que ocultar? Su ordenador de trabajo es el único que usa hasta donde he podido averiguar. Lo lógico sería que tuviera todos sus archivos de trabajo ahí.

—Aquí está el expediente de mis padres —dijo Emma señalando una carpeta—. ¿Puedo verlo?

—Si quieres...

Ian abrió la carpeta y esperó mientras Emma leía toda la información.

—Hay muchos términos médicos, pero es más o menos lo que mamá me contó —dijo Emma al fin.

Ian esperó a que terminara y luego cerró el archivo. Luego movió el cursor y seleccionó la última carpeta.

—Esta es más extraña —dijo abriendo la carpeta llamada «Segunda generación»—. Es una base de datos de parejas. Nos incluye. Tiene nuestros nombres y datos de contacto.

—Pero ¿por qué? —preguntó Emma sin perder de vista el

archivo—. ¡Cielos! Las fechas de nacimiento de nuestros bebés. ¿Por qué los tiene Moller? ¿Cómo lo supo? Nunca hemos ido a su clínica.

—Exacto —dijo Ian—. He estado pensando en ello toda la tarde. Lo único que puedo pensar es que tiene un registro de los nietos de las parejas a las que ha atendido. Por eso se llama «Segunda generación». Los padres de esos niños somos la primera generación. Pero no tengo idea de por qué esté recopilando estos datos, sobre todo dado que no hemos sido sus pacientes. No sé si algunos de los otros que aparecen en la lista lo habrán sido. ¿Y por qué murieron tantos de estos bebés?

—¿Podemos denunciarlo? —dijo Emma con voz temblorosa.

—Sería difícil —respondió Ian—. No podemos decir cómo he dado con la información.

—¿Y una denuncia anónima a la policía? Ahora se puede hacer en línea.

—Tendríamos que demostrar que se cometió un delito. Por ahora no podemos hacerlo. No hay pruebas. Pero, mira, esta es la última entrada —dijo Ian, y movió el cursor al renglón que contenía los datos de Grant y Chelsea Ryan—. Viven en la zona y han tenido a un bebé hace poco. Pensaba llamarlos para preguntarles por su experiencia con la clínica. Claro, tendría que pensar en una razón para tener sus datos de contacto.

—Podrías decir que llamas del hospital —sugirió Emma—. Después de los abortos, alguien me llamó y me ofreció apoyo psicológico.

Ian dudó.

—No sé. ¿Qué puedo decirles? Soy mejor con los ordenadores que con la gente.

—Sí, lo sé —dijo Emma con una sonrisa triste—. ¿Quieres que los llame yo?

—¿Crees que podrías disimular bien?

—Sí, creo que sí. Ya sé lo que te dicen los del hospital cuando te llaman.

—¿Y hablar de los bebés no puede afectarte? —preguntó Ian preocupado.

—Quizá. Pues tendré que fingir, ¿no? —dijo Emma con energía—. Tenemos que averiguar lo que pasa. Pero, si voy a llamarlos, tiene que ser ahora. Si me lo pienso mucho, no querré hacerlo. ¿Qué quieres saber?

—Todo lo que puedas sobre su experiencia en la clínica. ¿Quieres que practiquemos? Haz que me llamas y contesto. Solo tenemos su número fijo, así que tienes que estar lista para que conteste ella o él. Si la llamada llega al buzón de voz, no dejes mensaje. Y pondremos el teléfono en número privado para que no puedan rastrearnos.

—De acuerdo. Vamos —dijo Emma arrojando el pañuelo al cesto.

Ian imitó el timbre del teléfono y luego contestó:
—¿Diga?

# 47

—¿Chelsea Ryan? —preguntó Emma a la mujer que atendió la llamada. El teléfono estaba en altavoz para que Ian pudiera oír.

—Sí. ¿Quién es?

—Llamo del Departamento de Atención Primaria. ¿Cómo se encuentra?

—Bien, supongo. Pero ya le dije a la otra persona que no quiero atención psicológica.

—Lo entiendo. Está bien —dijo Emma—. Solo llamo para asegurarme de que no haya cambiado de opinión, y también para hacer algunas preguntas sobre su experiencia, si tiene un momento.

—Sí, claro. Adelante.

Emma miró a Ian y él le mostró el pulgar levantado.

—¿Su marido y usted acudieron alguna vez a la Clínica Moller? —preguntó.

—No, creo que no. ¿Qué es?

—Una clínica de fertilidad.

—No. No lo hemos necesitado.

—Gracias. ¿Sabe si sus padres o los de él alguna vez lo hicieron?

—No, hasta donde sé. ¿Quiere que le pregunte a Grant?

—Sí, por favor.

Emma aprovechó para respirar hondo mientras Chelsea preguntaba a su marido con un grito.

—¿Fueron tus padres alguna vez a la Clínica Moller? Es una clínica de fertilidad.

—¡Ni idea! —respondió él—. ¿Con quién hablas?

—Alguien del servicio de salud. Le diré que no lo sabes.

—Sí, y también dile que se den prisa con nuestra compensación.

—¿Lo ha oído? —dijo Chelsea de vuelta en la línea.

—Sí. ¿De qué compensación se trata? —preguntó Emma, y lanzó una mirada a Ian, quien parecía tan nervioso como ella.

—Van a darnos una compensación económica porque el hospital perdió el cuerpo de nuestra bebé. No pudimos enterrarla. Supongo que usted no sabe nada.

—No, lo siento, no me dieron esa información. Qué terrible para ustedes. Lo siento mucho. ¿Qué ocurrió? —preguntó Emma luchando por contener sus emociones.

—La incineraron de inmediato en vez de dejarla en la morgue —explicó Chelsea—. Van a hacer una investigación. Grant nos consiguió un abogado que no cobra si no gana el caso, y vamos a demandarlos. También quiere que despidan a la matrona. Pero, bueno, a mí Anne me cayó simpática, y cualquiera puede equivocarse, en realidad.

—¡Eres demasiado blandengue! —gritó Grant desde el fondo.

—¿Su matrona se llama Anne? —preguntó Emma—. ¿Cuál es su apellido?

—Long. Anne Long. Fue un encanto. Muy amable y buena. Simplemente se equivocó. No quiero que pierda el empleo.

—¡Yo sí! —gritó Grant—. ¿Y eso qué tiene que ver con esta persona?

Ian hizo un ademán a Emma para que terminara la llamada.

—Lamento mucho lo ocurrido —volvió a decir Emma—. Gracias por su tiempo. Espero que obtengan la compensación que buscan. —Emma se despidió, colgó y se dirigió a Ian—: Enséñame de nuevo la base de datos.

—¿Qué pasa? —preguntó él sosteniendo el portátil entre los dos. La hoja de cálculo «Segunda generación» seguía abierta.

Emma volvió a revisar las entradas.

—¿Ves esas letras junto a algunos de los nombres? ¿«AL»? —dijo—. Pueden ser las iniciales de Anne Long. Aparecen en nuestra entrada, en la de los Ryan y en algunas más. Unas treinta. ¿Estará Moller registrando las matronas que nos atienden?

—¿Por qué iba a hacerlo? —preguntó Ian—. Y los demás no tienen ninguna inicial. Si estás en lo cierto, debería haber iniciales de otras matronas, ¿no? «AL» puede significar varias cosas distintas. Yo asumí que era una abreviatura médica, algo que tuviera que ver con la infertilidad. ¿Por qué has pensado en Anne Long?

—Cuando actualizaba sus notas de cuidado prenatal siempre firmaba «AL», por eso. Acabo de recordarlo. Puedo estar equivocada.

—Hay una forma de averiguarlo —dijo Ian—. Podemos llamar a otras parejas que tengan esas iniciales en sus entradas y preguntarles si su matrona fue Anne Long. Pero creo que antes debemos cruzar los nombres de la base de datos con las carpetas de los pacientes. Si en la «Segunda generación» están los nietos de los pacientes de Moller, debería haber un expediente suyo. Sé que nuestros padres están ahí y estoy seguro de haber visto también a unos Ryan.

—Sí —dijo Emma—. Pero primero tienes que comer algo. Debes de estar muerto de hambre.

—Sí, lo estoy —admitió Ian—. Y también agotado. Ha sido un día muy largo.

# 48

El miércoles a las siete y media de la tarde Jan quitó a Yesca del sofá y lo llevó al segundo piso para encerrarlo en la habitación. Lo colocó sobre la cama, salió y cerró bien la puerta. Con suerte dormiría y no se entretendría en morder nada. Lo dejaría salir en cuanto hubiera grabado el vídeo. Esa sí sería una prueba irrefutable, no algo que pudiera malinterpretarse, como una fotografía.

Con una mezcla de miedo y anticipación, Jan volvió a la planta baja. Ya faltaba poco. Había esperado el día entero a que llegara aquel momento y, sin embargo, cuando ya casi era la hora empezó a preguntarse si estaría haciendo lo correcto. Tal vez sería más sensato y seguro simplemente abandonar la casa de campo y dejar todo ese asunto. Pero entonces no sabría la verdad sobre lo ocurrido y su imaginación no la dejaría en paz. Había visto algo inexplicable y tenía que saber lo que era antes de marcharse de allí.

Jan entró en el salón y abrió las cortinas de modo que la luz de la habitación iluminara el jardín. En la cocina reunió los alimentos que había comprado como señuelo; enseguida abrió la puerta trasera. Era otra noche fría pero seca. La luna creciente se observaba en el cielo sereno y la luz del salón caía sobre el jardín. La apagaría una vez terminara la operación.

Comenzó a depositar pequeños montoncitos de comida en distintos lugares del jardín. No de forma aleatoria, como había hecho la vez anterior, sino formando un camino desde el fondo del jardín hacia la ventana del salón. Esperaba colocarlos lo bastante cerca como para poder grabarlos mientras comían. Por un momento la sobresaltó un ruido procedente de los arbustos, pero luego vio un pájaro que salía volando. Terminó de distribuir rápidamente la comida, volvió a la casa y cerró la puerta trasera con cerrojo.

Confirmó que el teléfono estuviera en modo silencio y la cámara tuviera desactivado el flash. Luego entró en el salón y apagó la luz. Ahora estaba completamente a oscuras. Le llevó unos momentos ajustar la vista. Caminó a tientas hasta el sillón, donde cogió uno de los cojines para sentarse. Lo colocó en el suelo tras el sofá, a la derecha de la ventana del jardín. A medias oculta por la cortina, tenía una vista clara del sitio donde había concentrado la mayoría de la comida. Desde allí podría grabar un vídeo sin ser vista.

Lo más seguro era que los intrusos aparecieran entre las ocho y las diez de la noche, es decir, en las dos horas siguientes. Tendría que mantenerse en la misma posición todo ese tiempo. Un movimiento podría bastar para que la descubrieran y huyeran. Se puso lo más cómoda que pudo, con el teléfono listo sobre el regazo. No podrían verla a menos que se acercaran hasta el cristal y miraran hacia dentro de la casa. En cuanto empezaran a coger la comida comenzaría la grabación, con la luz infrarroja de la cámara como ayuda para filmar en la oscuridad.

Jan esperó sin apenas moverse. Yesca no hacía ruido en el primer piso; con suerte estaría dormido. Pasaron los minutos. Su respiración se volvió rápida y ligera.

No podía revisar el teléfono, podrían acercarse a verla justo en ese momento. Así que solo podía intentar adivinar qué hora era. Pensó que serían las nueve, no mucho más tarde. Parecía que habría pasado una hora, pero era difícil saberlo. Siguió a la espera. Deseaba que no fuera todo en vano. Quizá la habían visto colocar la comida y habían adivinado sus intenciones; parecían ser lo bastante inteligentes.

Pasaron los minutos. Entonces se percató de un ligero movimiento justo en un lateral de su campo de visión. No se atrevió a girar la cabeza por miedo a que la vieran. ¿Estarían entrando atraídos por la comida? ¿Querrían investigar o comer? ¿Seguirían el rastro que había dejado y se acercarían a la ventana lo suficiente para que los grabara? Se le aceleró el pulso y cogió el teléfono. Se mantuvo casi inmóvil, tan concentrada como fue capaz.

Transcurrió otro minuto. Entonces vio una manita.

Le costó no gritar. ¡Así que no se lo había imaginado! Paralizada y fascinada a la vez, la vio coger una uva. Luego vio una muñeca. Delgada como la de un niño, pero cubierta de vello fino. ¿Qué era lo que veía? La criatura cogió la comida, pero luego la mano desapareció de su vista de forma abrupta. ¡Maldita sea! ¿Había perdido la oportunidad de grabarla? Jan permaneció inmóvil, con el teléfono listo. Deseaba que el visitante regresara, pero también lo temía.

Pasaron unos minutos más. La mano volvió a aparecer, seguida de un brazo cubierto por la manga de una chaqueta. Jan tenía el pulso disparado. El intruso estaba girando en la dirección contraria, de modo que no podía verle el rostro, pero tenía la forma y la talla de un niño pequeño. Debía de haber niños salvajes viviendo en el bosque, como animales. No había otra explicación posible. Había descubierto algo increíble y alarmante que nadie más sabía. ¿Le convendría grabar ahora o esperar a tener una mejor vista? Estaba segura de que solo tendría una oportunidad.

Con todos los sentidos alerta, Jan esperó mientras el visitante seguía en su sitio, comiendo de espaldas a ella. Si esperaba demasiado, perdería la oportunidad de filmarlo.

Estaba a punto de levantar el teléfono y comenzar la grabación cuando apareció una niña de entre la oscuridad. Miró con horror y asombro cómo llegaba junto al niño. Si no comenzaba a filmar ahora, no podría hacerlo nunca. La adrenalina la invadió y levantó el teléfono lentamente, rezando por que no se dieran la vuelta y la vieran en el último momento. Ahora podía verlos en la pantalla: estaba grabándolos. Jan luchó por mantener estable el teléfono en sus manos temblorosas. Los visitantes se movían de un montón de comida al otro. Más cerca, más todavía, hasta que llegaron a la altura de la ventana. El niño miró hacia el interior de la casa. Jan ahogó un grito y siguió grabando. La había visto. Se dieron la vuelta y huyeron.

Sin dejar de temblar, se levantó y salió de su sitio detrás del sofá. Encendió la luz del salón y cerró las cortinas, intentando calmarse sin mucho éxito. ¿Qué acababa de ver?

Permaneció en el salón teléfono en mano. Tenía las pruebas que necesitaba, pruebas de lo que ella y Chris habían visto. Ya no podrían fingir ni negar su existencia. Tratando de calmar su corazón acelerado, Jan reprodujo el vídeo. La imagen era oscura, pero con la luz infrarroja de la cámara podía verse lo suficiente. Eran dos. Parecían niños. Cogían la comida y luego se acercaban a la ventana hasta mirarla directamente. Si no los hubiera visto con sus propios ojos, nunca lo habría creído. Eran niños, pero no se parecían a ningún otro niño.

Volvió a reproducir el vídeo y lo examinó con más cuidado. Entonces pudo ver algo más, algo que le infundió un nuevo temor. En las sombras, en la parte exterior del jardín, podía verse a medias la silueta de un adulto. No la había visto hacía unos segundos, concentrada como estaba en el primer plano del vídeo. Lo reprodujo una vez más. Era una persona, claramente. No se podía identificar quién era ni saber si era hombre o mujer. ¿Seguiría allí fuera? ¿Qué quería? Tenía que llamar a la policía.

En ese momento sonó el timbre y Yesca comenzó a ladrar desde la habitación. El miedo se apoderó de Jan. Tenía tanto miedo que sintió náuseas. «Mantén la calma y llama a la policía —se dijo—. Llama al 999». Estaba a punto de hacerlo cuando su teléfono comenzó a sonar. El identificador de llamadas mostraba el número de Chris. ¡Qué demonios!

Jan contestó.

—Estoy frente a tu casa —dijo—. ¿Puedo pasar?

—¿Qué quieres?
—Saber de ti. ¿Estás bien?
—No.
—Bueno. Abre la puerta para que pueda ayudarte.
—¿Por qué has venido?
—No contestas mis mensajes.
¿Podía confiar en él? ¿Tenía otra opción?

# 49

Jan abrió la puerta temblando, lo suficiente para identificar a Chris.

—¿Qué haces aquí? —volvió a preguntarle con la voz entrecortada. Mantuvo una mano sobre la puerta, lista para cerrarla si fuera necesario.

—No contestas mis mensajes —dijo Chris con tono de preocupación—. Quería saber si estabas bien. Obviamente no lo estás.

Ella lo miró dubitativa.

—Acabo de llegar a la casa y estaba todo a oscuras. ¿Y por qué ladra Yesca arriba? Estás muy pálida. ¿Estás enferma?

—No, me he llevado un susto —dijo Jan—. ¿Eras tú quien estaba hace un momento en el jardín trasero?

—No, claro que no. ¿Hay alguien allí?

—Había. Supongo que ya se habrá ido.

—¿Estás segura?

—¿Segura de que había alguien o de que ya se ha ido?

—¿Quieres que mire? —preguntó Chris.

Jan lo estudió con cautela y se resistió a abrir más la puerta.

—Jan. Soy yo, Chris —dijo—. No voy a hacerte daño. ¿Qué demonios pasa?

Al fin le abrió la puerta lentamente y lo dejó pasar.

—Voy al jardín —dijo Chris. Descolgó la linterna y recorrió el vestíbulo deprisa—. Quédate aquí.

—No, voy contigo.

Jan lo siguió por la cocina hasta el jardín. Chris sostuvo la linterna frente a él y recorrió el césped y los arbustos con el haz de luz. No se veía nada. Llegó hasta el fondo del jardín con Jan detrás.

—La reparación sigue en su sitio —dijo enfocando la luz sobre los tablones que aún cubrían el hueco del seto.

—Pueden trepar por encima —dijo Jan, y vio enseguida su expresión incrédula.

—¿Quiénes, Jan? —preguntó Chris iluminando el resto del jardín—. Dijiste que había alguien aquí.

—Sí, había.

La luz iluminó los montones de comida.

—No me sorprende que entren animales si dejas comida fuera —dijo Chris con aspereza.

—Quería que se quedaran lo suficiente para grabar un vídeo.

—¿Y ha funcionado? —preguntó Chris con escepticismo.

—Sí.

Jan vio que la expresión de él cambiaba hacia el asombro y la incomodidad; luego se recuperó.

—Pues ahora no hay nada —respondió con firmeza—. ¿No tienes frío? Ven, vamos dentro. Puedes mostrarme el vídeo.

Lo siguió a la casa. Cuando estaban cerca de la puerta trasera, se detuvo a iluminar con la linterna el acceso lateral.

—Así es como ha entrado tu intruso —la informó Chris—. Te has dejado la puerta abierta.

—Estaba cerrada la última vez que la revisé —dijo Jan poco convencida.

Chris cerró la puerta lateral.

—Mantenla cerrada y no podrán entrar —le indicó.

Jan pensó que Chris se estaba tomando todo aquello demasiado bien. Pero no podría explicar lo que se veía en el vídeo.

—¿Te preparo algo de beber? —preguntó Chris al entrar a la casa.

—No, gracias.

—A ver ese vídeo, entonces.

Jan reprodujo la grabación. Miró el rostro de Chris, que estaba de pie a su lado, sin cambiar de expresión.

—Hmm. —Fue todo lo que dijo—. Está oscuro.

—Pero los ves, ¿no?

Chris asintió.

—¿Bueno? ¿Qué son? ¿Quiénes son? —preguntó Jan, y reprodujo el vídeo una vez más.

—No tengo idea. Puedo preguntarle a Camile qué opina.

—¡¿A Camile?! —exclamó Jan anonadada—. ¿Por qué quieres normalizar algo que evidentemente no es normal?

—No lo estoy haciendo. No tengo idea de qué ha sido lo que has visto.

—¿Y esta otra persona al fondo? —preguntó Jan cada vez más enfadada. Paró el vídeo y se lo mostró a Chris, que miró la imagen más de cerca.

—Puede ser Bill Smith, del pueblo. A veces sale por las noches, podría haber llegado hasta aquí. Deja que lo vea otra vez.

Jan le dio el teléfono y miró su expresión mientras estudiaba la imagen. Yesca seguía ladrando.

—Mañana lo llevaré a la policía —dijo Jan.

Chris asintió.

—Tú decides. Pero ¿podrías dejar salir a Yesca ahora? Se está alterando mucho.

Jan subió las escaleras, enfadada por la reacción de Chris. Le había mostrado pruebas de algo realmente increíble y él trataba de racionalizarlo. Abrió la puerta de la habitación y el perro salió disparado hacia el salón. Cuando ella bajó, Chris ya estaba en el vestíbulo, listo para marcharse.

—No puedo distinguir si es Bill o no —dijo, y le devolvió el teléfono—. Voy a acercarme a su casa a la vuelta. Si no está allí, llamaré a la policía. Hace mucho frío para pasar la noche fuera. ¿Estarás bien?

—Sí. ¿No crees que vaya a estarlo? No tengo otro sitio a donde ir.

—Puedes quedarte conmigo si quieres. Tengo una habitación de invitados.

—No, estoy bien —respondió Jan de mal humor.

—Llámame si cambias de opinión. Hablaré con Camile mañana. Estoy seguro de que hay una explicación, nada por lo que preocuparse.

Chris salió. Jan cerró la puerta con cerrojo.

¡¿Qué demonios había sucedido?! No podía creer cómo había reaccionado: una respuesta completamente calmada y racional ante un hecho que desafiaba toda lógica. No era normal. O se estaba volviendo loca o él estaba provocando que enloqueciera; y estaba segura de que no era ella. Ya tenía las pruebas que necesitaba; al día siguiente las llevaría a la policía. El vídeo era lo bastante claro, ¿no?

Jan volvió a mirar su teléfono y se quedó helada. El vídeo ya no estaba. ¡Chris! Debió de borrarlo mientras ella subía a por Yesca. ¡Increíble! Solo había una razón para que hiciera eso: Chris no quería que nadie viera el vídeo. Pero ¿por qué? Tenía que estar implicado en todo aquello. No había otra explicación.

# 50

Cuando decidieron llamar a los pacientes de Moller la noche anterior, era ya muy tarde, de modo que Emma se pidió el jueves libre para hacerlo. Ian ya había faltado suficiente al trabajo y ella podría obtener la información que necesitaban tan bien como él, si no mejor aún. Estaba sentada a la mesa del comedor con el portátil de Ian abierto frente a ella, tomando notas.

Había comenzado muy nerviosa, pero con cada llamada que iba haciendo el asunto iba tornándose más fácil. Además, sintió que concentrarse en una actividad la ayudaba. La mayoría de las personas con las que habló fueron amables y cooperaron cuando ella les explicó que buscaba información sobre su experiencia con su atención médica. Algunos no podían recordar los detalles que les pidió; otros dijeron simplemente que no participaban en encuestas, de modo que se despedía de ellos para pasar al siguiente de la lista. Era una actividad lenta y con mucha carga emocional. A menudo el padre o madre en cuestión quería hablar sobre la pérdida de su hijo o nieto y dejaba al descubierto sus emociones. Emma podía identificarse con quien había perdido a un bebé, de modo que el proceso la perturbó y la agotó, en parte por el esfuerzo de no expresar sus propios sentimientos.

Al mediodía ya tenía toda la información posible. Pudo confirmar que el archivo de «Segunda generación» de Moller se refería a los hijos de sus pacientes, aun cuando no hubieran visitado la clínica, y que las iniciales «AL» pertenecían a Anne Long. En cada caso en el que Anne había sido la matrona, los padres habían sufrido al menos un aborto espontáneo tardío, y en ocasiones más de uno, como les había sucedido a ella y a Ian. Sin embargo, todos hablaban maravillas de ella: una persona amable, cariñosa, dedicada y con gran empatía por lo que les había sucedido. Todos coincidían en que no era culpa suya.

Emma pensó que, dada su larga experiencia como matrona, Anne habría acompañado el parto de miles de bebés, además de los que se encontraban en la lista de Moller. Este alto índice de mortalidad seguramente no caracterizaba todo su trabajo, de lo contrario la habrían investigado e incluso inhabilitado años atrás. El asunto era preocupante y no parecía tener sentido. ¿Por qué ocurría eso con los bebés de Moller cuando Anne se involucraba? ¿Qué estaba pasando para que todo saliera tan mal?

Ian le dijo que la llamaría durante la hora de la comida para preguntarle cómo iba la misión, de modo que Emma se preparó una taza de té. Volvió a la mesa y lo bebió a sorbos mientras esperaba la llamada de su marido, azorada y preocupada por lo que había averiguado.

Unos minutos después llamó Ian con voz sombría.

—Hola. ¿Cómo vas?

—Acabo de terminar. Sin lugar a dudas, los que aparecen en la base de datos de «Segunda generación» no fueron pacientes de Moller, pero sus padres sí. Y «AL» significa «Anne Long». Por la noche te enseño mis notas. Pero, Ian, hay algo más. Y no sé bien cómo interpretarlo.

—¿Qué? —preguntó Ian ansioso.

—De acuerdo con la base de datos de Moller, parece que, en los casos en los que Anne fue la matrona, los bebés nunca sobrevivieron. Y también resulta que ella se encargó personalmente de los cuerpos. Tal como sucedió con David.

Emma esperó mientras Ian guardaba silencio. Obviamente su descubrimiento le había afectado tanto como a ella.

—¿Qué piensas? —preguntó él al final.

—No lo sé. Todas las parejas estaban agradecidas con ella pese a lo ocurrido. Pero algunas lamentaron después haber tomado una decisión tan pronto. Como Chelsea y Grant. Pero para entonces ya era demasiado tarde. Me siento muy incómoda y triste por todo esto. Quiero decir... Nosotros tampoco lo pensamos mucho, ¿verdad? Estábamos muy alterados, así que cuando Anne se ofreció a llevarse a David, estuvimos de acuerdo. Ni siquiera nos despedimos.

—No. Pero creo que fue lo mejor —dijo Ian recordando la mirada fugaz que había dirigido a su bebé.

—¿Crees que hay alguna relación entre Anne Long y la Clínica Moller? —preguntó Emma.

—Parece que sí. ¿Por qué si no tendría Moller sus datos? ¿Podría ser que estuviera vendiendo órganos a algún laboratorio? Recuerda los escándalos de hace algunos años.

—¡Ian! ¡Oh, Ian, no digas eso! —reaccionó Emma—. Es horrible. No puedo con la idea de que David pudiera haber terminado en un laboratorio.

—Espero equivocarme —dijo Ian—. Anne no fue nuestra matrona la primera vez, pero también salió todo mal entonces. Creo recordar que no nos asignaron a Anne para David de inmediato. La cambiaron a mitad de tu embarazo.

—Sí, porque para entonces decidimos que haríamos un parto en casa. Anne tenía más experiencia en eso. Si lo recuerdas, el hospital intentó convencernos de que fuéramos allí a tener al bebé. Luego dijeron que no podían hacerse responsables. Tuvimos que insistir. Y entonces llegó Anne al rescate.

Ian guardó silencio otros instantes. Luego continuó:

—Creo que necesito hablar con Anne en persona.

—¿Le pido que venga a vernos? La última vez que la vi nos dijo que podíamos llamarla si queríamos hablar.

—No. Iré a buscarla.

—¿Al hospital?

—A su casa.

—¿Sabes dónde vive?

—No, pero puedo averiguarlo.

—Ian, no. Es una mala idea. No queremos más problemas.

Ya hemos tenido suficiente este año. Y Anne no ha hecho nada malo hasta donde sabemos.

—No te preocupes. Solo quiero hacerle unas preguntas.

# 51

—Gracias por devolver la llamada —dijo Jan al detective Matt Davis.

—A su servicio. Aunque, si se trata de una emergencia, debería llamar al 999.

—No lo es. O, bueno, hoy ya no lo es. Sucedió anoche. Tuve otro intruso en el jardín.

—Sí. Bill Smith.

—¿De verdad? ¿Está seguro?

—Totalmente. Ya está a salvo en casa. Si le hubiera dicho al oficial de turno de qué se trataba cuando llamó esta mañana, se lo podría haber confirmado.

—Quería hablar con usted, porque usted vino cuando sucedió la otra vez —dijo Jan.

—No hay ningún problema. O sea que, entonces, hemos resuelto el misterio de su intruso.

—¿Dónde encontraron a Bill? —preguntó Jan.

—En Wood Lane. Chris Giles lo encontró y nos llamó por si alguien hubiera denunciado su desaparición.

—Ya veo —dijo Jan preguntándose por qué Chris no la había llamado para contárselo—. Bueno, me alegra saber que está a salvo en su casa.

—Sí. ¿Tiene algún otro asunto?

Jan dudó. Ya no contaba con el vídeo para demostrar lo que sostenía.

—¿Recuerda las huellas que vio en mi jardín? Quienquiera que las haya dejado estuvo aquí otra vez anoche —dijo al fin—. Llegaron hasta la ventana en busca de comida.

—Sí, parece que andan por ahí —respondió Matt tranquilamente—. Una familia del pueblo denunció que había visto en su casa una «figura extraña», así lo dijeron.

—¡¿Sí?! —dijo Jan con un sobresalto.

—Sí, les dio un buen susto. Parece que entró por una ventana de la cocina que habían dejado abierta para ventilar el olor a comida. La hija adolescente bajó por la noche a beber agua. La oyeron gritar, pero para cuando llegaron ya se había ido. Así que mejor no deje abierta ninguna ventana.

—No lo haré. ¿Dijo la chica qué aspecto tenía la figura?

—No gran cosa. Solo la vio un instante mientras salía por la ventana. Lo más probable es que fuera un zorro.

—¿Y solo era uno? —preguntó Jan.

—Sí. Intente no preocuparse. Solo no olvide cerrar puertas y ventanas.

# 52

Fue fácil averiguar el domicilio de Anne Long. No había sido necesario hackear ninguna base de datos: su nombre y dirección estaban en el registro público electoral, a la vista de todos: Dells Lane 45, Melton, CP29 1DA. Estaba a poco menos de cinco kilómetros de Merryless.

Ian se puso en camino a casa de Anne el jueves después de salir del trabajo. Cuando avisó a Emma de adónde iba, ella intentó disuadirlo; pero Ian estaba decidido. Tenía que ir a verla. Necesitaba saberlo todo. Si Anne no estaba en casa, la esperaría un par de horas y volvería a intentarlo el día siguiente, y cada tarde sucesiva hasta que obtuviera las respuestas que buscaba. ¿Qué relación tenía Anne con la Clínica Moller? ¿Y por qué estaba relacionado su nombre con tantos bebés muertos? Ian quería mantener la mente abierta, pero eso resultaba cada vez más difícil.

Ian giró por Dells Lane poco antes de las seis de la tarde. La calle estaba en las afueras del pueblo. Había una hilera de casas no adosadas entre sí de un lado del camino, con terrenos públicos en el otro lado. Viejas farolas de vapor de sodio iluminaban vagamente el camino, lo cual daba al conjunto un halo anaranjado y enfermizo. Ian condujo despacio, mirando los números de las casas conforme avanzaba. El 45 era el último. La mayoría de las casas tenían un acceso pequeño, así que había varios coches aparcados sobre la calle. Ian paró en un espacio a dos casas de la de Anne, desde donde tenía una buena vista del inmueble.

La casa estaba a oscuras y no había ningún vehículo en la entrada o directamente frente a ella, de modo que supuso que Anne no habría llegado aún. Decidió comprobarlo de todas maneras. Bajó del coche, caminó sobre el pavimento hasta la entrada y llamó al timbre. Lo oyó sonar en el interior y esperó, pero nadie respondió. Volvió a intentarlo y enseguida regresó a continuar la espera en el vehículo.

Se le ocurrió que, si Anne tenía turno de noche, no volvería hasta la mañana siguiente. Puso la radio y observó cómo transcurrían los minutos en el reloj del salpicadero. Pasó media hora. El coche se había enfriado, así que Ian encendió la calefacción. Estiró las piernas y le mandó un mensaje a Emma para avisar de que estaba bien. Miró a su alrededor por la ventanilla hacia el exterior, donde había solo césped y algunos árboles desnudos. No estaba acostumbrado a ese grado de aislamiento y paz. Era muy distinto de la zona donde vivían los Jennings. En las zonas residenciales siempre había movimiento: vehículos circulando por la calle o vecinos que entraban y salían de las casas. Pero no había visto a nadie desde que había llegado a Dells Lane.

Dieron las siete y media y no había señales de Anne. Ian decidió abandonar la misión por aquella noche. Se incorporó en su asiento y estaba a punto de encender el motor cuando un vehículo recién llegado a Dells Lane apareció en su espejo retrovisor. Esperó. Pudo ver en el espejo lateral cómo los faros se veían más próximos a medida que el coche se acercaba. Esperaba de cierta manera que girara hacia uno de los accesos o que aparcara frente a una de las casas. Pero seguía avanzando hacia el final de la calle.

Ian se hundió en el asiento cuando pasó a su lado; luego levantó la cabeza lo suficiente para ver al exterior. El vehículo se detuvo frente a la casa de Anne, pero no aparcó en la entrada. La puerta se abrió y Anne salió. Podía verla con suficiente claridad bajo la luz de la farola, pero el coche frente a él le obstruía la visión. Llevaba un abrigo de invierno oscuro, zapatos planos y un bolso colgado al hombro. No podía saber si venía o no de trabajar. Ian la vio caminar con rapidez a la puerta de su casa, llave en mano, lista para entrar. Anne cerró la puerta a sus espaldas y empezó a encender las luces de la casa. Ian decidió darle unos minutos antes de acudir a la puerta.

Miró el coche de Anne aparcado bajo la farola de la calle. Era un Vauxhall Corsa gris. Lo reconoció de la vez en que la matrona los visitó, pero ahora se daba cuenta de que también lo había visto —o algún otro muy similar— fuera de la Clínica Moller, el día de su última visita. Estaba allí cuando había entrado, pero se había ido ya cuando había salido. Si era el de Anne, y estaba bastante seguro de que lo era; entonces ella era la persona que estaba con Moller cuando Ian había llegado, la que había salido deprisa. ¿Qué hacía allí? ¿Y qué había ocurrido para que se hubiera ido casi dando un portazo?

Ian decidió que era hora de enfrentarse a ella. Abrió la puerta del coche, pero en ese momento oyó un zumbido proveniente de la casa de Anne. Levantó la vista y vio cómo se elevaba lentamente la puerta del garaje. Volvió a cerrar la puerta del vehículo con cautela y esperó hundido en el asiento. La cochera terminó de abrirse y dio paso a una camioneta pequeña con cristales tintados. Giró a la izquierda calle abajo y pasó al lado de Ian. La puerta se cerró automáticamente. El tinte de los cristales hizo imposible observar el interior del vehículo. Las luces de la casa seguían encendidas. Quizá alguien más vivía con ella, se dijo Ian, aunque Anne era la única que aparecía en el registro público.

Ian bajó del coche, se dirigió a la puerta de Anne y llamó al timbre. Silencio. Golpeó la puerta. Más silencio. Al parecer, no había nadie en la casa. Así que Anne debía de ser quien conducía la camioneta, lo cual era extraño: ¿había llegado a casa en su coche solo para salir enseguida en una camioneta con cristales tintados? Ian corrió al coche, giró rápidamente y avanzó por el camino tras Anne.

Creyó haber visto el intermitente de la camioneta indicando que giraría a la derecha antes de perderse de vista, así que Ian hizo lo propio, hacia Melton. No había ninguna camioneta a la vista. Siguió por la calle principal y se internó en el pueblo, mirando a ambos lados, por las calles laterales. Pero no encontró nada.

Cuando llegó al otro extremo del pueblo dio media vuelta y volvió sobre su ruta hasta entrar de nuevo en Dells Lane. Llegó hasta casa de Anne y volvió a llamar, pero no hubo respuesta. Molesto consigo mismo por no haber abordado a la matrona enseguida, llamó al timbre de la casa contigua, el número 43. Abrió la puerta un hombre de algo más de cincuenta años, vestido con un mono.

—Lamento molestarlo —dijo Ian—. Busco a su vecina, Anne Long, pero parece que no está. ¿Sabe cuándo volverá?

—A esta hora normalmente está trabajando o paseando a los perros —respondió.

—Ah, ya veo. Su coche está ahí fuera.

—En ese caso, habrá salido a pasear a los perros. Los lleva en la camioneta. No nos acercamos a ellos, parece que son bastante agresivos. Solo puede sacarlos por la noche, cuando no hay nadie.

—Gracias —respondió Ian—. ¿Sabe sobre qué hora volverá?

—Varía. Últimamente ha estado regresando muy tarde. Ayer oí la puerta de su garaje muy cerca de la medianoche.

—Vendré mañana más temprano, entonces. Gracias por su ayuda.

## 53

Chris estaba muy equivocado si pensaba que todo iba ser tan fácil como borrar el vídeo de su teléfono, pensó Jan. La única razón para hacerlo era evitar que se lo mostrara a alguien más, sobre todo a la policía. No podía imaginar por qué no querría que nadie lo supiera y por qué había mentido también sobre la presencia de Bill Smith en Wood Lane. En cualquier caso, resultaba muy preocupante.

Cuanto más pensaba sobre lo que el detective Matt Davis le había dicho, más se angustiaba. Estaba segura de que Chris había inventado lo de haber encontrado a Bill en Wood Lane después de haber dejado Casa Ivy. Si de verdad hubiera sucedido eso, le habría escrito o llamado para decirle que lo había encontrado. La policía creyó lo que había dicho Chris, pero probablemente Bill había estado en casa toda la noche y Chris simplemente pasó a comprobar que estuviera bien, como le dijo a Jan que haría.

La otra razón por la que Jan pensó que Chris había mentido a la policía es que estaba segura de que no era Bill quien había visitado el jardín la noche anterior. Ya había visto antes a Bill Smith vagar por las calles del pueblo; era un hombre muy alto, de más de 1,80 metros, con hombros anchos y vientre abultado. Aunque la imagen del vídeo no era clara, la persona que estaba de pie no era precisamente alta ni ancha, sino más baja y delgada. Pero, entonces, ¿por qué habría mentido Chris? ¿Habría reconocido a la persona en el jardín y estaba encubriéndola? No había otra explicación posible.

Jan tenía toda la intención de grabar un nuevo vídeo esa noche, si era posible, y luego acudir con la policía para contarles toda la historia. Ahora alguien más había informado sobre una aparición extraña, así que estaba segura de que, junto con un nuevo vídeo, tomarían en serio lo que le preocupaba. Podía imaginarse el horror que habría sentido la chica adolescente al entrar en la cocina. La policía concluyó que se trataba de la entrada de un animal, pero Jan sabía que no era así. La comida parecía atraerlos, así que Jan la utilizaría una vez más. Pero ya no le mostraría a Chris su prueba. No podía confiar en él. Tras hablar con la policía, llamaría a Camile para decirle que quería irse cuanto antes. Había tenido suficiente. Jan había ido a Casa Ivy en busca de un retiro tranquilo para recuperarse y había encontrado todo lo contrario.

A las siete y media colocó los alimentos que había preparado; esa vez los puso en la zona más retirada del jardín, más lejos de la ventana que antes, y volvió a la casa. Encerró a Yesca en la habitación, bajó las escaleras y abrió las cortinas de la sala. Apenas se atrevía a respirar. Se puso la chaqueta, las botas, la bufanda, el gorro de lana y los guantes, se guardó el teléfono en el bolsillo y salió en silencio por la puerta trasera, que cerró a sus espaldas. La luz del salón iluminaba el jardín. Desde fuera resultaba obvio que no había nadie en el interior de la casa. Los visitantes tendrían cuidado de que no los sorprendieran por tercera vez, de modo que emplearía una táctica distinta esa noche. Para empezar, les mostraría que la planta baja de la casa estaba vacía.

Jan apenas podía creer que fuera capaz de hacer aquello. Cruzó el césped hasta el fondo del jardín y entró en el cobertizo. Por suerte, Camile lo mantenía razonablemente limpio: apenas había unas cuantas telarañas en las juntas.

Temblando de frío y de nervios, se caló el gorro para cubrirse las orejas. Sacó su teléfono del bolsillo, se alejó un poco de la ventana y se preparó para esperar. Desde allí podría ver el salón bien iluminado. En esa noche fresca de invierno, lucía cálida y acogedora. A pesar de estar bien abrigada, pronto la invadió el frío. El cobertizo era viejo, de modo que algunos de los tablones se habían separado en su parte inferior. Un ratón entró por una de las rendijas de la madera. Pero a Jan nunca le habían dado miedo los ratones. Las ocho y media llegaron y se fueron. Se oyó a la distancia el ulular de un búho y una ligera brisa agitó las ramas desnudas de los árboles, que crujieron con el movimiento.

Enseguida percibió otro ruido. Permaneció inmóvil y se esforzó por escuchar. Parecía provenir del techo del cobertizo. Un rasguño. ¿Sería una rama rozando la madera? No lo creía. Luego lo oyó otra vez. Había algo sobre el techo. Otro roce: la criatura estaba en movimiento. A Jan se le aceleró el pulso. Era demasiado pesada para ser un ave, estaba segura de ello. Luego apareció una mano pequeña en la parte superior de la ventana. Eran ellos, estaban sobre el cobertizo.

Jan se tapó la boca con la mano para no gritar. Aterrorizada, se obligó a mantenerse en silencio y esperar. La mano se perdió de vista, pero el ruido del techo no cesaba. ¿Cuántos eran? Solo pudo ver una mano, pero los sonidos indicaban que eran más. Miró hacia arriba e intentó rastrear sus movimientos. ¿Por qué estaban allí encima en lugar de en los sitios en los que había dejado la comida? ¿Sabían que Jan estaba en el cobertizo? No lo creía. A menos que la hubieran observado desde antes... El miedo la invadió de nuevo.

Oyó más arañazos y después se hizo el silencio. ¿Qué hacían? ¿Seguían arriba? Casi esperaba verlos aparecer sobre el césped, corriendo tras la comida. Preparó la cámara del teléfono y aguardó, pero no ocurrió nada. Escuchó con atención. ¿Dónde estaban? ¿Se habían marchado?

De pronto oyó un movimiento en la puerta. ¡Trataban de girar la llave y encerrarla! Jan se lanzó contra la puerta y la abrió justo a tiempo para poder salir. Sin mirar hacia atrás, corrió por el césped y entró en la casa. Entonces oyó una voz de mujer que llamaba desde el bosque:

—¡No, eso no!

Era la misma voz que había oído la vez anterior.

Sin aliento, Jan echó el cerrojo de la puerta trasera y huyó escaleras arriba, a la habitación de invitados, en la parte trasera del primer piso. Sin encender la luz, se dirigió a la ventana y marcó el 999. Apenas podía sostener el teléfono con las manos temblorosas. Podía ver el haz de una linterna en el bosque.

—Soy Jan Hamlin. Vivo en Casa Ivy, en Wood Lane —dijo en cuanto le respondieron—. Otra vez hay intrusos en mi jardín. Creo que están en el bosque. Veo la luz de una linterna. Por favor, vengan pronto.

—¿Casa Ivy, en el bosque de Coleshaw? —confirmó la operadora.

—Sí.

—Enviaremos a alguien lo antes posible. Permanezca dentro de la propiedad y mantenga aseguradas las puertas y ventanas.

—Sí. Dense prisa, por favor.

Jan mantuvo el teléfono en la mano y vio cómo la luz de la linterna desaparecía. Estaba convencida de que, para cuando llegara la policía, no habría nada que ver. Igual que la vez anterior.

## 54

Poco después de las seis de la tarde del día siguiente, Ian giró en Dells Lane. Condujo el vehículo hasta el final de la calle y aparcó a un par de espacios de distancia de la casa de Anne, como había hecho la noche anterior. Había llovido casi todo el día y, aunque ya había escampado, una niebla húmeda invadía el aire. Teñida de naranja por las farolas, le confería a todo el sitio un tinte fantasmal.

La casa de Anne estaba a oscuras. Su coche no estaba fuera y la puerta de la cochera permanecía cerrada. Ian asumió que no había vuelto aún del trabajo. Esa vez se aseguraría de hablar con ella. Según el vecino, Anne volvería para pasear a los perros en algún momento de la noche: no eran la clase de animales que podría pasear un tercero. A Ian le costó conciliar la imagen que tenían él y Emma de una matrona gentil y sensible con la de una mujer que vivía con perros agresivos. Pero al final tenía que admitir que buena parte de lo que había descubierto en los últimos días le resultaba muy difícil de digerir.

A las seis y veinte vio los faros de un coche que llegaba a Dells Lane. Lo siguió con la vista por el espejo lateral, pero aparcó al llegar a la mitad de la calle. No era Anne. Aún no. Se sopló en las manos para mantenerlas cálidas y luego encendió la calefacción del vehículo. Desvió la mirada hacia los árboles. Allí la niebla era más espesa, suspendida con apariencia sobrenatural en el aire nocturno cargado de escarcha, sobre el terreno húmedo cubierto de hierba.

Pasaron diez minutos y otros faros iluminaron la entrada a Dells Lane. Ian se incorporó en el asiento y siguió el avance del coche que se acercaba. Se agachó cuando lo alcanzó, luego levantó la cabeza y vio a Anne aparcar en la calle, frente a su casa. Esperó a que saliera, luego abrió su puerta.

—¡Anne! —la llamó caminando deprisa hacia ella—. Soy Ian Jennings.

—¡Ian! ¿Qué haces aquí? —preguntó sorprendida.

—Tengo que hablar contigo —respondió él, y la siguió hasta su puerta.

Anne introdujo la llave en la cerradura.

—¿Por qué? ¿Está bien Emma?

—Sí. Tengo que hablar contigo sobre la Clínica Moller.

Anne palideció por completo.

—No tardaré —agregó Ian—. Quiero hacerte unas preguntas.

—¿Sobre qué? —dijo Anne sin retirar la mano de la puerta.

—¿Conoces la Clínica Moller y lo que hacen ahí?

—He oído hablar de ellos.

—Acabo de enterarme de que tanto los padres de Emma como los míos fueron clientes de la clínica. Les asignaron al mismo donante de semen. Emma y yo tenemos el mismo padre biológico. Esa podría ser la razón de que nuestros bebés no estén sanos.

Ian habría querido decirle todo aquello dentro de la casa, pero era obvio que Anne no tenía intención de invitarlo a pasar.

—¿Cómo sabes todo eso? —preguntó Anne volviéndose ligeramente para mirarlo a los ojos.

—Carstan Moller me lo dijo. Tuvo que hacerlo.

—¿Lo hizo? —preguntó Anne sorprendida—. ¿Te dijo quién era el donante?

—No. Dijo que era confidencial.

No podía decirle que había accedido a los archivos de la clínica.

—Lo siento mucho, Ian. Eso no debería haber pasado. Seguramente fue un golpe tremendo para ti y para Emma, pero no sé cómo puedo ayudarte.

—Dime lo que sepas sobre la clínica.

—Nada. Solo sé que existe.

—¿Has hecho algún trabajo como matrona con Carstan o Edie Moller?

—No. No hay razón para que lo hiciera.

—¿Así que nunca has estado en contacto con ellos?

—No. Lo siento, Ian, no puedo ayudarte. Mira, acabo de volver del trabajo. Tengo que comer algo antes de pasear a los perros. ¿Queréis que os visite a ti y a Emma mañana?

Anne giró la llave y abrió la puerta.

—Le preguntaré a Emma. Te aviso —dijo Ian.

Caminó de regreso a su coche mientras Anne entraba en casa. Estaba mintiendo. Su nombre aparecía varias veces en los archivos de los Moller y su vehículo había estado frente a la clínica. Su expresión cuando lo oyó mencionar el nombre de Moller fue de sorpresa, y posiblemente también de culpa. No era buena mentirosa. Pero ¿qué ocultaba? Había sido tan cálida y amigable cuando fue su matrona; ahora, sin embargo, había levantado la guardia y se había dado prisa para despedirlo. Cierto, acababa de volver del trabajo y querría cenar antes de sacar a los perros. Pero Ian no los había visto ni oído. Supuso que estarían encerrados en la parte trasera de la casa, pero, entonces, ¿no habrían ladrado al oír la voz de Anne?

Ian dio la vuelta y condujo hasta el otro extremo de Dells Lane. Aparcó entre otros dos coches, apagó los faros y se dispuso a esperar. En algún momento Anne saldría con los perros; entonces, podría seguirla e intentarlo de nuevo. Había ido hasta allí en busca de respuestas, pero solo tenía más preguntas. Algunas apenas podía plantearlas sin sentir que se le revolvía el estómago. Todos esos bebés muertos consignados en los archivos de Moller con las iniciales de Anne a un lado... Tenía que estar involucrada. ¿Podía ser que transportara órganos de bebés para laboratorios en su camioneta? Cobraría una comisión, sin duda. ¿Por eso se había mostrado tan nerviosa y había mentido? Había una posibilidad aún más macabra:

¿estaría enterrando bebés muertos para encubrir un delito? Ian tembló solo de pensarlo.

A las siete y media vio en el espejo lateral unos faros que provenían del otro extremo de la calle, donde vivía Anne. ¿Era su coche o su camioneta? Volvió la cabeza hacia el otro lado cuando pasó junto a él. Era la camioneta. Se detuvo al final de Dells Lane y puso el intermitente a la derecha, igual que la noche anterior. Ian arrancó el motor, pero esperó a que Anne girara antes de seguirla.

Se mantuvo a una distancia prudente del vehículo de Anne para que no pudiera identificarlo por el espejo retrovisor. La niebla jugaba a su favor: se había espesado en la última media hora, de modo que en ocasiones lo único que Ian podía ver de la camioneta era el brillo rojo de los faros traseros.

La siguió por la avenida que cruzaba Melton hasta la salida del pueblo. Se dirigían a Merryless ahora. Ian conocía el camino. Mantuvo la distancia y se concentró en no perder de vista las luces traseras de la camioneta. Un poco más adelante, Anne cogió la salida hacia el bosque de Coleshaw. Ian se quedó atrás para que ella no sospechara. Ahora solo ellos dos avanzaban en ese lado del camino; apenas vio algún vehículo en dirección contraria. Como un kilómetro más adelante Anne giró a la izquierda en un camino de un solo sentido.

Ian esperó a que las luces traseras se perdieran de vista antes de seguirla. El camino solo conducía al bosque. Había paseado por él en verano cuando era niño. Entonces era un tramo agradable, en cambio ahora, bajo la niebla y la oscuridad, tenía un aire siniestro que lo inquietaba aún más. Admiraba el valor de Anne para ir por allí sola. Pero ¿era necesario ir tan lejos para pasear a los perros? ¿De verdad eran tan agresivos? Seguramente había sitios menos aislados para eso. A menos que no se tratara de pasear perros, sino de enterrar bebés muertos... En ese caso, aquel era el lugar ideal. Ian no pudo contener una mueca.

Aparcó a un lado y apagó el motor. El camino llegaría pronto a su fin, de modo que Anne tendría que detenerse a pocos metros. No quería acercarse mucho. Abrió lentamente la puerta del coche y escuchó con atención. Pudo oír el motor en marcha de un vehículo parado más adelante, casi pasada la siguiente curva. Asumió que sería la camioneta de Anne. Entonces el ruido se paró. Por lo que recordaba imaginó que habría aparcado cerca de la parte más espesa del bosque, pero era imposible distinguir nada entre la niebla.

Ian bajó en silencio y se mantuvo inmóvil, escuchando, con todos los sentidos alerta. Solo se oía una brisa ligera que agitaba las copas de los árboles. Debía acercarse más para ver qué hacía Anne, pero no brillaba la luna como para guiarse por ella. Sacó el móvil del bolsillo, lo apuntó hacia abajo y encendió la luz. Sin separarse mucho de los árboles, con la linterna del móvil dirigida al suelo, avanzó con cautela por la orilla del camino hasta alcanzar la curva. Pudo divisar la silueta de la camioneta y rápidamente apagó la luz, retrocedió y se ocultó detrás de los árboles. Vio a Anne bajar de su vehículo y dirigirse a las puertas traseras. Llevaba una chaqueta acolchada, vaqueros y botas de agua. Parecía vestida para pasear a sus perros, aunque no llevaba correas. Ian permaneció totalmente inmóvil y observó cómo miraba a su alrededor antes de abrir las puertas.

Ian observó con sorpresa y horror, incapaz de creer lo que veía. Dos figuras pequeñas saltaron de la camioneta y se internaron en el bosque. No eran perros. No, definitivamente no. Parecían niños. ¡Santo cielo! ¿Qué demonios estaba haciendo Anne? Era peor de lo que había imaginado. La matrona dejó las puertas traseras abiertas y siguió a las dos criaturas por la espesura.

Cubierto de sudor frío, Ian los siguió lentamente y en silencio entre los árboles. No podía verlos, pero sí oír sus pasos delante de él. Ahora estaban en lo más tupido del bosque. Avanzaban mucho más rápido que Anne. Alcanzó a ver atisbos de su chaqueta entre los árboles un poco más adelante. La mujer parecía esforzarse por no perderlos de vista. Parecía que quisieran dejarla atrás. ¿Escapaban de ella? Pero ¿quiénes eran y por qué estaban allí? ¿Qué podía estar haciendo la matrona transportando a dos niños en una camioneta por la noche?

Entonces lo entendió. El corazón se le paró un instante. Anne estaba traficando con los niños. Los vendía. Debía de ser eso, sí. No se le ocurría otra explicación. Había fingido tener que pasear perros agresivos, pero en realidad se estaba enriqueciendo con la venta de niños. Tenía que actuar rápido si quería salvarlos.

Ian dio unos pasos más tras ella, ocultándose detrás de los árboles conforme los alcanzaba. Rescataría a los niños, luego llamaría a la policía y dejaría que se encargaran de Anne.

De pronto, una ramita se rompió bajo su suela. Mierda. Se quedó quieto, esperando que no lo hubieran oído. Todo movimiento cesó. El bosque se hundió en silencio. Entonces se oyó la voz de Anne:

—¿Quién anda ahí?

Ian se quedó en su sitio. Apenas se atrevía a respirar. Se le revolvió el estómago y el sudor le recorrió el cuello. Entonces hubo un movimiento en el bosque. Algo corría hacia él. No podía verlo. Debía volver al coche y llamar a la policía desde allí. Se dio la vuelta y huyó tan rápido como pudo. Salió de entre los árboles y alcanzó el camino. Pudo oír las pisadas que se le acercaban, seguidas de la voz de Anne.

—¡Alto! ¡Ven aquí!

Miró atrás, perdió el equilibrio, tropezó y cayó. No pudo protegerse la cabeza antes de que golpeara el suelo. El dolor le invadió el cráneo mientras los árboles titilaban, enfocándose y desenfocándose. Quiso pedir ayuda, pero el grito murió en su garganta. Ian comenzó a perder la consciencia. La última imagen que vio antes de que la oscuridad lo engullera fue un rostro pequeño que lo miraba desde arriba. Y después nada.

## 55

Jan esperó junto a la ventana abierta de la habitación de invitados, teléfono en mano, observando y escuchando. El bosque estaba ahora en silencio. No había ningún ruido. Había subido corriendo para tener una mejor vista del jardín que le permitiera grabar un nuevo vídeo, pero no pudo hacerlo. Vio la luz de dos linternas en el bosque, oyó la misma voz de mujer y luego nada. No volvería a llamar a la policía; solo se repetiría lo de la noche anterior. Para cuando llegaran no tendrían nada que investigar, y ya la otra vez había tenido la sensación de que el agente pensaba que todo era una pérdida de tiempo.

Cerró la ventana a regañadientes. Tenía que admitir su derrota. No podría reemplazar el vídeo que Chris había borrado, ni ese ni ningún otro día. Había perdido su última oportunidad. Ya había llamado a Camile para decirle que lo sentía mucho, pero que debía dejar la casa de campo cuanto antes, pues no se sentía a gusto. Camile se lo había tomado bastante bien, dadas las circunstancias, y le había dicho que conseguiría un vuelo de regreso y le escribiría en cuanto aterrizara. Jan había accedido a quedarse hasta su llegada.

Salió de la habitación y bajó las escaleras. Lo que ocurriera en el bosque sería para siempre un misterio. Confirmó que ambas puertas tuvieran puesto el cerrojo y que el medidor de energía eléctrica estuviera bien alimentado. Luego se sentó en el sofá junto a Yesca y lo acarició. Sin duda lo iba a extrañar, pero no podía esperar el momento de dejar la casa de campo y vivir de nuevo en la ciudad, donde la electricidad era constante y no se producían acontecimientos extraños en bosques oscuros. En cuanto Camile volviera, se iría de allí. Ya había comenzado a hacer las maletas y se sentía lista para reiniciar su vida: rellenar solicitudes de empleo, visitar a los amigos, incluso empezar otra relación. Si pudiera conocer a un hombre sincero y sin complicaciones...

Pensó en Chris, que había aparentado ser justo eso al principio. Ahora no tenía idea de quién era ni cuál era su papel en lo que estaba ocurriendo allí. Recordó su expresión y la de Anne cuando los encontró en el bosque: parecían culpables, casi como si los hubiera descubierto en mitad de algo.

Dejó de acariciar a Yesca y alzó la mirada. ¡Claro! ¿Por qué no los había relacionado antes? La voz de mujer que oyó en el bosque era la de Anne. Ahora estaba segura. Con razón le había resultado familiar. Pero ¿qué demonios hacía de noche en el bosque?

Cogió la chaqueta y las llaves y salió por la puerta principal. La recibió un aire frío y neblinoso. Con suerte no sería demasiado tarde y Anne seguiría allí. Jan subió a su coche, bajó los seguros y encendió solo las luces de posición. Emitían apenas suficiente luz para iluminar el camino sin que la vieran. Condujo lo más rápido que pudo por Wood Lane hasta donde se cruzaba con el paso al bosque de Coleshaw. Se echó a un lado lejos de donde pudieran verla y apagó el motor y los faros. Justo a tiempo. Vio las luces que venían desde la curva, iluminando el camino entre la niebla mientras el vehículo avanzaba por la superficie irregular. Cada vez se acercaba más y las luces brillaban con mayor intensidad. Entonces divisó una camioneta pequeña que giró sobre el camino hacia Merryless. No pudo ver quién conducía; la visibilidad era mala y los cristales parecían estar tintados. Pero la luz de la matrícula estaba encendida. Jan anotó el número en su teléfono y volvió a casa para informar a la policía. Con suerte esto bastaría para que abrieran una investigación de verdad.

# 56

Ian abrió los ojos lentamente. ¿Dónde coño estaba? La luz del techo parpadeaba. Cielos, cómo le dolía la cabeza. ¿Había tenido un accidente? Creía recordar conducir entre la niebla.

Luego una voz cercana dijo:

—Estás despierto.

Anne Long apareció frente a él.

Ian se sobresaltó e intentó incorporarse, pero se dejó caer enseguida con fuertes latidos en la cabeza.

—¿Dónde estoy? —dijo con un grito ahogado y la garganta seca—. ¿Qué haces?

—Estás a salvo. Estás en el sofá de mi casa —dijo Anne—. Te caíste y te golpeaste la cabeza.

—¿No debería estar en el hospital? —preguntó mientras intentaba incorporarse de nuevo—. ¿Cuánto tiempo llevo aquí?

—No mucho. Deberías estar bien. No ha sido nada grave. Bebe un poco de agua.

Le acercó un vaso a los labios. Ian bebió. El agua nunca le había sabido tan deliciosa.

—¿Qué quieres de mí? —preguntó confundido y asustado.

—Nada. Te he traído para que te recuperaras. Puedes irte en cuanto te sientas bien.

—¿Por qué no has llamado a una ambulancia?

—No hacía falta. No estás herido de gravedad. —Anne dudó y dejó el vaso sobre la mesa—. ¿Qué recuerdas de antes de tu caída, Ian?

Ian frunció el ceño intentando recordar. Poco a poco le volvían las imágenes.

—Recuerdo que estaba en el coche. Seguía tu camioneta. Estaba oscuro. Cogiste la salida al bosque de Coleshaw y te detuviste. ¡Cielos! No tienes perros. ¡Traficas con niños! —Ian se incorporó haciendo un esfuerzo y miró a su alrededor—. ¿Dónde están? ¿Qué sucede? ¡¿Dónde están, pobres niños?!

—Cálmate, Ian —dijo Anne tocándolo suavemente en el brazo—. Están arriba, dormidos. No trafico con ellos. Para nada. Tienes que confiar en mí.

—¡Confiar en ti! Me dijiste que no conocías a Carstan Moller. Es mentira. Luego metiste a los niños en la camioneta y los llevaste al bosque por la noche. Les dijiste a los vecinos que eran perros. Estás enferma. Voy a llamar a la policía. —Metió la mano en el bolsillo del pantalón para coger el móvil, pero había desaparecido—. ¿Dónde está mi teléfono?

—Ahí. En el bolsillo de tu chaqueta —dijo Anne con un ademán para señalar la prenda, que colgaba del respaldo de una silla—. Puedes cogerlo, Ian, pero no te conviene llamar a la policía.

—¿Qué quieres decir?

Anne lo miró con cautela.

—Ian, han ocurrido cosas de las que no tienes idea. Cosas que no podrías imaginar ni en tus peores sueños. Y es mejor que se queden así. En cuanto te sientas mejor, tienes que volver con Emma y olvidar todo lo que has visto hoy para que podáis seguir adelante con vuestra vida.

—¡Ya no es posible! ¡No se puede! —espetó Ian. Apoyó los pies en el suelo, se sentó con la espalda recta y miró de frente a Anne. La habitación parecía estar ligeramente inclinada—. Emma y yo no podemos seguir juntos. ¡Somos medio hermanos! Y no me creo que los niños estén arriba durmiendo. ¿Quiénes son? Le dijiste a Emma que no tenías hijos. Quiero respuestas, Anne. Ya sé mucho más de lo que crees. Sé que estás involucrada con Moller y su clínica, y que sois responsables de la muerte de varios bebés.

—¡No, eso no es cierto! —gritó Anne, evidentemente alterada—. ¿Cómo puedes creer eso? Soy enfermera, matrona. Salvo vidas.

—Entonces, dime la verdad.

Anne calló unos instantes. Luego miró a Ian y le dijo:

—Si te lo cuento, tienes que prometerme que no se lo dirás a nadie. Ni siquiera a Emma. Sobre todo a ella. O lo lamentarás.

Ian sintió una sacudida de temor.

—No puedo prometerte nada. Primero tengo que saber qué habéis estado haciendo Moller y tú.

—Está bien. Solo te pido que mantengas la mente abierta —dijo Anne, y respiró hondo, como invocando el valor para comenzar su relato—. Ian, ya sabes que Emma y tú tuvisteis al mismo donante. Pero ¿sabes quién es?

—No.

—Es Carstan Moller. Él es vuestro padre biológico.

—¡Claro que no! —Ian dejó escapar un grito ahogado—. No es posible.

—Es la verdad, Ian. Es tu padre biológico, también el de Emma y el de miles de personas más. Probablemente desde que fundó la clínica.

Ian la miró anonadado y con náuseas.

—Pero ¿cómo? ¿Cómo es posible? Tanto mis padres como los de Emma recibieron información sobre su donante.

Anne negó con la cabeza.

—Carstan se la inventó. Todos los bebés concebidos en la clínica son suyos. Nunca ha habido donantes. Siempre ha sido él.

Ian la miró fijamente mientras intentaba asimilar lo que había escuchado.

—Así que por eso no había datos de los donantes en los expedientes.

—¿Has leído los expedientes? —preguntó Anne.

—Sí. Moller no lo sabe. Así pude relacionarte con la clínica. Tus iniciales están al lado de algunas de las entradas que vi, y en esos casos los bebés parecen haber nacido muertos.

—¿Así que creíste que habían fallecido por mi culpa? —preguntó Anne con expresión triste.

—Sí. ¿No fue así?

—No, Ian. Y no nacieron muertos.

Ian no le quitó los ojos de encima. Anne siguió:

—No he visto los registros de la clínica, pero si Carstan puso mis iniciales junto a los nombres de los bebés muertos, se trata de los que nacieron vivos, pero con una condición limitante. En esos casos les dije a los padres que habían nacido muertos y me los llevé para ahorrarles el trauma. Es lo que hice contigo y con Emma. Muchos sobreviven apenas unos días.

—¡¿Qué?! —gritó Ian, y se dirigió la mano instintivamente a la cabeza, que le pulsaba con fuerza—. No puedo creerlo. ¿Por qué mientes?

—No miento. Te estoy diciendo la verdad. Lo hice para evitar a los padres una agonía terrible. Piénsalo, Ian. Viste brevemente a David después del parto y me agradeciste que me lo llevara. No querías problemas ni pasar por una autopsia. Solo querías que me encargara del asunto. Y lo hice.

—Pero creía que había nacido muerto. Ahora es distinto.

—¿Por qué es distinto? Os salvé, a ti y a Emma, del dolor y la desolación de saber la verdad. No lo habríais soportado. ¿Recuerdas la expresión de las enfermeras que ayudaron en el parto de vuestro primer bebé? Emma me dijo que la mayor logró mantenerse serena, pero la más joven no pudo ocultar su horror. Así habrían reaccionado todos los que hubieran entrado en contacto con David si no hubiera alterado la documentación para registrarlo como nacido muerto.

Ian le sostuvo la mirada y recordó el horror de aquel primer parto. Pensó también en cómo Emma le había agradecido a Anne que se llevara a David y se encargara de todo. Algo había de cierto en lo que decía Anne.

—Si me estás diciendo la verdad, entonces Moller es responsable de todo esto. Es un acto de pura maldad. Pero no entiendo nada. Emma y yo somos normales. No tenemos ningún mal congénito.

—Los niños concebidos por Carstan suelen estar sanos. Solo se distinguen porque a menudo se parecen, como ocurre con los medio hermanos. Los defectos solo se manifiestan a partir de la segunda generación. El doctor se ha salido con la suya durante años; ha engañado a los padres. Los convenció de que estaban comprando semen de un donante. Siempre ha sido él. Pero un día algunos de estos hijos empezaron a relacionarse entre sí, como Emma y tú. Era inevitable que ocurriera, estadísticamente, si tantas personas tenían el mismo padre biológico. No sabían que estaban emparentados y empezaron a tener hijos. Así comenzó a manifestarse su condición.

—¡Por Dios! ¿Y Moller lo hizo por dinero?

—Tal vez en parte. Pero Edie y él no podían tener hijos. En algún momento se empezó a obsesionar con su sucesión familiar. Es muy arrogante, cree que tiene genes superiores.

—Qué ironía —dijo Ian amargamente—. Es responsable de varios bebés deformes.

—Pero no están deformes, en realidad.

—¿Qué quieres decir? —preguntó Ian llevándose de nuevo la mano a la cabeza.

Anne calló unos momentos.

—¿Sabes qué es el atavismo?

—No —admitió Ian.

—Es un término para designar algo que también se llama a veces *regresión*. Es cuando una característica de nuestros ancestros lejanos reaparece en la actualidad. La más común es la aparición de una cola en los seres humanos. ¿Has visto la película *Amor ciego*? Ahí ocurre eso.

Ian asintió.

—Sí, la he visto.

—Es algo raro, pero ha habido ejemplos en todo el mundo. Puede manifestarse como exceso de vello corporal, cráneos similares a los de los neandertales, dientes enormes como los de otros primates, corazón de reptil... También ocurre en otros animales. Estos rasgos están ocultos en nuestros genes. Por lo general permanecen latentes, pero en ocasiones pueden emerger o mutar. En el caso de Moller, la causa fue que los bebés de la segunda generación compartían demasiado ADN. Si Emma o tú hubierais tenido hijos de otra pareja que no tuviera ese ADN, los rasgos se habrían perdido en el acervo genético y habrían permanecido latentes. Vuestros hijos serían normales.

Ian sacudió la cabeza.

—Pero ¿por qué no has denunciado a Moller?

—Al principio fue solo una sospecha. Me parecía que ocurría algo extraño en la clínica. Empecé a llevar un registro de los bebés nacidos con esa condición. Me llevó años reunir pruebas suficientes para confrontarlo. Se rio de mí, dijo que estaba loca y luego me recordó mi participación en un aborto ilegal. Hace unos años vino a buscarme una mujer que estaba sufriendo un aborto espontáneo tras intentar hacerlo ella misma. La ayudé. Mi deber era informar del caso, pero me rogó que no lo hiciera. Dijo que, si sus hermanos se enteraban, harían que la mataran para preservar el honor familiar. No sé cómo se enteró Moller, pero, si me hubiera delatado, habría puesto en peligro a la mujer y mi carrera habría terminado. El doctor prometió dejar de hacerlo. Dijo que a partir de entonces solo usaría semen de donaciones. Y piénsalo, Ian. ¿Qué pasaría con los niños si todo saliera a la luz? Los tratarían como a fenómenos de circo. La prensa no los dejaría en paz. Los científicos tampoco. Estos niños no viven muchos años y siempre intento que sus cortas vidas sean tan felices y cómodas como sea posible.

—Vi tu coche en la clínica el otro día.

—He estado yendo a visitarlo. Quise que me mostrara pruebas de que había mantenido su palabra y usaba semen de donantes. Pero siempre terminamos discutiendo.

—Tú dejaste esa reseña en internet —dijo Ian recordándola—. «¡No se acerquen a este lugar! Solo quieren cumplir sus deseos egoístas. Sra. L».

—Sí, para lo que valió... —dijo Anne cansada—. Estoy agotada por todo esto. La culpa, los secretos, las mentiras. Los esfuerzos por proteger a los niños.

—Pero ¿cómo sabes cuándo va a nacer uno de estos bebés? —preguntó Ian—. No atendiste nuestro primer parto.

—Si Moller lo sabe de antemano, me lo dice. Ese fue nuestro trato, una de las condiciones que le puse para no denunciarlo. Él me notifica para que yo pueda hacer los cuidados prenatales y luego me llevo al bebé y lo cuido el tiempo necesario. Es difícil con tanto trabajo, pero, como me especializo en partos en casa, tengo cierta flexibilidad.

—¿Cuántos son? —preguntó Ian sin haber asimilado por completo lo que oía.

—Ahora tengo tres. Es la vez que más he tenido. En ocasiones no tengo ninguno. Varía. Algunos viven solo unos meses; otros, años. —Los ojos se le llenaron de lágrimas—. Son mis niños, Ian. Los quiero y los cuido, y cuando mueren los lloro. Rezo por ellos y los entierro en el bosque de Coleshaw.

—¿Eso hacías esta noche?

—No. Los llevo a pasear. No puede verlos nadie, así que tienen que permanecer en casa durante el día. Pero necesitan aire fresco y ejercicio, como todos los niños. Cuando oscurece, los llevo en la camioneta hasta lo más profundo del bosque. Allí pueden correr y jugar en libertad. No tienen otro sitio a donde ir.

—¿De verdad están arriba ahora?

—Sí, Ian. Te estoy diciendo la verdad. Ahora estarán cansados, dormidos. Son como cualquier niño, aunque algo distintos. Pueden ser muy traviesos, pero no tienen malas intenciones. Les encanta correr, son muy rápidos. No pueden hablar, pero sí entienden muchas cosas. Les gusta divertirse. No siempre los alcanzo, corren muy deprisa. Vivo con miedo de que alguien los descubra. En ocasiones se internan en el bosque y me lleva horas convencerlos de que vuelvan. Mis vecinos creen que tengo perros agresivos, por eso no se acercan. Pero ahora hay una inquilina en Casa Ivy, al lado del bosque. Sabe demasiado. Creo que me ha oído llamarlos y ha estado atrayéndolos a su jardín con comida.

Ian calló unos instantes, tratando de digerirlo todo. Aún le costaba hacerlo.

—Así que son una *regresión* de nuestros antepasados —dijo finalmente.

—Sí. Yo prefiero llamarlos forasteros: viven fuera de la especie humana y del resto del reino animal.

Ian volvió a guardar silencio. Luego agregó:

—Supongo que debo agradecerte que te llevaras a David y lo cuidaras. ¿Cuándo murió?

—Aún no ha muerto. Tu hijo está vivo.

# 57

Ian sostuvo su cabeza con ambas manos. Un zumbido le llenó los oídos. Creyó que se desmayaría.

—¿David sigue vivo? —preguntó incrédulo, con voz lejana y azorada, y levantó al fin la mirada.

—Sí. Cuando salí a pasear con los otros chicos lo dejé abrigado en la silla de bebé del asiento trasero. Ahora duerme en su cuna junto a los demás. Ellos son un poco mayores. Los querré mientras estén conmigo. ¿Estoy haciendo algo malo?

Ian sacudió la cabeza desesperado.

—No lo sé, de verdad. Es demasiado. Ojalá no me lo hubieras contado. Era más fácil no saber. ¿Quiénes son los otros?

—El niño, James, es hijo de una madre soltera, Lydia Wren. La niña es hija de Grant y Chelsea Ryan.

—Vi sus nombres en la lista de Moller. Emma habló con Grant y Chelsea.

—¿Por qué? —preguntó Anne con ansiedad.

—Queríamos establecer qué relación tenían con la Clínica Moller.

—Entiendo. Los Ryan no sospechan nada, ¿verdad?

—No.

—Si se enteraran, venderían su historia a los periódicos. Ahora están demandando al hospital en busca de compensación porque el cuerpo de su bebé desapareció.

—¿Así que te la llevaste del hospital? —preguntó Ian.

—Sí. Primero me dieron permiso, pero luego cambiaron de opinión. Se llama Kerris. Significa «amor». Va a extrañar a David cuando se vaya.

—¿Cuando se vaya? ¿Adónde? —preguntó Ian.

—Cuando fallezca. Eso he querido decir —respondió Anne con voz callada.

—¿Va a morir pronto? —preguntó Ian conmocionado.

—En unos pocos meses —dijo Anne con lágrimas en los ojos—. La mutación genética que tienen significa que maduran muy rápido, aunque en porcentajes distintos en cada caso. Es muy evidente en Kerris. Pero también se reduce su esperanza de vida. Sé que todo tiene que ver con la naturaleza, que sigue su camino. Pero cada vez que uno muere me cuesta más asumirlo. Ansío el día en que ya no nazca ninguno.

—No debí presionarte para que me lo contaras —dijo Ian con remordimiento—. No sé cómo lidiar con todo esto.

—No tienes que hacerlo. Puedes irte a casa y dejar que lidie yo con ello, como he estado haciendo.

—No creo que sea posible. Ahora que lo sé, no puedo simplemente alejarme y olvidarlo todo.

—¿Y qué otra opción tienes, Ian?

Él suspiró.

—No tengo idea. No puedo contarle nada a Emma, claro. No podría soportarlo. Es mejor que crea que David nació muerto.

Anne asintió solemne.

—¿Ya me lo has contado todo? —preguntó Ian.

—Sí. No hay nada más.

—Me voy entonces —dijo poniéndose en pie—. Necesito pensar todo esto y decidir qué hacer.

—Olvídalo. Eso es lo que tienes que hacer. Sigue con tu vida.

Ian dio dos pasos hacia la puerta y se detuvo.

—¿David se parece a mí?

—Sí. Definitivamente es tu hijo —respondió Anne. Luego calló unos instantes y preguntó—: ¿Quieres verlo antes de irte? No tengas miedo. Puede ayudarte a cerrar el ciclo. Saber que no es el monstruo que imaginas, sino un niño que necesita amor y cuidados. Y que no va a estar con nosotros mucho tiempo.

Ian dudó un momento y enseguida asintió imperceptiblemente con la cabeza.

—Sí —respondió con voz queda—. Eso puede ayudarme.

Anne se levantó y lo guio escaleras arriba. Ian la siguió, inquieto y receloso. ¿Sería buena idea? ¿No sería mejor hacer lo que Anne le había sugerido, marcharse y seguir adelante con su vida de la mejor manera posible? ¿Ver a David lo ayudaría de verdad o haría que todo fuera peor? Sinceramente, no lo sabía.

Se detuvieron frente a la puerta de una habitación en la parte trasera de la casa. Tenía cerrojo por fuera.

—¿Es necesario? —preguntó Ian con preocupación.

—Sí. No me atrevo a dejarlos libres por la casa. Alguien podría verlos por alguna ventana. La de esta habitación es opaca, pero las demás no. Basta con que una persona los vea para arruinarlo todo.

Ian miró con el corazón acelerado cómo Anne deslizaba el pestillo y abría la puerta lentamente. Una luz nocturna iluminaba el cielo con un patrón de estrellas y una luna. Era como si la intemperie hubiera entrado a refugiarse.

Ian la siguió al interior de la habitación. Había dos camas pequeñas y una cuna, un mueble con cajones y una mesa para cambiar pañales. Lo que encontrarías en cualquier cuarto de bebé, pensó Ian. Aunque, por supuesto, este no lo era.

—Él es David —dijo Anne con voz callada, dirigiéndose a la cuna.

Ian se acercó a Anne y permaneció a su lado mientras ella se inclinaba sobre la cuna y ajustaba el cobertor. Miró a la criatura dormida. David estaba de costado, en posición fetal, cubierto con una mantita. Solo podía verle la cabeza y una manita que se aferraba al borde del edredón. El dorso estaba cubierto de vello fino, igual que su cabeza; pero no lo tenía en el rostro o el cuello, como cuando nació. Sus rasgos eran ahora más similares a los de un bebé ordinario, lo mismo que la silueta de su cuerpo. Tras unos momentos, Ian notó que no sentía la repulsión que temía, la que había experimentado durante el parto, solo compasión.

David se agitó dormido y luego se recostó sobre su espalda. Sus labios se movieron y sus párpados palpitaron. Ian se preguntó si estaría soñado y con qué.

—¿Estás bien? —le preguntó Anne con suavidad.

Ian asintió levemente y siguió mirando al bebé dormido. Era su hijo, aunque no era como los otros niños. Un vestigio del pasado ancestral o, como Anne prefería llamarlo, un forastero. Un niño que no debería haber nacido y que nunca experimentaría la dicha de vivir con sus padres, jugar, tener amigos, ir a la escuela. Un niño al que no le quedaba mucho por vivir.

Ian tragó saliva y extendió la mano lentamente hasta tocar la frente de su hijo. Era cálida y suave, todo lo contrario del cuerpo duro y frío que temía encontrar. Luego le tocó la mano, que no soltaba el borde del edredón. También era suave y lisa, a pesar del vello. Las uñas estaban perfectamente formadas, aunque Ian notó que su pulgar era más corto que el de otros niños.

De pronto David abrió los ojos. Ian retiró la mano de inmediato. El bebé los miraba a ambos, sorprendido y confundido.

—Está bien —lo tranquilizó Anne—. No tienes nada que temer, cariño. Este señor no te hará daño.

—¿Entiende? —preguntó Ian sin poder creerlo.

—Un poquito. También tiene que ver con mi expresión facial y mi tono de voz. Eso pasa con los bebés. Di algo, háblale. Pero no hagas movimientos bruscos, eso sí lo asusta.

—David —dijo Ian suavemente.

El niño lo miró.

—¿Estás bien?

David le sostuvo la mirada.

—¿Tienes lo que necesitas? ¿Estás bien? ¿Contento?

El brillo en sus ojos parecía decir que sí lo estaba.

—Lo siento tanto —dijo Ian con la voz quebrada—. Siento

mucho que estés así. Si hubiera tenido idea de que esto pasaría, no habría tenido hijos. Nunca.

David lo miró con una expresión que parecía triste.

—Soy tu papá —dijo Ian. Pero no hubo respuesta.

—No entiende —dijo Anne—. No tiene ninguna experiencia de lo que es un padre. Solo cuentan conmigo. —Se inclinó sobre la cuna y continuó—: Este es un buen hombre. Es un padre, como yo. Te quiere.

Anne tocó el brazo de Ian para mostrar a David que lo aprobaba. La expresión del niño se relajó.

—Creo que sabe quién eres —dijo Anne suavemente.

—Yo también —respondió Ian, y dejó caer una lágrima.

Miraba al hijo que nunca pensó que podría tener. Nunca podría compartir aquello con Emma, sería demasiado cruel. Moller tenía la culpa. Había que castigarlo; Ian juró en aquel instante que lo haría. Por David y los demás niños como él. Costara lo que costara.

# 58

La mañana siguiente la detective Beth Hayes se hallaba confundida y preocupada. Frente a su escritorio, en la oficina del primer piso en la comisaría de policía de Coleshaw, había terminado su informe sobre el arresto de otros dos miembros de la célebre familia Bates a causa de su participación en un brutal robo a mano armada. Dado que los delincuentes se encontraban bajo custodia y todo el papeleo estaba listo, ahora podía ocuparse del otro asunto pendiente. Era un caso extraño y alarmante.

Jan Hamlin, la inquilina de Casa Ivy, había denunciado de nuevo la presencia de intrusos en su jardín. La noche anterior había ignorado la recomendación de permanecer en casa, había salido a investigar por su cuenta y había visto una camioneta que se alejaba del bosque de Coleshaw. Había anotado la matrícula y le había dicho al oficial de turno que creía que el propietario del vehículo tenía algo que ver con las visitas no deseadas a su casa. El agente había consultado la matrícula en la base de datos para identificar al propietario, pero hasta ahí había llegado. El asunto le había llegado a Beth, que se esforzaba por entender exactamente qué significaba todo aquello.

El vehículo estaba registrado a nombre de Anne Long: la misma Anne Long, matrona, que Beth había entrevistado en relación con los bebés desaparecidos. Mientras que la investigación anterior se había declarado cerrada con una explicación satisfactoria, no estaba claro qué podía estar haciendo Anne en el bosque de Coleshaw, entrada la noche, en pleno invierno. Y, si creía a Jan Hamlin, lo había hecho en muchas otras ocasiones. Ella afirmaba haber oído a Anne llamar a unas criaturas que estaban entrando en su jardín para aterrorizarla. Se negaba a aceptar que pudieran ser zorros o tejones, y estaba tan alterada por las visitas que había avisado a la dueña de la casa de campo para comunicarle que estaba lista para irse antes de la fecha prevista. Matt había dicho que, cuando la había entrevistado, no parecía estar demasiado exaltada ni ser propensa a la invención fantasiosa; por el contrario, todo indicaba que en efecto algo estaba entrando en su jardín. Beth pensó que tal vez había una explicación racional para todo aquello, pero se le escapaba.

Miró el reloj de pared de la oficina. Eran las once y media de la mañana. Se había despertado a las cuatro de la madrugada y llevaba de servicio desde las cinco, preparando la redada en casa de los Bates. Era hora de irse a casa. De camino pasaría a visitar a Anne Long. Apagó su ordenador, cogió su chaqueta del respaldo de la silla y atravesó la oficina casi desierta. Solo había unos cuantos agentes de servicio en sábado.

Salió de la comisaría por la puerta trasera, donde aparcaban los coches, y se dirigió al vehículo que tenía asignado. Rumió las posibles explicaciones de la presencia de Anne en el bosque mientras conducía en dirección a Melton. Algunos escaparates ya tenían la decoración de Navidad, aunque los pensamientos de Beth no eran nada festivos. Había algo sobre el asunto de Anne que la inquietaba. Esperaba que sus sospechas fueran infundadas, pero Anne no sería la primera enfermera con problemas de psicosis que utilizara sus medios para hacer daño a los demás en lugar de curarlos.

Miró de reojo el árbol de Navidad plantado en el centro de la plaza de Melton y luego giró hacia Dells Lane. Su GPS mostraba que el número 45 estaba al final de la calle, en el lado derecho. No había ninguna camioneta aparcada en la entrada, ni rastro alguno del otro vehículo registrado a nombre de Anne: un Vauxhall Corsa gris. Tal vez uno de ellos estuviera en el garaje, pero seguramente no cabrían los dos juntos.

Beth salió del vehículo y miró al cielo. En el horizonte podía ver nubes negras, se habían pronosticado tormentas para el fin de semana. Llamó al timbre del 45 y esperó. No hubo respuesta. Volvió a intentarlo; luego golpeó la puerta y al final miró por el buzón, pero había un protector de seguridad que bloqueaba la vista.

Volvió a la calle y se dirigió a la casa contigua, el número 43. Tocó el timbre. Abrió la puerta una mujer en bata.

—Disculpe la molestia. Detective Beth Mayes —dijo mostrando su identificación—. No es nada grave, ¿sabe cuándo volverá su vecina, Anne Long? Necesito hablar con ella.

—Si no está en casa, seguro que estará trabajando. Es matrona, no tiene un horario fijo. Si llega tarde por la noche, siempre vuelve a salir de inmediato a pasear a sus perros. Alguien más vino a preguntar por ella. Mi marido le dijo lo mismo.

—¿Sabe quién era?

—No. Solo dijo que era su amigo.

—¿Anne tiene perros, entonces?

—Sí. Son perros agresivos, tiene que llevarlos con cuidado. Solo los saca de noche, cuando no hay nadie en la calle. Quién sabe por qué los tiene. Parecen demasiada molestia.

—Claro —dijo Beth—. Gracias por la ayuda. ¿Sabe de qué raza son?

—No, nunca los he visto. No nos acercamos a su casa. Podría intentar localizarla en su móvil —agregó—. ¿Tiene su número?

—Sí, lo tengo. ¿Anne tiene una camioneta?

—Sí. Si está en el trabajo, la habrá dejado en la cochera. La usa cuando saca a los perros, así mantiene el otro coche limpio para ir a trabajar.

—Gracias —dijo Beth, y volvió a su vehículo.

Misterio resuelto: Anne tenía perros agresivos y el buen tino de pasearlos por la noche, cuando no había nadie cerca. Pero ahí no acababa el asunto. Por ley, era ilegal dejar sueltos a los perros, independientemente de la raza; los de Anne estaban claramente en ese caso. Seguro que eran los que habían entrado en el jardín de Casa Ivy y habían asustado a la inquilina. Había que hablar con Anne y advertirle que sus perros no podían estar sin correa en espacios públicos. Sin embargo, ya no era competencia de Investigaciones Criminales, por lo que tocaba pasárselo a lo policía local. Beth se dirigió a casa satisfecha. Grandes gotas de lluvia comenzaron a caer sobre el parabrisas.

# 59

Ian miraba fijamente su portátil sobre la mesa del comedor, enfadado y alterado a partes iguales. Estaba solo en casa, Emma estaba visitando a su madre, lo cual le venía bien porque le costaba ocultar sus emociones. No habría creído lo que Anne le había dicho de no haber visto a David con sus propios ojos.

Atavismo. Cuando el ADN de nuestro pasado evolutivo se manifiesta en la generación presente. Había estado leyendo sobre el tema en internet. Podía ocurrir de forma natural cuando un gen mutaba; pero en el caso de David se debía a la obsesión de Carstan Moller por mantener viva su herencia familiar. Cómo se atrevía a meterse de esa forma en la vida de la gente. ¡Qué tipo tan arrogante! Anne no estaba segura de cuánto sabía del asunto Edie Moller; su sospecha era que probablemente lo sabía todo y solo fingía no darse cuenta.

Ian no le había contado a Emma lo que había averiguado. No lo haría nunca. Le había dicho que había visto a Anne y que esta había confirmado que una serie de errores en la Clínica Moller habían tenido como resultado que demasiados pacientes compartieran al mismo donante y que los bebés no sobrevivieran. Es todo lo que Emma debía saber, ahora y en el futuro. Habían acordado que pronto tendrían que hacer planes para separarse. Ahora que sabían que eran medio hermanos, era imposible pensar en un futuro juntos.

Su ira se avivó una vez más. Moller había jugado con las vidas de sus pacientes, a quienes había manipulado y engañado durante años para que sirvieran a sus propios deseos personales. Le había dicho a Anne que había dejado de hacerlo, pero Ian no estaba tan seguro. No había pruebas de la existencia de nuevos donantes en los archivos que había copiado. Ian tenía que asegurarse de que esos actos de maldad habían cesado para siempre, pero de modo que no quedara expuesto David ni ningún otro niño como él. Creía que sabía cómo hacerlo.

Estudiaba los archivos de Moller en su ordenador. No los que tenían que ver con sus pacientes, sino los financieros, incluidas sus declaraciones de impuestos, de las que Edie parecía ser la responsable. La contabilidad era un desastre, igual que el resto de sus archivos, pero dejaba claro que los Moller no habían ganado cantidades enormes de dinero con la clínica. En apariencia era parte de la estrategia: mantener los precios bajos para atraer a cuantos clientes pudiera y esparcir sus genes. Ian sabía que la manera más rápida y eficiente de hacer cerrar un negocio era la combinación de evasión fiscal y lavado de dinero. Los inspectores de Hacienda eran veloces e implacables cuando se trataba de perseguir estos delitos.

Se puso a trabajar. Suplantando la identidad de Carstan, Ian comenzó a recaudar capital *online* usando la clínica y la casa de los Moller como garantía. Hacer esto en internet era absurdamente fácil, pues no era necesaria una entrevista personal. Firmó de forma electrónica algunos documentos y obtuvo todo el dinero que pudo de diversos bancos y empresas de préstamos. En poco tiempo había multiplicado por diez los ingresos de la clínica, al menos en papel. Luego dio de alta a dos empleados falsos. Era una estafa que utilizaban algunas empresas para reducir el pago de impuestos, un acto ilegal que complicaría aún más las cuentas de Moller.

Enseguida abrió cinco cuentas extranjeras en países reconocidos por facilitar la evasión fiscal y el lavado de dinero. Había visto algo similar en los archivos de algunos clientes y sabía cómo funcionaban. Pasó una buena hora transfiriendo fondos de las cuentas británicas de Moller a las extranjeras, y luego de vuelta, fechando retrospectivamente algunas de las transacciones para que pareciera que había estado haciendo trampa durante años. Había aprendido mucho de su trabajo en Wetherby Security. Cuando terminó, incluso el auditor menos experimentado podría diagnosticar lavado y evasión en las cuentas de Moller. Para asegurarse de que no pasaran inadvertidas y propiciar una investigación, envió un *email* anónimo delatando a Moller al Departamento de Investigación de Fraude de la policía, así como a Hacienda.

Por último mandó un *email* de parte de Carstan Moller a todos sus pacientes actuales y a todos aquellos cuyos padres hubieran recibido tratamiento en la clínica. Les informaba de que había ocurrido un error terrible en la clínica y de que, si tenían pensado formar una familia pronto, debían someterse a una prueba urgente de ADN, pues era posible que tuvieran el mismo padre biológico que su pareja.

Ahora solo tenía que esperar y observar.

No tuvo que esperar demasiado.

Casi de inmediato, varios pacientes comenzaron a escribir a Moller para expresarle su sorpresa y preocupación, pedirle más detalles sobre el error y preguntar si debían temer algo.

«Sí —contestó Ian en nombre de Moller—, deberían preocuparse. Sométanse a una prueba de inmediato».

Algunos preguntaron dónde podían hacerse una prueba, así que Ian los derivó a la empresa que había utilizado: *MyGeneticHistory.com*.

Los *emails* siguieron llegando. Ian se preguntó qué pensaría Moller del asunto. Tal vez no revisaba su correo los sábados, pues no había respondido a ninguno. ¡Lo que le esperaría el lunes por la mañana!

Entró un *email* en el que Grant y Chelsea Ryan amenazaban con demandar a Moller por todo el dinero que tuviera. No sería mucho después de que el Departamento de Fraudes y Hacienda hicieran lo suyo, pensó Ian con satisfacción. Con sus nuevas hipotecas y deudas, Moller estaba infringiendo la ley. La venganza era dulce. Ian destruiría la vida de Carstan como él lo había hecho con la suya, la de Emma y las de tantas víctimas de su engaño. Moller había jugado a ser Dios y había perdido.

# 60

Jan estaba de pie junto a la ventana del salón, parcialmente oculta por la cortina, mirando hacia el paisaje nocturno. Ya no llovía, pero el cielo estaba oscuro, lleno de nubes de tormenta. Aún esperaba que las criaturas volvieran. El sensor de movimiento se hallaba apagado y Jan tenía el teléfono preparado. Era su última oportunidad para obtener la grabación que tanto necesitaba antes de la vuelta de Camile. Sin embargo, la ocasión se estaba esfumando. Pasaban de las ocho y Camile no tardaría. Le había escrito desde el aeropuerto para decirle que ya había aterrizado y que llegaría hacia las ocho y media, si el tráfico lo permitía.

Jan se apostó junto a la ventana en cuanto oscureció. Esperaba con ansias que llegaran temprano. Había terminado de preparar las maletas, que estaban ya en el coche. Solo quedaban su abrigo y su bolso en la casa de campo. Había ido al pueblo a comprar algunos víveres para Camile y unas flores para decirle «gracias» y «lo siento», que había colocado en un jarrón sobre la mesita de centro. Aprovechó para despedirse de Lillian, quien no se mostró sorprendida al saber de su partida: Camile había hablado con Chris y este se lo había contado a su hermano, quien informó a Lillian. Así viajaban las noticias en Merryless: por una red de conversaciones tan eficiente como el *email* o los mensajes de texto.

Jan cambió de posición y siguió alerta. Para su sorpresa, Camile había encontrado ya a un nuevo inquilino que se mudaría en cuanto Jan se fuera, lo cual la ayudó a tranquilizar su conciencia. Camile iría a supervisar la mudanza y pasar unos días con su familia y con Yesca, luego volvería a su trabajo en el extranjero. «Que Dios ampare al nuevo inquilino», pensó. Necesitaría nervios de acero para vivir allí. Nada habría convencido a Jan de quedarse más tiempo.

Pasaría unas semanas con su madre mientras buscaba empleo y un apartamento de alquiler. También visitaría a Ruby un fin de semana y se pondría al día con otras amigas a las que había ignorado durante su estancia en Casa Ivy. Incluso podría comenzar de una vez ese libro que se suponía que estaba escribiendo. Tenía unas cuantas ideas y, si pudiera conseguir un vídeo o una fotografía, también podría escribir un artículo sobre las criaturas del bosque. Los tabloides y las revistas siempre buscaban material sobre lo extraño y sobrenatural.

Sonó el timbre. Yesca salió disparado del sofá y corrió a la puerta ladrando. Jan salió de su puesto de vigilancia y encendió la luz del salón. El perro también estaría encantado de ver a Camile, pensó mientras acudía a abrir la puerta.

No era Camile, sino Chris.

—Quería despedirme —dijo mientras le entregaba una caja de bombones.

—Oh. Sí, gracias —respondió Jan incómoda. No esperaba volver a verlo—. ¿Quieres pasar? —lo invitó sintiéndose un poco obligada—. Camile no tardará en llegar.

—Sí, si no te molesto.

Jan se hizo a un lado para darle paso y Chris se dirigió al salón.

—Tienes abiertas las cortinas —observó—. No creí que te gustara mirar la oscuridad.

Jan se encogió de hombros.

—Voy mejor en ese aspecto. He tenido que acostumbrarme. ¿Quieres beber algo? —preguntó colocando los bombones sobre la mesa.

—Sí, por favor.

—¿*Whisky*?

—Gracias.

Chris se sentó en su sillón habitual y Yesca acudió a su lado. Jan le sirvió un trago y se lo entregó en la mano.

—¿No me acompañas? —preguntó Chris.

—No. Tengo que conducir.

Jan se sentó en el sofá, de espaldas a las cortinas abiertas. Chris bebió un sorbo del *whisky*. Aquella era su última oportunidad de preguntarle sobre el vídeo que había borrado de su teléfono, pues Chris se marcharía en cuanto Camile llegara. Respiró hondo y lo miró a los ojos.

—Chris, ¿por qué borraste el vídeo de mi teléfono?

Se mostró turbado por un instante, pero se recuperó enseguida.

—No sé de qué hablas —dijo.

—El vídeo que te enseñé de los visitantes del jardín. Te lo mostré, luego te dejé el teléfono mientras subía a abrirle la puerta a Yesca. Cuando te fuiste, ya no estaba. Lo habías borrado. Sabías que era mi única prueba.

La miró brevemente con expresión cautelosa.

—Recuerdo que me enseñaste el vídeo, pero eso es todo. Tal vez lo borré por accidente.

Estaba a punto de comentar lo poco probable que era eso cuando volvió a sonar el timbre. Yesca corrió hacia el vestíbulo.

—Seguro que es Camile —dijo Chris.

—Sí, seguro —respondió Jan con aspereza, y se levantó a abrir la puerta.

—¡Hola! Por fin nos conocemos —saludó Camile cálidamente, y entró.

Abrazó a Jan y acarició a Yesca, que brincó a saludarla emocionado. Su parecido con Chris, que Jan había notado en las fotografías, era aún más evidente en persona.

—Bienvenida —dijo Jan—. Está Chris.

—Sí, he visto su coche fuera. Le escribí para decirle que estaba en camino.

Camile dejó su maleta en el vestíbulo y pasó al salón con Yesca a su lado. Jan los siguió.

—Hola, querida —dijo Chris, y se levantó a recibirla. Se abrazaron con cariño.

—Me vendría bien uno de esos. —Camile señaló el vaso de *whisky*—. Estoy agotada por el viaje.

—¿Cómo te gusta? —preguntó Jan.

—Igual que el de Chris, por favor.

Jan entró a la cocina y sirvió el *whisky*. Se sentía un poco incómoda haciendo de anfitriona en la que ya era de nuevo la casa de Camile. Volvió al salón y le entregó el vaso.

—Muchas gracias —dijo amablemente—. ¡Qué flores más bonitas! No olvides llevártelas.

—Son para ti —respondió Jan—. Las puse en agua para que no se marchitaran.

—Qué amable.

Camile parecía tan atenta en persona como en sus *emails*. A Jan le cayó simpática de inmediato.

—Hay pan en la cocina y leche en el frigorífico —dijo Jan—, y el medidor está bien lleno. He dejado más monedas en la alacena bajo las escaleras. Aquí están las llaves.

Las dejó el llavero sobre la mesita de centro, lista para marcharse.

—Gracias —dijo Camile—. Siento no haber llegado antes. Tienes un viaje largo. ¿Por qué no te quedas esta noche y sales mañana?

—Estaré bien —dijo Jan, y miró instintivamente hacia las cortinas abiertas. Camile siguió su mirada.

—Siento mucho que hayas tenido problemas con los visitantes del bosque. No te harían daño, pero seguro te molestaron de todas maneras.

—Chris no cree que existan —dijo Jan. Esperó la reacción de ambos.

Camile dio un sorbo a su *whisky* mientras Chris miraba su vaso. Ninguno de los dos habló.

—Adiós, pues. Gracias por todo —dijo Jan cogiendo su bolso.

—Te acompaño al coche —se ofreció Chris.
—No, no hace falta. Solo me despediré de Yesca antes de irme.

Se acercó a acariciarlo, pero entonces Yesca dejó escapar un gruñido de amenaza. Jan retrocedió instintivamente. El perro siguió gruñendo, luego ladró y corrió hacia la ventana del jardín. A Jan se le detuvo un instante el corazón. El gruñido no era para ella. Yesca había oído algo. ¿Estaban fuera? ¿Al final habían ido? Era su hora habitual de visita. Chris y Camile miraban también hacia la ventana.

—Cerraré las cortinas —dijo Camile poniéndose en pie.

Cruzaba la habitación cuando un rostro apareció tras el cristal.

Jan soltó un grito y buscó el teléfono en su bolso. Demasiado tarde. El rostro había desaparecido. Se lanzó a abrir la puerta trasera. Yesca la siguió y corrió por el jardín sin dejar de ladrar. Jan alcanzó a atisbar la figura sombría, que enseguida huyó a través del seto y se esfumó.

# 61

La sangre le latía fuertemente en los oídos. Jan volvió al salón con el teléfono en la mano. Miró a Camile y a Chris. Ninguno de los dos dijo palabra. Camile caminó hasta las ventanas y cerró las cortinas. Chris se concentró en su vaso de *whisky*. Jan los miró a ambos. ¿De verdad pensaban ignorar lo ocurrido? El silencio era ensordecedor.

—¿Y bien? —preguntó Jan unos momentos después.

Camile regresó a su silla y la miró.

—¿Aún tienes fotografías o vídeos? —preguntó.

—No. Chris se encargó de eso —soltó Jan con aspereza—. No vas a negar su existencia tú también, ¿verdad?

—No —respondió Camile con voz callada—. Siéntate, Jan. Tenemos que hablar. ¿Estás segura de que no quieres nada de beber?

—Segura.

Jan estaba sentada en el sofá, con la espalda recta y el bolso en el hombro, lista para salir corriendo si fuera necesario. No se sentía a salvo sola con ellos en la casa. Evidentemente estaban compinchados. El ambiente parecía misterioso y cargado de secretos. Probablemente debía irse ahora que podía, pero entonces nunca sabría lo que pasaba.

—Obviamente quieres una explicación —dijo Camile, y bebió un poco de *whisky*—. Voy a dártela. Pero primero tienes que prometerme que no dirás nada. Están en juego varias vidas.

—Quiero oír lo que sucede antes de prometer nada —contestó Jan con la voz quebrada—. Nadie me creerá de todos modos. No tengo pruebas.

Camile miró a Chris; él asintió para confirmar que podía continuar su relato.

—No se te habrá escapado el hecho de que Chris y yo nos parecemos —comenzó Camile.

Jan asintió.

—Somos parientes. Medio hermanos. Tenemos el mismo padre biológico.

Jan soltó un grito ahogado.

—Ya lo sé. No lo sabíamos cuando empezamos nuestra relación. Asumimos que nuestro parecido se debía a que nuestros genes estaban defectuosos a causa de los desechos químicos de la planta de electricidad, que se filtraron en los depósitos de agua potable. Hay otras personas en pueblos vecinos que también se parecen. Todos creen que se debe a la planta. Descubrimos la verdad tras unos años de relación y después de tener un hijo.

Camile hizo una pausa para beber otro sorbo. Jan vio cómo le temblaba la mano al dejar el vaso sobre la mesa. Chris la miraba.

—Nuestro bebé nació muy distinto de como la naturaleza lo había previsto —continuó Camile—. Se trataba de una regresión genética. No vivió mucho tiempo. Descubrimos la verdad por casualidad, cuando vimos a alguien en el jardín y lo seguimos. Era muy tarde y todo estaba completamente oscuro. Pero encontramos a Anne en el bosque. Estaba metiendo lo que parecía ser un niño en la parte trasera de su camioneta. Chris le cerró el paso y le exigió que nos dijera qué sucedía. Anne se echó a llorar y nos lo contó todo. Algunos niños, entre ellos nuestro hijo, nacían con una condición genética peculiar. No era por la estación eléctrica, sino porque nuestras madres habían recibido semen del mismo donante de una clínica de fertilidad en la región. Obviamente, Chris y yo nos sentimos indignados, enfadados, preocupados. Queríamos que arrestaran al responsable. Anne nos dijo que el médico ya no ejercía su profesión, que ella se había encargado de eso. Pero nos rogó que no acudiéramos a la policía, porque pondríamos en peligro la seguridad de los pequeños que seguían naciendo. Forasteros, los llama. Lo pensamos y lo discutimos mucho. Al final decidimos guardar el secreto y hacer todo lo posible por ayudar a Anne. Obviamente no podíamos seguir con nuestra relación, pues somos medio hermanos. Nos separamos, pero seguimos siendo amigos.

Camile calló. Sus ojos brillaban llenos de lágrimas.

Jan miró a Camile, luego a Chris. No sabía qué decir. ¿Le estaban contando la verdad? Podía ver el dolor en los ojos de él también.

—Nuestro hijo vivió solo diez días —dijo Camile—. Pero otros similares han vivido mucho más. Algunos años. Maduran muy rápido, no como los bebés normales. Ahora mismo viven un bebé y dos niños pequeños. Son los visitantes a los que has sorprendido. Cuando encontraste a Anne y a Chris estaban tratando de resolver cómo evitar que entraran al jardín. Anne los deja en su casa todo el día, lejos de las miradas curiosas. Por las noches los trae al bosque para que hagan ejercicio. La zona más espesa está detrás de la casa, de modo que es razonablemente segura. No tienen otro sitio a donde ir por aquí. Hace unos años, una mujer oyó llorar a un bebé. Informó a la policía, pero registraron la zona y por suerte no encontraron nada. Pero, como ya te habrás dado cuenta, pueden ser muy traviesos. En tu caso, deshicieron tu reparación del seto y usaron una madeja para burlarse de ti. No tienen malas intenciones. Normalmente les dan miedo los extraños. Seguro que habrían perdido el interés si no hubieras empezado a dejarles comida. Anne los alimenta bien, pero no pueden resistirse a una golosina.

—Lo siento —dijo Jan.

—No es culpa tuya. Ahora entiendo que alquilar la casa fue una estupidez. Chris me advirtió de que podría haber problemas, pero de verdad quería ese trabajo en el extranjero y necesitaba que alguien cuidara a Yesca. No creí que fueran a molestarte. Me conocen bien, pero pensé que se mantendrían alejados de una extraña. Según Chris, al principio lo hicieron. —Jan asintió—. Parece que después se envalentonaron cada vez más conforme se acostumbraron a ti. Desconecté el sensor de movimiento por si venían a explorar, pero volviste a encenderlo y los viste.

—Lo siento —repitió Jan.

—No te estoy culpando. Obviamente se sintieron seguros contigo. Sabían que no les harías daño, al menos no físicamente. Pero, por supuesto, no pueden entender el daño terrible que recibirían si alguien se enterara de que existen. Anne ha intentado explicárselo, pero no lo comprenden. Son solo niños. —Camile terminó—. Eso es todo.

Jan aguardó un momento antes de hablar. ¿Los creía? Sí, sí los creía.

—Sabía que ocurría algo extraño, pero no habría adivinado qué era ni en un millón de años. ¿Y ahora qué pasará?

—Seguiremos como siempre.

—¿Quién más sabe de ellos? —preguntó Jan.

—Hasta hace poco, solo Chris, Anne y yo. Pero Ian Jennings, uno de los padres, se enteró también y está buscando cómo cerrar la clínica de forma permanente. Es de fiar. Entiende que nadie debe enterarse. Espero que tú también lo entiendas.

—¿Lillian lo sabe? —preguntó Jan con los ojos puestos en Chris.

—No —respondió él—. Ella y mi hermano creen que nuestro hijo nació muerto y que por eso nos separamos. Nadie puede saberlo. Por estos pequeños y por los que aún nacerán como ellos.

—¿Habrá otros? —preguntó Jan horrorizada.

—Sí, hasta que todos los afectados dejen de tener hijos. Ian está poniéndose en contacto con ellos ahora.

—¿Y qué pasará con los que aún no han nacido?

—Algunos morirán de inmediato —dijo Camile con tristeza—. Anne cuidará de los que sobrevivan. Chris, Ian y yo la ayudaremos como podamos.

Jan asintió solemnemente. Era una historia increíble. Si no hubiera visto a los niños con sus propios ojos, nunca lo habría creído. Aceptó la explicación.

—Anne no podrá llevarlos al bosque cuando llegue tu nuevo inquilino —dijo Jan—. Es demasiado arriesgado.

—Anne es mi nueva inquilina —respondió Camile—. Tiene sentido que viva aquí, en medio de la nada, sin miedo a que la descubran. Cuando vuelva del extranjero, la ayudaré a cuidarlos. Así podrá pasar tiempo en su casa sin la preocupación constante de que la descubran.

—¿Cómo se implicó Anne en todo este asunto? —preguntó Jan.

—Es matrona. Comenzó a atender casos de niños que nacían con esta condición y a enterarse de otros más. Descubrió que los abuelos de todos ellos habían utilizado la misma clínica de fertilidad. Estos bebés nacen mucho antes que los bebés normales. Algunos nacen muertos, otros sobreviven. En lugar de dejarlos morir, Anne comenzó a llevárselos y cuidar de ellos durante el tiempo que vivieran. Para mí es una santa, pero, si alguien se enterara, caería en manos de la justicia. No quiero pensar lo que les ocurriría a los pequeños.

—No diré nada —respondió Jan—. Nadie me creería, de todas maneras.

Callaron unos instantes. Luego, mirando a Chris, Camile dijo:

—Lamento que las cosas no hayan salido bien entre vosotros. Chris es un buen hombre. Solo quería protegerme. Se preocupó cuando le contaste que Yesca había estado jugando con la ropa de nuestro bebé. Solo conservo un trajecito.

—¿La ropa es de tu hijo? —preguntó Jan.

—Sí.

—Lo siento. No tenía idea. La guardé con cuidado y me aseguré de que Yesca no volviera a entrar.

—Gracias —dijo Camile—. Es el único recuerdo que me queda.

Tras un nuevo silencio, Jan dijo:

—Creo que debo irme.

Se puso de pie.

—¿De verdad no quieres quedarte esta noche? —preguntó Camile.

—No. Pero no temáis, no se lo contaré a nadie.

—Gracias. Y gracias también por las flores.

—Deja que te acompañe al coche —le pidió Chris.

Jan acarició a Yesca por última vez, se despidió de Camile y fue con Chris hacia la puerta. Fuera las nubes se habían retirado para dar paso a la luna llena. Jan abrió la puerta del coche y se subió.

—Adiós, Jan —dijo Chris con una mano sobre la puerta abierta—. Cuídate.

—Lo haré. Tú también —respondió con una sonrisa.

—¿Tal vez, cuando te hayas instalado con tu madre, podría escribirte?

—Sí. Me gustaría.

Chris se inclinó y la besó en la mejilla.

—Conduce con cuidado. Estaremos en contacto.

El hombre cerró la puerta del vehículo. Jan arrancó el motor y avanzó despacio sobre la superficie irregular. Miró por el espejo retrovisor. Chris la observaba de pie a mitad del camino, una figura solitaria delineada contra el cielo nocturno. Luego vio dos figuras pequeñas salir del bosque y flanquear a Chris. Él las cogió de las manos.

Jan sintió que la invadía la culpa. Había dejado que Chris y Camile pensaran que su secreto estaba a salvo, pero no era cierto. En absoluto.

La noche anterior había proporcionado a la policía las placas de la camioneta de Anne. ¿Cuánto tardarían en rastrearla y enterarse de lo que había estado haciendo? Nunca se perdonaría ser la responsable de que la descubrieran.

Una vez que hubo perdido de vista Casa Ivy, Jan detuvo el coche. Con el estómago revuelto por el temor de que fuera demasiado tarde, cogió el teléfono de su bolso y llamó a la comisaría de policía de Coleshaw.

## 62

—Habla Jan Hamlin, la inquilina de Casa Ivy —dijo—. Llamé anoche para denunciar que alguien estaba merodeando en el bosque de Coleshaw, detrás de la casa.

—Sí, la recuerdo —dijo el oficial—. Yo registré la llamada, estaba de guardia anoche. ¿Cómo puedo ayudarla?

—Me equivoqué. Le di la matrícula de una camioneta que creí haber visto salir del bosque, pero fue un error.

—No, me parece que fue correcto.

—¿En serio? Creo que me equivoqué.

Empezó a revolvérsele el estómago.

—Estoy seguro de que ya se han ocupado de ese asunto. Pero, si puede esperar al teléfono, iré a ver qué averiguo.

—Sí, por favor.

Los ojos se le llenaron de lágrimas y empezó a entrar en pánico. «Por favor, que se equivoque», pensó. ¿Qué haría si, en efecto, se habían ocupado del asunto? ¿No decir nada y seguir a casa, o regresar a alertar a Chris y Camile? ¿Tendría Anne aún tiempo para escapar con los niños? Lo dudaba.

Bajo la luna llena que titilaba a través de los árboles, podía imaginarse cómo capturaban a aquellos extraños niños, como si fueran animales, mientras Anne intentaba protegerlos. ¿Y después? Un circo mediático, un hospital en un sitio oculto donde los pudieran analizar y hacer pruebas y experimentos con ellos. Y todo por culpa de Jan.

—Hola —dijo el agente, de vuelta en la conversación—. En efecto, tenía usted razón. Rastreamos a la dueña de la camioneta y hablamos con ella.

—¿Hablaron con ella? ¿Por qué? —dijo Jan—. Si me equivoqué...

—No, no se equivocó. Tiene perros agresivos y los ha dejado sueltos. Ellos son los que han estado invadiendo su propiedad.

—Ah, perros. Entiendo —repitió Jan. Apenas podía creerlo.

—Sí. Un agente habló con ella. Recibirá una advertencia formal por escrito: si vuelve a dejarlos sueltos, sin correa, actuaremos jurídicamente en su contra. Es un delito dejarlos sueltos. Gracias por avisarnos del asunto. Siempre agradecemos a los ciudadanos que nos ayuden a hacer nuestro trabajo.

—Gracias a usted —dijo Jan, y colgó.

Sintió que un alivio enorme le recorría todo el cuerpo. Gracias al cielo. La policía creía que Anne tenía perros agresivos y solo emitiría una advertencia por escrito. Podría continuar trabajando y los pequeños seguirían sus cortas vidas bajo su amoroso cuidado.

# 63

Seis meses después, Ian miraba las noticias en el salón mientras cenaba frente al televisor. Habían colocado un letrero de EN VENTA frente a la casa. Emma ya se había mudado. Se quedaría con su familia hasta que se completara la venta de la casa; entonces se repartirían los beneficios y los muebles, y comprarían un apartamento cada uno. Emma se había llevado todas sus pertenencias. La casa estaba desnuda y solitaria sin ella. Ian la echaba de menos; con todo, seguirían siendo amigos. Esperaba que con el tiempo también pudieran encontrar nuevas parejas con las que tener hijos sanos.

Se oyó la melodía de las noticias de las seis. Ian subió el volumen, embargado por la anticipación. Era el día. El clímax de la investigación policial que había estado siguiendo de cerca, observando y, cuando había sido necesario, apoyando de manera anónima, aunque el Departamento de Fraudes no había necesitado mucha ayuda: los documentos hallados demostraban claramente la culpabilidad de Moller.

La investigación había obtenido resultados ese día a las dos de la tarde: la policía había entrado en la Clínica Moller y había arrestado a Carstan y Edie Moller. Ian se había pedido el día libre en el trabajo para poder verlo todo a través del circuito cerrado de los Moller, que tenía intervenido. Los medios estuvieron presentes también, Ian los había alertado. Ahora esperaba con ansias ver el arresto en las noticias, igual que otras personas cuyas vidas Carstan había arruinado.

Primero aparecieron los sucesos internacionales: la caída de un avión en Siberia sin supervivientes, un ataque con arma de fuego en los Estados Unidos, una bomba en Tailandía, las altas y bajas del mercado de valores. Luego comenzaron las noticias locales: la reportera anunciaba lo ocurrido a una cámara ubicada frente a la Clínica Moller.

—Hace unas horas —comenzó— este tranquilo pueblo rural se conmocionó cuando un matrimonio de unos sesenta años, que afirmaban ser médicos, fueron arrestados en la clínica que ven a mis espaldas. Están siendo detenidos bajo sospecha de engaño, fraude fiscal y lavado de dinero.

La imagen mostró entonces la grabación de esa tarde: los detectives se llevaban a los Moller mientras los reporteros los fotografiaban y les gritaban preguntas.

—¡Nunca dije que fuera médico! —respondía Moller.

—Pero ¿niega que dejó que los pacientes creyeran que tenía formación médica? ¿Los engañó?

La respuesta, si la hubo, se perdió en el alud de preguntas e interjecciones de los testigos. Por fin introdujeron a los Moller en coches separados y se los llevaron.

La reportera volvió a aparecer en pantalla.

—Durante décadas, Carstan y Edie Moller dirigieron una clínica de fertilidad desde casa. Pero, en lugar de utilizar semen de donantes, como afirmaban ante sus pacientes, usaron el del mismo Carstan Moller y se enriquecieron con los pagos de las parejas. Se cree que Moller podría haber engendrado miles de niños en las víctimas, que no sospechaban nada. El caso representa una violación cruel y despreciable de la confianza profesional, y no es el primero de su tipo. Se han dado casos similares en el Reino Unido y otros países. La parlamentaria local Sandra Tilsley hace un llamamiento para promover una reforma legislativa al respecto.

Una mujer que había estado fuera de cámara apareció en la pantalla. La reportera le apuntó con el micrófono.

—Todo el pueblo está sorprendido y consternado con lo ocurrido aquí —dijo la parlamentaria—. Queremos extender nuestra simpatía a todas las personas que han sido víctimas de esta pareja sin escrúpulos. Haré un llamamiento al Gobierno para que modifique las leyes de modo que en el futuro se regule de manera más estricta el trabajo de las clínicas privadas como esta. Se trata de un escándalo sin precedentes. No podemos permitir que vuelva a ocurrir algo similar. Quiero exhortar a cualquier persona que piense que pueda estar entre los afectados a que contacte con mi oficina o llame al número que mostraremos al final de este reportaje.

La presentadora le dio las gracias y se dirigió ahora a un muchacho adolescente. Ian lo reconoció de su visita a la tienda local.

—¿Qué sentiste cuando supiste lo que había ocurrido en la clínica? —le preguntó.

—Siempre pensé que esos dos tenían algo extraño entre manos. Mucha gente de por aquí lo pensaba —dijo el joven.

—Pero ¿nunca sospechaste lo que ocurría?

—No. No tenían mucho contacto con nosotros, sinceramente.

La reportera le agradeció su intervención al chico y terminó su noticia con más imágenes grabadas que mostraban a la policía saliendo de la clínica con equipo médico e informático. Por último, apareció en pantalla el número de atención telefónica.

Satisfecho, Ian apagó el televisor, cogió los cubiertos y siguió cenando. Sabía que había pruebas suficientes para condenar a Moller sin implicar a Anne ni revelar la existencia de los forasteros a los que protegía y cuidaba. Ian se había encargado de eso. Había borrado todo rastro del archivo de «Segunda generación» de la computadora de Moller y alterado algunos otros expedientes. La gran ventaja de su empleo era que, por dedicarse a proteger a sus clientes de los *hackers*, sabía exactamente cómo invadían los sistemas y cuánto daño podían infligir.

Al día siguiente visitaría por última vez a David y entonces intentaría comenzar a reconstruir su vida. David había vivido más de lo que esperaban. Su padre lo había visitado cada semana desde que Anne le había contado todo. No en su casa en Dells Lane, sino en Casa Ivy, donde ahora vivía. Era el sitio perfecto: una casa de campo remota en la que David, James y Kerris podían ser libres y vivir al máximo cada día, felices, sin saber que eran distintos de otros niños. Ian se sentía agradecido.

# 64

—¿Te has enterado de la noticia? —preguntó Beth a la mañana siguiente mientras se acomodaba en la silla frente a su escritorio.

Matt levantó la mirada de su pantalla y adoptó un gesto inquisitivo.

—Debes haberlo oído. ¿La redada en la Clínica Moller?

—Ah, claro. Fue un escándalo. Te noto consternada. ¿Es porque no te han incluido? Ya sabes que los de Fraude usan a sus agentes.

—No, no es eso —dijo Beth—. ¿Recuerdas a Ian Jennings? Lo entrevistamos con su esposa cuando su vecina nos informó de que su bebé había desaparecido.

—Sí.

—Llamó hace unos meses a propósito de la Clínica Moller. Yo cogí la llamada. Se había enterado de que tanto sus padres como los de su esposa habían recurrido a la clínica y les habían dado semen del mismo donante. No hice nada entonces. Le dije que no era asunto nuestro, que contactara a un abogado particular.

—Ya veo —dijo Matt—. Una oportunidad perdida. ¿Sabes si puso una denuncia?

—No. Pero me siento mal por no haber hecho nada. En mi descargo, Jennings no dijo que Carstan Moller fuera su padre biológico, solo que él y su esposa se habían sometido a pruebas de ADN y que habían tenido al mismo donante.

—Probablemente no sabía entonces que era Moller.

—Bueno, ¡pues ahora sí lo sabe! —dijo Beth—. La noticia está por todos lados. Debe de haber sido una sorpresa tremenda.

—¿O quizá hayan contactado con él como parte de la investigación? —sugirió Matt.

—Tal vez —dijo Beth con un suspiro—. Aun así, me siento culpable. Debí haberlo ayudado más. Jennings pensaba que el asunto del donante era la razón por la que no podían tener hijos sanos. Quería que se investigara a la clínica. Estaba pensando que quizá debería llamarlo y ofrecerle una disculpa.

—No lo hagas —advirtió Matt—. Si pone una denuncia, la llamada se puede tomar como una admisión de culpa por tu parte.

—Quizá tengas razón —dijo Beth—. Bueno, avisaré al sargento solo en caso de que ocurra algo. Esperemos que el arresto de Moller les permita a los Jennings pasar página. Aunque no creo que su matrimonio sobreviva. Tiene razón la senadora: hay que vigilar más de cerca a las clínicas privadas. Todo esto podría volver a ocurrir.

# 65

Un año después, Jan compraba víveres en la tienda de Merryless.

—¿Cómo te sientes? —preguntó Lillian mientras escaneaba los precios de la compra de Jan.

—Mejor. Ya no tengo náuseas. Es horrible vomitar por las mañanas. Y también el resto del día.

—Lo sé, Chris me lo ha dicho. Pobrecilla. Pero qué bien que ya ha pasado. Verás como vale la pena.

—Sí, claro —respondió Jan—. Esta tarde tengo otra ecografía. Piensan que quizá tengamos mal las fechas, el bebé no ha crecido tanto como debería. También podremos saber ya si es niña o niño.

—¿Quieres saberlo? —preguntó Lillian.

—Supongo que sí —dijo Jan mientras guardaba las compras en su bolsa—. Podremos hacer planes y pensar en nombres.

Lillian sonrió.

—Me alegra que todo haya salido bien entre vosotros. Siempre pensé que hacíais una pareja preciosa.

—Sí, me lo dijiste —respondió Jan, y le devolvió la sonrisa—. También yo estoy feliz.

—Le haces bien a Chris. ¿Tenéis planes de boda?

—Pareces mi madre —dijo Jan—. Quizá cuando nazca el bebé. No hay prisa. Ya vivimos juntos, esa es la prueba de nuestro compromiso.

—Muy bien. Chris es un buen hombre. No te decepcionará.

—Lo sé —dijo Jan, y pagó las compras—. Tenéis que venir a cenar un día de estos.

—Gracias. Nos gustaría. Queremos ver los arreglos nuevos

de la casa. Hasta el mismo Chris dice que está más cómodo. Aunque hubiera que convencerlo.

—¡Dímelo a mí! —dijo Jan, y rio con gusto.

Otro cliente se acercó al mostrador, así que Jan se despidió, salió de la tienda y caminó a la que ahora era también su casa. No era la primera vez que pensaba en su situación actual: ¿quién habría dicho que terminaría viviendo en un pueblo rodeado de campo, con una sola tienda y un solo *pub*, donde todos se conocían? Siempre se había considerado una chica de ciudad. Pero entonces se enamoró de Chris.

Una semana después de volver a casa de sus padres, recibió un mensaje de texto de Chris. Jan contestó y siguieron a partir de ahí. Empezaron a salir y su relación había florecido. Chris le había propuesto por primera vez que vivieran juntos al cuarto mes, pues los viajes constantes se estaban volviendo difíciles. Primero le había dicho que no, pero luego había accedido a un periodo de prueba. Y ahora allí estaba, acostumbrada a la vida del pueblo, sin echar de menos la ciudad y, para colmo, ¡con dieciocho semanas de embarazo! Había sido un año complicado, pensó, como sacado de un libro. ¿Y si al final lo escribía? Su relación con Chris tenía todos los ingredientes de una buena novela romántica: atracción a primera vista, drama, intriga, conflicto y, por fin, el desenlace: vivir felices para siempre.

O al menos eso esperaba.

Jan se detuvo para cambiarse la bolsa de la compra de un hombro al otro. El embarazo la estaba volviendo más lenta. Podría haber ido en coche, pero pensaba que lo mejor era caminar para mantenerse en forma y conocer mejor a los vecinos. Incluso Bill Smith la reconocía ahora. Un día le permitió llevarlo a casa cuando lo halló vagando en dirección equivocada.

—Si sigues por ahí, llegarás al bosque —le dijo.

—Oh, no debo —respondió Bill con una mueca—. Me pueden comer los perros.

Jan no lo contradijo. Ahora todos en Merryless sabían que Anne Long, la matrona, vivía en Casa Ivy y permitía que sus perros corrieran por el bosque cuando no había gente. Nadie en el pueblo puso objeciones, aunque sabían que no debía tener perros sueltos sin correa y que la policía ya la había advertido por escrito. Pero nadie decía nada: la idea de encontrarse con los perros mantenía a los vándalos alejados del bosque.

Diez minutos más tarde, Jan hizo otra parada para cambiarse la bolsa de hombro y siguió el camino a casa.

Chris ya estaba allí. Había salido pronto de trabajar para poder acompañarla a su cita en el hospital.

—Deberías haberme llamado —le dijo, preocupado, mientras cogía la bolsa de las compras—. Habría pasado a por ti.

—Estoy bien. No tienes que preocuparte.

—Pero yo quiero preocuparme y cuidarte —dijo él, y la besó.

—Lo sé, y la verdad es que eso me gusta —respondió Jan, y soltó una risita.

—Bien. Hoy sabremos si es niño o niña —dijo Chris, incapaz de ocultar la emoción.

—Sí —respondió Jan.

No había querido hacer mucho énfasis en la otra razón para hacer la ecografía: que el bebé no se estaba desarrollando correctamente. Chris estaba ansioso de por sí tras lo sucedido con Camile, pero no podía volver a ocurrir, pues Chris y ella no compartían el mismo ADN. Le había dicho, como antes a Lillian, que seguramente habrían confundido las fechas. Con suerte el estudio lo confirmaría, así que no tenía sentido preocupar a Chris.

# 66

La sala de espera del radiología del hospital de Coleshaw estaba llena de gente y las citas iban con retraso. Jan y Chris habían estado charlando, pero ahora él respondía mensajes en su teléfono y ella bebía agua de la botella que llevaba consigo mientras miraba el ir y venir del personal médico. Las instrucciones para la ecografía indicaban que debía beber dos o tres vasos de agua antes del procedimiento. Jan las había seguido al pie de la letra, como había hecho con todo el cuidado prenatal. Había bebido sorbos de agua en casa y durante el camino en coche, y ahora terminaba su segunda botella. Confiaba en no tener que esperar mucho más, pues su vejiga llena ya estaba haciéndola sentir incómoda.

Miró a Chris y luego a la mujer sentada frente a él, cuya pareja también estaba concentrada en su teléfono. La mujer la miró y le lanzó una mirada cómplice, que Jan le devolvió enseguida. Había encontrado una camaradería reconfortante entre las embarazadas. Era como unirse a un grupo de apoyo.

Jan se preocupó mucho cuando le pidieron una nueva ecografía, aunque la enfermera le aseguró que no tenía nada de qué angustiarse y que el bebé estaba bien. La prueba de su buena salud era que estaba muy activo: había podido sentir cómo daba patadas y se movía a la semana catorce, cuando le aparecieron pequeñas protuberancias en el vientre.

Una enfermera anunció:
—Jan Hamlin.

Jan y Chris se levantaron enseguida.

—Él es mi pareja —dijo Jan a la enfermera. Era importante que se sintiera incluido en el proceso.

—Por aquí, por favor —respondió la enfermera con una sonrisa cálida y profesional—. ¿Cómo están?

—Bien, gracias —contestó Jan.

—¿Y el futuro padre? —le preguntó a Chris.

—Un poco nervioso —admitió.

—Como todos los papás.

Los llevó a uno de las consultas, cerró la puerta y le pidió a Jan que se recostara en el sillón. Ya conocía la rutina por los estudios anteriores. Chris la había ayudado a acomodarse y había acercado una silla para sentarse a su lado. Jan se bajó la parte superior de los pantalones y la ropa interior para descubrirse el vientre, que ahora mostraba un tamaño razonable del que se sentía muy orgullosa.

—Puede sentir un poco de frío —dijo la enfermera al colocar el gel sobre el vientre de Jan.

Ella se volvió para observar el monitor cuando la enfermera comenzó a recorrer su vientre con la sonda, de arriba abajo, por todos lados, haciendo presión sobre su vejiga llena. Chris también estaba concentrado en la pantalla. Desde su silla tenía mejor vista que Jan. Aunque habían salido encantados de la primera ecografía, pues habían comprobado que Jan, en efecto, estaba embarazada, no les había mostrado mucho, solo una imagen palpitante y difuminada de un feto en desarrollo, con una cabeza enorme, acostado en la oscuridad del útero. Esa vez la imagen era mucho más detallada.

La consulta estaba en silencio, salvo por el chasquido irregular que sonaba cuando la enfermera sacaba fotos de lo que aparecía en la pantalla. Jan la miró: tenía un gesto de concentración. Podía ver con claridad la imagen del bebé, pero no tenía idea de lo que pensaría al respecto la enfermera.

—¿De cuánto está? —preguntó.

—Dieciocho semanas, creo —respondió Jan.

La enfermera movió la sonda a otro sitio sobre el vientre de Jan. Chris le apretó la mano, que sostenía con fuerza, concentrado en la pantalla.

—¿Todo bien? —preguntó unos momentos después.

—Es niño —respondió la enfermera.

—Genial —dijo Jan, que podía reconocer la gran alegría de Chris por la expresión de su rostro.

—Solo quiero que el doctor vea algo —dijo la enfermera, y colocó la sonda en su lugar—. No es nada grave.

—¿Qué ocurre? —preguntó Chris con evidente ansiedad.

—Es solo una precaución. Quédense aquí, por favor. Voy a buscar al doctor.

La enfermera salió rápidamente de la consulta. Jan pudo ver el temor en los ojos de Chris.

—No puede ser nada grave —dijo—. He sentido cómo se mueve y las imágenes se ven bien.

—Pero esto no pasó en la última ecografía —respondió Chris con ansiedad.

—Lo sé, pero estas cosas ocurren. He estado participando en un foro para embarazadas en internet. Muchas se preocupan cuando alguien busca una segunda opinión, pero parece ser que las enfermeras lo hacen para protegerse. Tuvieron que analizar dos veces mi orina en los primeros exámenes.

—No me lo contaste —dijo Chris sin dejar de preocuparse.

—No había nada que contar. Les di otra muestra y todo salió bien. Eso pasa. Estoy segura de que tu hijo está bien.

Chris esbozó una sonrisa tímida al oír la mención a su hijo.

—Probablemente tienes razón. Lo siento. No soy muy bueno para esto, ¿verdad?

—Lo estás haciendo bien —dijo Jan.

Pero, a medida que pasaron los minutos, Jan empezó a preocuparse también. ¿Por qué tardaba tanto la enfermera? ¿Estaba hablando con alguien sobre lo que había visto antes de volver al consultorio? ¿Sería tan malo que debían discutirlo lejos de ellos?

De pronto se abrió la puerta y la enfermera volvió acompañada.

—Hola, soy el doctor Carter, radiólogo —dijo—. Lamento haberlos hecho esperar. Tenemos mucha gente hoy.

Les mostró una sonrisa amable y comenzó a mirar las imágenes de la pantalla.

Jan y Chris lo observaron presionar el botón del ratón para moverse entre una y otra imagen. La enfermera señalaba algunas áreas de las fotos; Jan asumió que tenían que ver con el problema que ya habían discutido antes de volver al consultorio. Chris volvió a estrecharle la mano y el radiólogo se volvió a decirles:

—Tienen un hijo, felicidades. Su corazón y sus pulmones están bien. Es un poco pequeño, pero seguramente se recuperará. ¿Está comiendo bien? ¿Toma suficientes líquidos?

—Sí —dijo Jan.

—Parece tener una ligera irregularidad en la forma de los pies, pero no es nada grave y puede arreglarse con una operación una vez que nazca.

—¿Una irregularidad? ¿Es algo serio? —preguntó Chris.

—No lo parece. ¿Ha oído hablar del pie equino o zambo? Es algo similar.

—¿Qué lo ocasiona? —preguntó Jan.

—En realidad no lo sabemos, pero puede corregirse. Lo iremos monitorizando y haremos una nueva ecografía dentro de cuatro semanas.

—¿Debemos preocuparnos? —preguntó Jan.

—No. Es algo menor. —Sonrió y le tocó el brazo para animarla—. Los dejo con mi compañera.

Volvió a sonreír y salió del consultorio.

—Vale más prevenir —dijo la enfermera con una sonrisa—. ¿Cuántas fotos quieren?

—Tres, por favor —dijo Jan.

Chris calló, pensativo.

## 67

A la mañana siguiente, Chris hizo una parada en la tienda de Lillian de camino al trabajo. No necesitaba comprar nada, pero tenía que hablar con su cuñada. Esperó a que terminara de atender a un cliente y se acercó a ella.

—Qué alegría verte —dijo Lillian—. ¿Todo bien? Jan vino ayer. ¿Cómo os fue en la ecografía?

—Es niño —dijo Chris orgulloso—. Te he traído una foto. —Sacó la fotografía del bolsillo y se la entregó.

—Maravilloso. ¡Felicidades! —contestó Lillian con auténtica alegría.

—Gracias.

—¿Qué pasa? Pareces preocupado.

—¿Lo ves bien? —preguntó Chris—. Sé que la imagen no es la mejor, pero ¿te parece que es así como debería ser un bebé de dieciocho semanas? No acompañé a Camile a las ecografías, así que no tengo idea.

—Sí, claro. ¿Por qué no lo iba a ser así?

—El doctor dijo que no era tan grande como debería. Van a hacerle otro estudio dentro de cuatro semanas.

—Esas cosas pasan —dijo Lillian con expresión estoica—. Cuando estaba embarazada del menor me dijeron lo mismo. Pesó tres kilos y medio al nacer. Se recuperan.

—Eso ha dicho el médico. También dicen que tal vez necesite cirugía de pies. Parece que tiene una formación irregular.

Lillian miró la foto más de cerca.

—Bueno, supongo que saben de lo que hablan. Pero la verdad es que no lo veo.

—Es como pie equino —agregó Chris.

—No es serio, ¿verdad?
—No creo.
Lillian miró a su cuñado.
—Chris, el bebé tiene muy buen aspecto. Deja de preocuparte. Sé que sufriste mucho por lo que os pasó a Camile y a ti, pero no volverá a suceder. Muy pocos embarazos se desarrollan sin complicaciones. Yo lo sé, he tenido cuatro. Que si la presión arterial está demasiado alta, que hay demasiado líquido, que el bebé es muy pequeño o viene en posición incorrecta, y así. Si ocurre algún problema, se puede corregir. Así que tranquilízate. Jan te necesita.

Le devolvió la foto.

—Sí, tienes razón. Aunque Jan parece llevarlo mejor que yo.

—Es normal. Después de todo es mujer —dijo Lillian con una sonrisa.

—Por cierto —se acordó Chris—, me ha pedido que te preguntara si podéis venir a cenar el sábado.

—Sí. Lo confirmo con Jim, pero seguro que podemos.

La puerta se abrió y un nuevo cliente entró en la tienda.

—Me voy entonces. ¿El sábado a las siete? —dijo Chris.

—Perfecto. Saluda a Jan de mi parte.

# 68

Chris se subió a su camioneta. Debía darse prisa. Estaba sustituyendo una instalación eléctrica y había salido temprano el día anterior para acompañar a Jan al hospital. Ahora iba con retraso. Escribió un mensaje a los dueños de la casa para disculparse y anunciar que llegaría pronto. Tras una noche en vela, necesitaba oír la voz de la razón de Lillian. No lo había defraudado.

Arrancó el motor, pero no avanzó y se quedó mirando pensativo por el parabrisas. Si Jan estaba preocupada no lo mostraba, quizá para no alterarlo. Con el motor aún en marcha, sacó la fotografía de su bolsillo. Qué lástima que no tuviera una copia digital que pudiera ampliar, pero no se la habían ofrecido en el hospital. Supuso que podría pedir una, pero Jan querría saber por qué, máxime cuando tenían agendada una nueva ecografía para dentro de cuatro semanas.

Guardó la foto y se puso en marcha.

No le preocupaba tanto el bajo peso de su hijo. El doctor, la enfermera, las amigas del foro de embarazadas de Jan y ahora también Lillian; todos estaban de acuerdo: los bebés solían recuperar el peso antes de nacer. No. Lo que de verdad le angustiaba era la malformación en los pies de su hijo. Se dijo que la razón de su ansiedad era que podría quedar cojo, o incluso ser incapaz de caminar. Intentó convencerse de ello, pero no era verdad.

Chris se detuvo en el área de descanso. Apagó el motor y sacó del bolsillo la foto y su teléfono. Colocó la fotografía sobre el volante y luego abrió el navegador de internet. Tecleó «pie equino» en el buscador. Pronto aprendió que el término abarcaba diversas condiciones médicas. Los artículos iban acompañados de imágenes y rayos equis que comparó con la foto de su bebé. Había algunas similitudes, pero también muchas diferencias. Los huesos inferiores parecían en la ecografía más largos que los de un bebé normal, aun teniendo en cuenta la malformación. Pero no estaba seguro.

Hizo una nueva búsqueda, esa vez más general: «deformaciones de pierna y pie en la gestación». Aparecieron varios enlaces: páginas médicas y de investigación, foros de discusión. Leyó la información y comparó las imágenes. Un artículo académico afirmaba que esta clase de malformación aparecía en diversos grupos étnicos y distintas especies animales, especialmente en primates, lo cual no tranquilizó a Chris. Había imágenes de fetos en gestación; en las primeras etapas la mayoría de las especies se parecían mucho. «Esto se debe a que los peces, los anfibios, los reptiles, las aves y los mamíferos comparten genes ancestrales muy similares», leyó con otra punzada de temor.

Volvió a la información sobre el pie equino y sus posibles causas: «No se origina por la posición del feto en el útero... A menudo se ignora la causa... Se cree que intervienen factores genéticos... Mutaciones genéticas específicas se han relacionado con él... Puede transmitirse durante generaciones».

Chris se quedó helado.

Pero, se dijo, eso no tenía nada que ver con la Clínica Moller. No podía ser. Los padres de Jan vivían a casi doscientos kilómetros de distancia y nunca habían acudido a la clínica. Jan no se parecía a él, como sí ocurría con Camile, así que la historia no se repetiría. Era su paranoia, nada más. Su bebé tenía una malformación en los pies por simple mala suerte, pero se trataba de algo común que podía corregirse con facilidad mediante una cirugía, como les había dicho el médico.

Se guardó la foto y el teléfono en el bolsillo, y arrancó la camioneta camino al trabajo, tratando con desesperación de creer que lo que se decía a sí mismo era la verdad.

## 69

—¿Ian Jennings?
—Soy yo.
—Soy Chris Giles.
—Hola, ¿cómo está?
—Bien, ¿usted?
—No me quejo mucho. Vendimos la casa, pero Emma y yo seguimos en contacto.
—Lamento molestarlo, pero... —Chris hizo una pausa y respiró hondo. Santo cielo. Esperaba estar haciendo lo correcto—. Necesito preguntarle algo. En confidencia, por favor.
—Claro. ¿De qué se trata? Suena preocupado...
Ian ensayó una risita.
—Espero que no sea nada. Supongo que sabe que tengo una relación con Jan Hamlin, la antigua inquilina de Casa Ivy.
—Sí, Anne lo mencionó.
—Estamos esperando un bebé.
—Felicidades.
—Gracias. —Chris hizo otra pausa y reunió fuerzas para preguntar—: Ian, ¿aún conserva los registros de la Clínica Moller?
—No. Después de enviar todos esos *emails* borré todos los archivos. Solo por si la policía venía a visitarme.
—Ya veo. Pero ¿antes escribió a todas las personas de la lista? —preguntó Chris.
—Sí. Algunos los mandé a viejas direcciones y rebotaron, pero hice lo posible por rastrearlos a todos. Supongo que algunos mensajes llegarían a la bandeja de correo no deseado, pero no hubo manera de hacerles seguimiento. ¿Por qué?

—Nuestro bebé tiene una ligera deformidad en los pies. Puede ser de origen genético. Es probable que esté exagerando, pero iba a pedirle que verificara que los padres de Jan no estuvieran en la lista.

Ahí estaba. Lo había dicho. Había dado voz a su mayor temor.

—Si Jan no recibió ningún *email*, puede asumir que no lo estaban —respondió Ian.

—Eso pensé. Gracias. Lamento haberle molestado.

—No es molestia. Entiendo por qué se preocupa después de lo que nos pasó. Seguro que todo estará bien.

—Sí, gracias.

Eran las nueve y media de la noche y Jan ya había subido a la habitación. Ahora se cansaba muy pronto y solía acostarse antes que él. Había dejado el portátil cargándose sobre la mesita de centro. Chris miró hacia otro sitio, luego volvió los ojos al ordenador, lo levantó y abrió la tapa. La pantalla cobró vida enseguida. No tenía contraseña. Jan le había dicho que no tenía nada que ocultarle, así que no consideraba necesario tener contraseñas secretas en su portátil o su teléfono. Chris vaciló un poco antes de continuar.

Ian dijo haber enviado algunos de los *email*s a antiguas direcciones. Chris sabía que Jan conservaba una vieja cuenta que prácticamente ya no usaba nunca. ¿Con qué frecuencia la consultaría? No tenía idea. Dirigió el cursor al icono del buzón antiguo y sintió que se le secaba la boca. Había docenas de mensajes sin abrir: ofertas especiales de tiendas, agencias de viajes, sitios que Jan frecuentaba. Al menos dos por semana, a veces más. Chris retrocedió en el tiempo: la semana anterior, el mes anterior, el año anterior. Revisó cada mensaje. Encontró un par que Jan podría querer conservar y los dejó.

Hasta que llegó a diciembre. Entonces lo vio y se quedó helado. Era el *email* que Ian había enviado en nombre de Carstan Moller. El asunto: «Confidencial y urgente». Con el corazón acelerado, Chris se obligó a leer el mensaje, esperando con toda su alma que fuera algo distinto.

Al leerlo se esfumó toda su esperanza:

*Lamento informarle de que ha ocurrido un terrible error en la Clínica Moller. Como resultado, varios pacientes recibieron semen del mismo donante. Si usted tiene pensado formar una familia, debe someterse a una prueba de ADN de manera urgente para asegurarse de que no comparte el mismo padre biológico que su pareja.*

*Cordialmente,*

*Carstan Moller*

A Chris le zumbaron los oídos y sintió cómo la habitación empequeñecía a su alrededor. Los padres de Jan debían de haber acudido a la clínica sin que ella lo supiera nunca. La bilis en la garganta le provocó náuseas y ardor. Así que la historia sí se estaba repitiendo. Primero Camile, ahora Jan. Era su peor pesadilla. Anne le había dicho tiempo atrás que, aunque la mayoría de los hijos de Moller se parecían, algunos no.

¡Que le ocurriera eso una vez más! No podía creerlo. Sostuvo la cabeza entre las manos. Jan era su medio hermana, igual que Camile. Podía soportarlo todo menos perderla. Ella pensaba que su bebé solo tenía una pequeña malformación en los pies; no podía saber más, al menos no en ese momento.

Chris se enjugó las lágrimas, borró el correo, cerró el ordenador y llamó a Anne.

—Necesito hablar contigo. Es urgente. Es sobre Jan y el bebé.

# 70

—Si de verdad quieres un parto en casa, no tengo ninguna objeción —dijo Jan, y besó a Chris en la mejilla—. Está bien. Aunque quizá debería ir de todas maneras a hacerme el estudio.

—No hace falta —dijo Chris—. Anne puede hacerlo aquí. Tiene mucha experiencia y cuenta con todo el equipo, incluso un ecógrafo portátil. Estaré mucho más tranquilo si ella te cuida, después de lo que ocurrió con Camile.

Jan lo miró con compasión.

—Pero eso fue muy distinto.

—Lo sé. Pero algo podría salir mal. Si eso pasa, Anne es la mejor para lidiar con ello.

Jan reconoció la expresión triste y preocupada en el rostro de su compañero.

—Chris, creo que te estás preocupando demasiado. A menos que no me estés contando algo.

—No, claro que no. Es solo que Anne es la mejor.

—De acuerdo —dijo Jan.

—Te va a encantar —insistió Chris—. Sé que no te cayó muy bien cuando la conociste en el bosque, pero fue porque pensabas que salíamos juntos. Aún no la conoces bien. Es una matrona fantástica y una buena amiga.

—Eso dices. No tengo nada contra Anne, pero ¿y si algo sale mal con el parto y necesito ir al hospital?

—Estoy seguro de que no será necesario. En cualquier caso, Anne puede aconsejarnos. Te acompañará en cada paso del proceso hasta que el bebé nazca. Yo también, por supuesto —agregó.

—¡Más te vale! —dijo Jan, y le dio golpecitos en el brazo riendo—. Me niego a hacer esto yo sola.

—No lo harás. Pase lo que pase, te cuidaré.

—Y al bebé —agregó Jan—. También cuidarás a nuestro hijo.

—Sí, por supuesto.

# 71

Tres meses después, Jan miraba hacia la hermosa y soleada mañana desde la puerta trasera de la casa. Las gallinas que Chris criaba cacareaban en su gallinero, al fondo del jardín. Anne acababa de irse tras una revisión de rutina. La cuidaba muy bien. Jan se sentía culpable por haber pensado mal de ella. Era una matrona fantástica, tal como había dicho Chris: paciente, amable, solícita y con un trato muy reconfortante. Había disipado todos los miedos que Jan tenía sobre el parto en casa. Además, era una gran persona. Ahora la consideraba su amiga.

Si acaso, Anne se había mostrado un poco evasiva en cuanto al «problema» con los pies del bebé, pero Jan lo atribuyó a que no quería preocuparla. «Cruzaremos ese puente cuando lleguemos a él», había dicho Anne en ese tono pacífico y confiado que tranquilizaba a Jan. Se había hecho cargo de todo lo necesario para el parto, incluidos los trámites con el hospital. Siempre se mostraba amable y empática, e inspiraba confianza y sensación de bienestar. Justo lo que necesitaba una madre primeriza.

Nunca hablaba de su otro trabajo como cuidadora de los forasteros, aunque era consciente de que Jan sabía acerca de eso. Una vez Jan le preguntó por ellos y Anne contestó que probablemente no la necesitarían mucho tiempo más, pues los nacimientos se reducirían ahora que el asunto de la clínica había salido a la luz. Pero no dijo más y Jan no insistió.

Chris tampoco hablaba de los forasteros, aunque Jan sabía que visitaba a Anne en Casa Ivy cuando necesitaba ayuda. Jan confiaba en Chris tanto como en Anne, y ahora entendía cómo se había forjado y fortalecido su amistad. A veces caminaba por Wood Lane si hacía buen tiempo, pero no había vuelto a ver a los niños. Conservaba su secreto, como les había prometido a Chris y Camile. Habían clausurado la Clínica Moller y Carstan Moller estaba preso. Lo había visto en las noticias.

Jan estaba a punto de salir a tomar el sol cuando sintió un dolor agudo cruzar desde el abdomen hasta la espalda baja. Intentó recuperar el aliento y se sujetó en la puerta para estabilizarse y esperar a que pasara. «¿Qué ha sido eso?». No podía ser una indigestión, era demasiado fuerte. Además, era muy pronto para el parto: le faltaban todavía nueve semanas. Pensó en llamar a Anne.

El dolor volvió a sacudirla y la atravesó como un cuchillo al rojo vivo. Jan gritó. Nunca había sentido nada como eso. Se aferró a la puerta y rogó que pasara. Momentos después sintió correr un líquido cálido: se había roto la bolsa.

«Oh, no; por favor, no». Estaba entrando en pánico. El parto se había adelantado. ¿Qué podía hacer? Necesitaba a Chris. Tenía que llamarlo ahora. ¿Y su teléfono? Se volvió y lo vio sobre el sofá. Soltó la puerta y atravesó la habitación. Sintió otra contracción y se quedó paralizada hasta que pasó el dolor. Nadie le había advertido que sería tan doloroso, y tampoco debería estar pasando aún. Le dijeron que los bebés primerizos solían llegar tarde, no temprano.

Tenía que sentarse, pues sentía débiles las piernas. Sus vaqueros estaban empapados. Como pudo, se dejó caer sobre el sofá y llamó a Chris. La llamada entró al buzón. ¡Mierda! Lo intentó de nuevo. Sabía que estaba trabajando, pero consultaba el teléfono a menudo. Lo llamó una vez más y, sin poder ocultar la desesperación en su voz, le dejó un mensaje: «¡Chris! ¡Creo que ya viene! Ven pronto, por favor. Voy a llamar a Anne, pero te necesito aquí».

Resistió la siguiente contracción e intentó recordar sus ejercicios de respiración. No ayudó mucho, pero poco a poco el dolor fue cediendo. Pensó que las contracciones eran demasiado regulares para la primera etapa del parto. Hizo malabares con el teléfono y llamó a Anne.

Sonó y sonó. «Por favor contesta, por favor. No me dejes sola. ¿Y si me muero?». El teléfono siguió sonando. Por fin Anne contestó.

—¡Tienes que venir! —exclamó Jan—. Ya ha empezado el parto. Tengo contracciones cada minuto.

—¿Segura? ¿No es muy pronto? ¿Has comprobado cada cuánto tiempo?

—No. ¡Pero no necesito un maldito reloj para saberlo! Me muero de dolor. Se me ha roto la bolsa. Tengo miedo, Anne. Ven, por favor. Chris no contesta. Por favor... Me...

Su última frase se desvaneció en un grito con la última contracción.

—Voy para allá —dijo Anne—. Llego en unos diez minutos. Intenta calmarte. Recuerda la respiración. Puede ser una falsa alarma. Por si acaso, sube a acostarte. Pon toallas sobre las sábanas. Ahora mismo salgo.

—¿Pido una ambulancia? —preguntó Jan entre lágrimas.

—No, no es necesario.

Por primera vez desde que la conocía, Jan pudo detectar ansiedad en la voz de Anne.

# 72

Temiéndose lo peor, Chris condujo tan rápido como los caminos rurales se lo permitían. Estaba subido en una escalera cuando le había sonado el teléfono. Terminó lo que tenía que hacer arriba antes de bajar. Nunca se habría imaginado que podía ser Jan en trabajo de parto. Tras escuchar su mensaje la llamó enseguida. No contestó. Tampoco Anne lo hizo. Volvió a intentarlo por el camino, pero en ambos casos la llamada llegó al buzón de voz. Sabía que esos bebés nacían antes de lo normal, pero por la mañana no había ninguna señal de que fuera a producirse el parto, y tampoco cuando llamó a Jan a las nueve, apenas llegado al trabajo. Se suponía que Anne la visitaría para una revisión de rutina y luego lo llamaría, pero no lo había hecho. Seguro que había ocurrido algo grave o Anne se habría comunicado con él.

Aceleró y enseguida tuvo que frenar en seco cuando otro vehículo tomó la curva. El conductor tocó el claxon y lo miró con rabia. «Cálmate —se dijo—. Solo faltan unos tres kilómetros».

Anne le había asegurado que esos partos se habían desarrollado sin problemas. Pero Chris sabía que no siempre había sido el caso; Camile y él lo tenían claro. ¿Y si Jan necesitaba ir al hospital, por una cesárea, por ejemplo? Era lo único que Anne no podía hacer en casa. Nunca le había ocurrido, pero había una primera vez para todo. ¿Y si Owen —ya habían elegido su nombre— no podía nacer por parto natural? Después de todo, era más grande que la mayoría de los bebés.

Se le encogió el corazón al recordar la expresión de horror en los rostros de las enfermeras cuando Camile dio a luz.

Ahora ocurría de nuevo, solo que con la gestación mucho más avanzada, lo cual resultaba peor. Seguro que les harían muchas preguntas en el hospital y sacarían a la luz su secreto. Retirarían a Anne de la partida de nacimiento, se llevarían a Owen y lo condenarían a una vida infernal. Lo que habían conseguido evitar con tantos esfuerzos estaba a punto de suceder. Chris estaba devastado.

Viró bruscamente a la derecha al llegar a su calle y se le detuvo el corazón. Fuera de su casa vio una ambulancia junto al coche de Anne. ¡La llevarían al hospital! El peor de sus temores se cumplía. Anne no habría llamado a la ambulancia si no fuera algo serio, cuestión de vida o muerte. La vida de Jan estaba en peligro. Podría perderla.

Se detuvo de golpe frente a la ambulancia y bajó del vehículo. Al pasar junto a ella vio las puertas traseras abiertas, pero no había nadie en su interior. Entró en su casa por la puerta abierta de par en par.

—¡Jan! —gritó a todo pulmón.

—¡Arriba! —respondió Anne.

Subió los escalones de dos en dos y entró en la habitación. Parecía llena de gente. Uno de los auxiliares ayudaba a Jan a subirse a una silla de ruedas; el otro sostenía un bulto en brazos.

—Jan, cariño —exclamó—. Lo siento tanto.

No se atrevió a mirar al bebé.

—Está bien —dijo Anne.

La cogió de la mano y ella le mostró una débil sonrisa.

—Estoy agotada —reconoció Jan.

—Vamos al hospital ahora —explicó Anne—. Iba a acompañarlos en la ambulancia, pero ahora puedes hacerlo tú. Yo os sigo en el coche.

Parecía muy tranquila. Chris la miró, y luego a los auxiliares, sin entender bien lo que ocurría. Nadie mostraba horror en el rostro y Jan parecía cansada, pero no inquieta.

—Tenemos que irnos ya —dijo el auxiliar que sostenía al bebé.

—Anda, Chris —le dijo Anne—. Ve con Jan.

Quiso hablar, pero Anne lo interrumpió:

—Está bien. Tu hijo ha llegado antes de lo esperado, pero el problema con los pies no es tan grave. Te lo explico en el hospital.

Chris asintió sin decir nada y siguió a los auxiliares. Salieron de la habitación y se detuvieron en el rellano.

—Si puede sostener a su bebé, por favor —le pidió el auxiliar a Chris—. Así puedo ayudar a bajarla con la silla.

Depositó el bulto en brazos de Chris, pero este tardó unos momentos en atreverse a mirar. La carita estaba un poco arrugada por el parto y tenía los ojos cerrados, como cualquier bebé prematuro. Pero no tenía demasiado vello ni otros rasgos inusuales.

—Todo va a ir bien —dijo Anne con voz tranquila—. No te pares.

# 73

El viaje al hospital le pareció eterno, a pesar de que llevaban encendidas la sirena y las luces. Estaba sentado con Owen en brazos, pero tenía la mirada fija en Jan, que cabeceaba recostada, agotada por el parto y por el analgésico que Anne le había inyectado.

Chris estaba como en trance, incapaz de asimilar lo que ocurría. Anne había dicho que todo saldría bien. Ahora los seguía en su coche. ¿Eso quería decir que su bebé podría llevar una vida normal? Así lo esperaba.

—Puede ser abrumador al principio —dijo el paramédico que los acompañaba al ver su expresión—. ¿Es su primer hijo?

—Sí —respondió Chris en voz baja.

—No se preocupe. Su pareja y su bebé estarán bien. Seguro que hay que tenerlo un tiempo en la incubadora; es lo habitual con los prematuros.

Chris asintió. El auxiliar les había cogido los signos vitales a Jan y Owen, y ahora registraba sus observaciones en una tabla.

La sirena les abría paso entre el tráfico. Por fin se detuvieron en la entrada de ambulancias del hospital de Coleshaw. Las puertas traseras se abrieron y enseguida apareció el auxiliar que conducía. Chris se mantuvo en su sitio mientras sacaban a Jan en silla de ruedas. Luego apareció Anne.

—Ven conmigo —le dijo.

Chris se levantó con el bebé en brazos, bajó con cuidado los escalones traseros de la ambulancia y los siguió al interior del hospital. Había mucha gente.

—Puedo ingresar al bebé si usted los registra en la recepción —dijo el auxiliar.

Chris miró atrás, dubitativo.

—Sí, por supuesto —respondió Anne, y lo cogió del brazo—. Por aquí.

Abrumado, Chris entregó al bebé y acompañó a Anne a la recepción.

—Jan Hamlin y el bebé Owen —dijo Anne a la recepcionista, y luego comunicó sus datos. Anne estaba haciéndose cargo y Chris lo agradecía.

—Gracias —dijo la recepcionista una vez que hubieron terminado el registro—. Puede verlos ahora. Al final de ese pasillo. —Apuntó en la dirección indicada, aunque Anne conocía el camino.

Se alejaron unos pasos de la recepción y Anne llevó a Chris a un lado.

—Antes de que veas a Jan debo decirte algo.

Chris la miró petrificado.

—¿Por qué? ¿Qué pasa?

—El bebé está bien. Es un bebé normal —dijo Anne en voz baja—. Ya lo he revisado, así que cuidado con lo que le dices al personal del hospital.

—¿O sea, que no tiene ninguna afección? —preguntó Chris incrédulo.

—Exactamente. Ha nacido prematuro, eso es todo. Habéis tenido suerte. Va a necesitar cirugía en los pies, pero hasta donde he podido ver no tiene ningún otro problema.

—No puedo creerlo —dijo Chris con lágrimas en los ojos—. De verdad. ¿Ya lo sabías?

—Tenía esperanzas. Creí que teníamos posibilidades, pero no podía saberlo hasta que naciera. Por eso no te dije nada, por si me equivocaba. Y, por supuesto, Jan nunca ha sabido nada.

—Gracias al cielo. Se ha ahorrado todos estos meses de angustia. —Chris soltó un suspiro de alivio.

—Pero tienes que decirle lo del *email* —le pidió Anne con seriedad—. No le he dicho nada, como me pediste, pero no está bien, Chris. Puede que no tengáis tanta suerte la próxima vez. Por otro lado, está la cuestión moral. Sois parientes, no podéis ignorarlo. Técnicamente sois medio hermanos. La mayoría de las parejas se separaron en cuanto lo supieron. Así lo hicieron Ian y Emma. Tienes que decírselo a Jan.

—Pero no soportaría perderla —dijo Chris—. Por eso no se lo he dicho. Jan es mi vida. Me siento tan bien a su lado... No puedo decírselo ahora y arriesgarme a perderla. Tenemos un hijo.

—Tienes que hacerlo —dijo Anne—. Tiene que saberlo. No está bien que se lo ocultes. ¿Y si tenéis otro hijo y desarrolla la afección?

—No tendremos más hijos.

—Chris, no voy a seguir formando parte de este engaño. Si no se lo dices tú, lo haré yo.

# 74

Chris miraba con amor a Owen, despierto en su cuna. Estaba feliz, aunque tenía escayoladas ambas piernas. Jan estaba sentada en el sofá. Le hablaba mientras él sonreía y balbuceaba. A sus ocho semanas, estaba ganando peso y cumpliendo todas las expectativas de desarrollo. El pediatra les había dicho que probablemente no haría falta operarlo y que podrían corregir la forma de las piernas mediante manipulación y escayolas, lo cual había sido un gran alivio.

Chris sabía lo afortunados que eran. Pero no dejaba de pensar en lo que había dicho Anne. No le había contado aún nada a Jan, y tenía que hacerlo. Anne le había dado un ultimátum: o le decía todo antes de que terminara la semana o lo haría ella. Era domingo por la noche. Se le acababa el tiempo.

No culpaba a Anne; sabía que hacía lo que consideraba correcto. Si no le decían nada a Jan y tenían otro bebé, como ella quería, podría desarrollar la alteración genética. Pero temía tanto perderla... Y era muy probable que eso sucediera si se enteraba de que eran parientes.

Consciente de que ya no podía retrasarlo más, Chris hizo acopio de fuerzas y fue a sentarse a su lado en el sofá. Ella se volvió a mirarlo y le sonrió.

Chris la cogió de la mano.

—¿Sabes cuánto significáis para mí? ¿Cuánto os quiero?

—Sí, claro —dijo ella, y soltó una risa amable—. Yo también te amo.

Chris dudó y respiró hondo para infundirse valor.

—Jan, tengo que decirte algo. Tendría que habértelo dicho hace mucho.

Se puso seria enseguida y retiró la mano.

—¿Qué pasa, Chris? ¿Estás viendo a alguien más?

—No, claro que no. No es nada de eso. —Volvió a dudar unos instantes—. ¿Recuerdas que te hablé sobre Ian Jennings y la Clínica Moller? Envió todos esos mensajes para advertir a los pacientes de la lista de Moller que podían estar afectados y que debían hacerse una prueba de ADN.

—Sí, recuerdo algo. ¿Qué tiene que ver con nosotros?

—Tu nombre estaba en esa lista, Jan. Ian te envió un mensaje, pero llegó a tu dirección antigua.

—¡¿Qué?! ¿Cómo lo sabes?

—Lo vi en tu portátil. Lo siento, pero tenía que confirmarlo. Seguramente tus padres acudieron a la Clínica Moller. He estado muerto de preocupación todos estos meses. Owen estará bien, pero, si tenemos más hijos, pueden estar afectados. Y hay otra cosa, lo más difícil. Esto significa que biológicamente somos hermanos. Lo siento mucho, Jan. Debí decírtelo antes, pero no podía arriesgarme a perderte.

La miró con tristeza y dolor, esperando lo peor: lágrimas, gritos de angustia, rechazo total.

Pero Jan permaneció tranquila, sosegada. Eso era peor. ¿Qué estaría pensando? ¿Qué diría, qué haría?

—Son muchas cosas que asimilar —dijo por fin—. ¿Anne lo sabía? Supongo que sí.

—Sí. Lo siento. Quiso que te lo contara de inmediato, pero la hice prometer que no lo haría. Pero ahora me ha dicho que ya no puedo seguir mintiendo y que tenías que saberlo. Me da tanto miedo perderte, Jan... Te quiero tanto... No soporto la idea de vivir sin ti.

Intentó leer su expresión, pero fue imposible.

—Ha estado muy mal que no me lo contaras —dijo por fin.

—Sí, lo sé. Lo siento.

—También estuvo mal que leyeras mis correos sin que yo lo supiera. Siempre he confiado en ti.

—Sí. Pero entiendes por qué lo hice, ¿verdad? —preguntó desesperado.

—Sí, lo entiendo. Aun así...

—No me dejarás, ¿verdad? —exclamó Chris. Volvió a cogerla de la mano—. No todas las parejas como nosotros se han separado. Podemos seguir juntos, solo no tendremos más hijos. Sé que tenemos el mismo padre biológico, pero no nos criaron como hermanos, así que no es nada inmoral. ¿Vas a dejarme? —repitió.

—No —dijo Jan—. No voy a dejarte.

Casi no podía creerlo.

—Gracias. Muchas gracias. Te compensaré, lo prometo. No volveré a ocultarte nada. Nunca más.

—Bien. Pero si me lo hubierais dicho antes, podría haberos ahorrado mucha angustia. Hay algo que no sabes.

—¿Qué quieres decir? —preguntó Chris con aprensión.

—Ese *email* no era del todo correcto. Sí, mis padres acudieron a la Clínica Moller. Pero ya lo confirmé: usaron el tratamiento para concebir a mi hermano mayor, no a mí. Mi madre tuvo un aborto espontáneo a las dieciséis semanas y luego me tuvo a mí de forma natural. Moller asumió seguramente que yo era su nieta, o tal vez Ian se equivocó. No somos parientes, Chris.

La miró perplejo.

—¿Estás segura?

—Sí.

—¿Por qué no me lo habías dicho?

—No quise preocuparte innecesariamente hablándote de la clínica después de todo lo que habías pasado. Así que sí, podemos seguir juntos y tener otro hijo. Pero no te perdonaré que hurgues de nuevo en mis mensajes. —Lo besó en la mejilla—. Ahora ve y díselo a Anne para que deje de sufrir.

—Lo haré.

# Nota de la autora

Aunque esta historia es ficticia, está inspirada en hechos reales. El atavismo existe. También se han descubierto casos de clínicas que ofrecían inseminación mediante donación y en las que solo se supo que usaran un solo donante: el fundador de la clínica.

# Temas para clubes de lectura

• Describid Casa Ivy y el pueblo de Merryless.
• La autora crea suspense al presentar los hechos desde distintos puntos de vista. ¿Cuál es la ventaja de esta técnica narrativa?
• ¿Cómo aporta Yesca a la atmósfera y al suspense de la trama?
• ¿Qué personajes del libro inspiran mayor simpatía? ¿Por qué?
• Todos los personajes principales se enfrentan a dilemas éticos. Por ejemplo, ¿debería Ian contarle a Emma que David sobrevivió? Discutid sobre esos dilemas. ¿Las decisiones fueron correctas dadas las circunstancias?
• ¿Por qué decidirían algunos padres no contarles a sus hijos que los concibieron mediante donación de semen? ¿Qué haríais vosotros?
• Ian y Emma, Chelsea y Grant, Chris y Camile, y otras parejas son biológicamente medio hermanos. ¿Deberían separarse? ¿Qué haríais vosotros?
• Anne y los demás decidieron mantener el secreto para proteger a los forasteros. ¿Qué ocurriría si su existencia saliera a la luz?
• ¿Podrían los detectives Beth Mayes y Matt Davis haber hecho algo más para investigar la información proporcionada por Ian y la señora Slater? En ese caso, ¿cómo habrían cambiado los acontecimientos de la novela?

www.ingramcontent.com/pod-product-compliance
Lightning Source LLC
LaVergne TN
LVHW091625070526
838199LV00044B/938